GRöLS Verlage

„BÜCHER SIND WIE FALLSCHIRME. SIE NÜTZEN UNS NICHTS, WENN WIR SIE NICHT ÖFFNEN."

Gröls Verlag

Redaktionelle Hinweise und Impressum

Das vorliegende Werk wurde zugunsten der Authentizität sehr zurückhaltend bearbeitet. So wurden etwa ursprüngliche Rechtschreibfehler *nicht* systematisch behoben, denn kleine Unvollkommenheiten machen das Buch – wie im Übrigen den Menschen – erst authentisch. Mitunter wurden jedoch zum Beispiel Absätze behutsam neu getrennt, um den Lesefluss zu erleichtern.

Um die Texte zu rekonstruieren, werden antiquarische Bücher von Lesegeräten gescannt und dann durch eine Software lesbar gemacht. Der so entstandene Text wird von Menschen gegengelesen und korrigiert – hierbei treten auch Fehler auf. Wenn Sie ebenfalls antiquarische Texte einreichen möchten, finden Sie weitere Informationen auf www.groels.de

Viel Freude bei der Lektüre wünscht Ihnen das Team des Gröls-Verlags.

Adressen

Verleger: Sophia Gröls, Im Borngrund 26, 61440 Oberursel

Externer Dienstleister für Distribution & Herstellung: BoD, In de Tarpen 42, 22848 Norderstedt

Unsere „Edition | Werke der Weltliteratur“ hat den Anspruch, eine der größten und vollständigsten Sammlungen klassischer Literatur in deutscher Sprache zu sein. Nach und nach versammeln wir hier nicht nur die „üblichen Verdächtigen“ von Goethe bis Schiller, sondern auch Kleinode der vergangenen Jahrhunderte, die – zu Unrecht – drohen, in Vergessenheit zu geraten. Wir kultivieren und kuratieren damit einen der wertvollsten Bereiche der abendländischen Kultur. Kleine Auswahl:

Francis Bacon • Neues Organon • **Balzac** • Glanz und Elend der Kurtisanen • **Joachim H. Campe** • Robinson der Jüngere • **Dante Alighieri** • Die Göttliche Komödie • **Daniel Defoe** • Robinson Crusoe • **Charles Dickens** • Oliver Twist • **Denis Diderot** • Jacques der Fatalist • **Fjodor Dostojewski** • Schuld und Sühne • **Arthur Conan Doyle** • Der Hund von Baskerville • **Marie von Ebner-Eschenbach** • Das Gemeindekind • **Elisabeth von Österreich** • Das Poetische Tagebuch • **Friedrich Engels** • Die Lage der arbeitenden Klasse • **Ludwig Feuerbach** • Das Wesen des Christentums • **Johann G. Fichte** • Reden an die deutsche Nation • **Fitzgerald** • Zärtlich ist die Nacht • **Flaubert** • Madame Bovary • **Gorch Fock** • Seefahrt ist not! • **Theodor Fontane** • Effi Briest • **Robert Musil** • Über die Dummheit • **Edgar Wallace** • Der Frosch mit der Maske • **Jakob Wassermann** • Der Fall Maurizius • **Oscar Wilde** • Das Bildnis des Dorian Grey • **Émile Zola** • Germinal • **Stefan Zweig** • Schachnovelle • **Hugo von Hofmannsthal** • Der Tor und der Tod • **Anton Tschechow** • Ein Heiratsantrag • **Arthur Schnitzler** • Reigen • **Friedrich Schiller** • Kabale und Liebe • **Nicolo Machiavelli** • Der Fürst • **Gotthold E. Lessing** • Nathan der Weise • **Augustinus** • Die Bekenntnisse des heiligen Augustinus • **Marcus Aurelius** • Selbstbetrachtungen • **Charles Baudelaire** • Die Blumen des Bösen • **Harriett Stowe** • Onkel Toms Hütte • **Walter Benjamin** • Deutsche Menschen • **Hugo Bettauer** • Die Stadt ohne Juden • **Lewis Caroll** • *und viele mehr….*

Else Ury

Nesthäkchen und ihre Enkel

Erzählung für junge Mädchen

Inhalt

1. Kapitel. Im Tropenlande

Vor dem französischen Collège, der Mädchenschule zu Sao Paulo, hielten die Autos. Es war eine stattliche Reihe, eins hinter dem andern, die ganze mit wilden Feigenbäumen bestandene Straße hinab. Die Zöglinge des französischen Collège entstammten alle den ersten, reichsten Familien der brasilianischen Stadt. Sie waren nicht gewöhnt, zu Fuß den Schulweg zurückzulegen. Es war auch wirklich zu heiß dazu. Selbst die Chauffeure, alle Farbige, Neger und Mulatten in grellbunter Kleidung, die sonst ziemlich unempfindlich gegen die glühende Tropensonne waren, suchten heute den dürftigen Schatten, den die Bäume boten, auf. Ein etwa vierzehnjähriger Negerjunge kletterte, unbekümmert um die sengenden Sonnenstrahlen, auf einen Feigenbaum, schwang sich geschickt wie ein Affe von Ast zu Ast und saß nun, grinsend die weißen, starken Zähne zeigend, hoch oben in der verstaubten Blätterkrone.

„Nun, Homer, kannst du sehen, ob unsere jungen Damen bald kommen werden?" fragte ein älterer Mulatte.

Der mit „Homer" angeredete Junge schüttelte den Kopf mit dem schwarzen Wollhaar.

„Ich sehe nicht Donna Anita, ich sehe nicht Donna Marietta. Nur kleine, ganz kleine Fräulein – so klein." Er zeigte etwa die Größe eines Daumens. Homer konnte von seinem Auslug gerade in die unterste Klasse der Abcschützen hineinspähen. Er versuchte sein Heil auf einem anderen Baume, auf einem dritten und vierten, aber die Gesuchten wollten sich nicht zeigen.

Die hatten ihre erste Schulklasse nach der anderen Seite des Schulhauses, der Schattenseite, gelegen. Aber auch dort war es kaum erträglich. Die Hitze brütete in dem Raume und machte Lehrer und Schülerinnen unfrisch und unlustig für jede geistige Anstrengung. Nur gut, daß heute, am 1. Dezember, die Hitzeferien begannen. Zwei Monate frei – wenn man daran dachte, empfand man den Druck der Tropenglut, der sich wie ein eiserner Reif um die Mädchenköpfe legte, kaum noch.

Es waren etwa zwanzig junge Mädchen zwischen vierzehn und sechzehn Jahren in der ersten Klasse des französischen Collège versammelt. Allen Nationen angehörend. Schwarze, braune und vereinzelt auch blonde Köpfe waren über Hefte und Bücher geneigt. Aber die dunkle Farbe des Haares, der Augen und des Hauttons herrschte bei weitem vor.

„ Eh bien – Mesdemoiselles, wir werden jetzt die Leçon schließen." Monsieur sprach französisch. Alle Unterrichtsfächer im Collège wurden in französischer Sprache erteilt. „Vergessen Sie in den Ferien nicht das Gelernte, repetieren Sie fleißig – Mademoiselle Anita, für Sie ist das ebenso gesagt, wie für die anderen Desmoiselles." Monsieur zog die Augenbrauen hoch und sah mißbilligend zu einer Ecke hin, in der man weder von ihm, noch von seiner Rede Notiz zu nehmen schien.

Die mit „Mademoiselle Anita" Angeredete, ein großes, schönes Mädchen, bildete den Mittelpunkt des Privatzirkels, der bereits beim Ausmalen der bevorstehenden Sommerfreuden war. Dort wurde die halblaute Unterhaltung in portugiesischer Sprache geführt.

„Morgen schon geht es auf unsere Fazenda hinaus. Mama will keinen Tag länger hier in Sao Paulo schmoren. In Ribeirao Preto ist es doch etwas luftiger als in der Stadt. Papa hat eine Überraschung für uns. Er will sie uns aber nicht verraten. Erst auf der Fazenda bekommen wir sie zu sehen. Ich kann die Zeit gar nicht erwarten. Was, meinst du, wird es sein, Marietta? Das neue Reitpferd, das ich mir so brennend wünsche, oder am Ende den entzückenden Brillantanhänger, den ich neulich im Schaufenster bewunderte, oder – – –"

„Monsieur ist ärgerlich, Anita, er sieht immerfort her", flüsterte ihr Marietta mahnend zu.

„Pah – viel Vergnügen! Da hat er was Schönes zu sehen. Monsieur hat ja die Leçon bereits beendet", lachte Anita unbekümmert die ängstliche Zwillingsschwester aus.

Marietta schaute beklommen den Lehrer an. Der hatte seine Bücher schweigend geschlossen. Er war es gewöhnt, daß die jungen Damen hier in Amerika recht viel eigenen Willen zeigten und denselben nicht immer den Wünschen des Lehrers unterordneten. Das war in Europa doch anders gewesen. Als er noch in Paris unterrichtete – – – Monsieur begann sich mit seinem Tüchlein Kühlung zuzufächeln. Nicht nur wegen der glühenden Tropentemperatur, sondern der jungen Dinger wegen, die ihm mit ihrem stark ausgeprägten Selbstbewußtsein den Kopf warm machten. Allen voran Anita Tavares. Sie war zweifellos die schönste von allen mit ihrem tiefschwarzen, weichen Haargelock und den dazu in merkwürdigem Gegensatz stehenden veilchenblauen Augen. Sprühend vor Lebendigkeit – ach, nur allzu lebendig. Die Schwester Marietta war aus einem ganz anderen Holze geschnitzt. Bescheiden und rücksichtsvoll, versuchte sie die Übergriffe ihrer Zwillingsschwester stets zu dämmen. Sie war der erklärte Liebling aller Lehrer. Ein Rätsel schien es, daß die beiden Zwillinge waren. Man konnte sich kaum zwei verschiedenere Menschen denken. Schon äußerlich. Die kleine zierliche Marietta reichte der kräftigen Anita kaum bis zur Schulter. Unter dem goldbraunen Kraushaar sah ein schmales, zartes Gesichtchen mit großen, schwarzen Augen in die Welt. Träumerisch und sehnsuchtsvoll schauten diese Augen. Sie schienen irgend etwas in weiter Ferne zu suchen. Anitas Auge dagegen war strahlend, kühn, beherrschend, der Spiegel ihrer rasch wechselnden Empfindungen. In dem Kreise der Altersgenossinnen war Anita Tavares tonangebend. Das lag freilich nicht nur in ihrer Wesensart begründet – ihr Vater, Milton Tavares, war der Kaffeekönig von Brasilien, der reichste und angesehenste Mann in Sao Paulo und weit darüber hinaus. Das Fräulein Tochter war sich dessen durchaus bewußt, und diese Erkenntnis kam in allem, was Anita dachte und tat, zum Ausdruck. Die weichere, sanftere Zwillingsschwester wurde vollkommen von ihr beherrscht. Und doch – oft, wenn kein anderer, nicht einmal die Mutter, Einfluß auf Anitas ungezügelte Heftigkeit oder auf ihren Eigensinn hatte, vermochte Marietta sie durch ein bittendes Wort umzustimmen. Denn die beiden Schwestern liebten sich innig. Sie waren unzertrennlich. Marietta sah voller Bewunderung zu der blühenden, temperamentvollen Anita, die jeden gleich für sich einzunehmen wußte, auf. Und diese hing mit der ganzen Stärke ihres heißblütigen Temperamentes an der um vier Stunden Jüngeren. Sie fühlte sich für Marietta verantwortlich, sie bemutterte sie und sorgte dafür, daß diese in ihrer Bescheidenheit den Platz unter den Schulkameradinnen einnahm, der ihr, als einer Tavares, zukam.

Arm in Arm traten die beiden Schwestern aus dem Schulgebäude auf die sonnenblendende Straße hinaus.

„Flink, komm, Jetta – Elvira, mach zu, rasch, eilt euch, daß Antonia sich nicht wieder wie ein Schatten an unsere Fersen heftet“, raunte Anita halblaut der Schwester und der Freundin zu, sie eiligst vorwärtsziehend.

„Antonia ist bereits hinter uns“, flüsterte Elvira, zurückspähend. „Sie will gewiß wieder mit uns im Auto zusammen nach Hause fahren.“

„Warum wollen wir sie denn nicht mitnehmen? Es ist doch noch Platz im Auto“, wandte Marietta ein.

„Sie ist Halbblut, ihre Großmutter war eine Mulattin. Die Tavares zeigen sich nicht mit ihr zusammen öffentlich im Auto.“ Anitas ganzer Hochmut kam in diesen wenigen Worten zum Ausdruck.

„Ich finde Antonia netter und gefälliger als die meisten Mädchen. Sie kann doch nichts dafür, daß ihre Großmutter Mulattin war. Ebensowenig, wie wir etwas dafür können, daß wir aus dem Hause Tavares stammen“, gab Marietta, unzufrieden mit dem Verhalten der Schwester, zu bedenken.

„Nein – man kann nichts dafür, aber es ist doch nun mal so. An der Tatsache ist nichts zu ändern“, lachte Anita sie aus. „Ah, da ist ja Homer“, – sie warf dem über das ganze Gesicht grinsenden kleinen Neger ihre Büchertasche mit der Geste einer großen Dame zu.

„Guten Tag, Homer.“ Der Junge nahm auch Mariettas Mappe in Empfang. „Wo ist denn Cico?“

„Großvater Cico ist krank. Homer darf fahren Donna Anita und Donna Marietta im schönen Auto allein nach Haus.“ Er zog vor Vergnügen den Mund von einem Ohr zum anderen.

„Wirst du auch nicht umwerfen, Homer?“ erkundigte sich Marietta, ein wenig unbehaglich Platz nehmend.

„Homer fährt gut. Homer fährt sicher wie Großvater Cico. Braucht Donna Marietta nicht zu ängstigen“, beruhigte sie der kleine, schwarze Chauffeur.

„Sonst fahre ich selbst.“ Anita verstand das Auto tadellos zu lenken, wie sie auch in jedem anderen Sport Meisterin war.

„O Donna Anita!“ Bittend hingen die schwarzen Augen des Jungen an dem schönen Mädchen. Man sah es ihm an, wie brennend gern er selbst das Auto führen wollte.

„Nun gut – schon gut. Mach nur zu!“ gab Anita, sich in die roten Lederpolster schmiegend, ungeduldig zur Antwort. Denn dicht neben dem Auto tauchte Antonias Gesicht mit den breiten Backenknochen und der etwas platten Nase auf. Anita vermied es, nach jener Seite zu sehen. Sie unterhielt sich angelegentlich mit ihrer Freundin Elvira, bis das Auto abgekurbelt war und die Hupe zur Abfahrt ertönte.

Rrrrrr – da flog es die weißstaubige Straße entlang – rrrrrr – vorüber an der langen Autokette, aus denen man den Dahinsausenden Grüße zuwinkte.

„Was machst du denn für ein betrübtes Gesicht, Marietta?“ Die Schweigsamkeit der Schwester fiel Anita, die munter drauflos plauderte, schließlich auf. „Es ist recht luftig im Fahren, findest du nicht auch, Jetta?“

„O ja, Nita, aber beim Gehen muß es entsetzlich beschwerlich sein. Die arme Antonia – ich kann den Gedanken an sie nicht los werden. Sie hat uns so traurig nachgesehen“, meinte Marietta mitleidig.

„Du hast immer unbequeme Gedanken und verdirbst einem die Laune dadurch“, ereiferte sich Anita. Es klang schärfer, als sie beabsichtigte. Daran war die deutliche Empfindung schuld, daß Marietta im Grunde recht hatte. Furchtbar mußte es sein, bei der glühenden Sonne aus der unteren Stadt die am Berghang gelegenen Villenstraßen emporzuklimmen.

„Es wird sich schon eine mitleidige Seele finden, die Antonia mitnimmt“, begütigte Elvira.

„Freilich, warum müssen wir das denn gerade sein!“ Anita hatte das peinigende Gefühl im Augenblick überwunden.

„Warum sollen wir es denn nicht sein? Was andere tun, hätten wir doch auch können“, beharrte Marietta. Es kam nicht oft vor, daß sie ihre Ansicht der Schwester gegenüber so hartnäckig verfocht.

„Wenn du es nicht fühlst, Jetta, daß eine Tavares der Welt gegenüber andere Verpflichtungen hat, als irgendein Beliebiger in der Stadt, ist dir nicht zu helfen. Das hat Papa uns von klein auf eingeprägt: ›Ihr müßt danach streben, ein würdiges Glied der Tavaresschen Familie zu werden.‹“ Stolz warf Anita das schwarze Gelock zurück.

„Und Mammi sagt, man soll stets so handeln, wie es eines guten Menschen würdig ist. Aber das ist nicht gut, wenn wir – –“

„Jetta hat heute ihren moralischen Tag, da sieht sie unserer teuren Miß zum Verwechseln ähnlich.“ Im Nu hatte Anita ihr rundes Gesicht in längliche Falten gezogen. Den Unterkiefer vorgestreckt, kopierte sie die englische Governeß so wahrheitsgetreu, daß auch Marietta wieder lachen mußte. So war es stets, wenn man sich mit Anita in Erörterungen einließ. Sie ging stets als Siegerin daraus hervor, auch wenn sie im Unrecht war.

Das Auto hielt vor der schönsten Villa der Avenda Paulista. Wie ein kleines Schloß lag sie in dem herrlichen Palmengarten. Zwei Diener, Neger und Mulatte, eilten herbei; der eine öffnete den Schlag und war den jungen Damen beim Aussteigen behilflich, der andere trug die Büchertaschen ins Haus.

Elvira verabschiedete sich von den Freundinnen. Sie wohnte ein paar Villen weiter.

„Brav gefahren, Homer", nickte Anita gnädig und warf dem kleinen Chauffeur ein paar Münzen zu.

„Grüß' den Großvater, Homer. Wir lassen ihm gute Besserung wünschen. Wenn wir dürfen, besuchen wir ihn", fügte Marietta freundlich hinzu.

„ Wozu?" meinte Anita, ins Haus tretend. „Ich mag die Luft in diesen Armleutenstuben nicht. Cico wird auch ohne uns gesund werden."

„Cico ist oft in der Nacht zum Arzt gelaufen, wenn wir krank waren, Nita", stellte Marietta ihr vor.

„Dafür ist er Diener – – –"

Marietta kam nicht dazu, der Schwester die Lächerlichkeit ihrer hochmütigen Auffassung zu Gemüte zu führen. Eine der in die Diele führenden Türen ward aufgerissen und ein allerliebstes, fünfjähriges Bürschchen stürzte heraus, gefolgt von seiner schwarzen Kinderfrau Rosita.

„Nita und Jetta sind da – warum wart ihr wieder in der alten Schule? Ihr sollt hierbleiben und mit Juan spielen." Zärtlich hing sich der Kleine an die großen Schwestern.

Anita wirbelte ihn bereits in der Diele herum. Sie wußte nichts mehr von der Hitze. Hier im Hause war es kühl.

„Wo ist Mammi, Juan?" fragte Marietta, liebevoll die blonden Locken des Kleinen streichelnd. Der kleine Nachkömmling war der Verzug des ganzen Hauses, und der großen Schwestern besonders.

„Mammi paßt auf, daß Emilia und Maria unsere Koffer gut einpacken. Morgen fahren wir fort, weit fort, nach der Fazenda. Aber du kommst nicht mit, Rosita. Du tust mir immer weh beim Kämmen."

„Daran ist ja gar nicht die Rosita schuld, sondern der Kamm, Juan", lachte Anita.

„Dann lassen wir eben den Kamm zu Hause.“ Das erschien dem kleinen Juan noch einleuchtender.

Ein Mulatte brachte Eiswasser und Früchte.

„Bringe die Früchte ins Zimmer zu Donna Tavares“, ordnete Anita an. Sie war gewöhnt, der schwarzen Dienerschaft Befehle zu erteilen.

Inzwischen hatte Marietta, Juan an der Hand, bereits das Zimmer der Mutter betreten.

„Guten Tag, Mammi. War das heute heiß im Collège! Ein Glück, daß es morgen auf die Fazenda geht. Ihr seid wohl bald mit dem Einpacken fertig?“ Marietta küßte die Mutter nach Landessitte auf die Wangen.

„Guten Tag, mein Herz. O weh, bist du erhitzt, Jetta. Komm, ich mache dir ein Glas Orangenlimonade zurecht.“ Eine goldblonde, noch jugendlich aussehende Dame – sie hatte die Mitte der Dreißig wohl kaum überschritten – im weißseidenen, reich mit Spitzen garnierten losen Hausgewande griff nach einer der herrlichen Riesenfrüchte.

„Mir auch, Mammi, ich habe auch Durst – – –“, begehrte der Kleine, sich zärtlich an die Mutter schmiegend.

„Jungchen, du trinkst mir heute zu viel durcheinander. Du willst doch morgen zur Reise nicht etwa krank sein, nicht wahr, mein kleiner Hansi?“ Wenn die Mutter besonders zärtlich zu ihrem Kleinsten war, nannte sie ihn mit dem ihr so lieben deutschen Namen. Das klang um so merkwürdiger, als die Sprache des Hauses Tavares, in der die Familienmitglieder miteinander verkehrten, portugiesisch war.

„Nein, ich will nicht krank werden, dann ist meine Mammi traurig.“ Der Kleine liebte seine schöne Mutter abgöttisch.

Da steckte auch Anita den schwarzen Kopf zur Tür herein. „So – die langweilige Schule wären wir auf zwei Monate los, Mammi. Ich wünschte, wir könnten's mit unserer geliebten Miß ebenso machen. Meinst du nicht, daß es ihr in Ribeirao Preto zu langweilig ohne Geschäfte, in denen man shopping gehen kann, sein wird? Wir wären nicht böse, wenn sie es vorzöge, in Sao Paulo zu bleiben.“

„Aber Nita!“ Halb belustigt, halb ärgerlich schüttelte Frau Ursel Tavares den blonden Kopf. „Der armen Miß Smith ist es heute nicht nach shopping gehen zumute. Sie liegt im verdunkelten Zimmer mit heftiger Migräne.“

„Oh!“ machte Marietta mitleidig, trotzdem sie die lange, steife Governeß auch nicht besonders in ihr Herz geschlossen hatte.

„Oh!“ echote Anita mit komisch verdrehten Augen so spitzbübisch erfreut hinterher, daß die Mutter gegen ihren Willen wieder lachen mußte.

„Ihr seid schon eine Gesellschaft! Es wird Zeit, daß ihr in strengere Hände kommt. Miß Smith ist nicht energisch genug, besonders nicht für meine Tochter Anita.“

„Und unsere kleine Mammi ist auch nicht energisch – Deutsche sind niemals energisch“, meinte Fräulein Anita in bestimmtem Tone.

„Du mußt es ja wissen, Fräulein Naseweis. Warte nur, wenn du erst mal in Deutschland bei den Großeltern bist. Dann wirst du anders urteilen. Die werden dir schon zeigen, daß Deutsche über genügende Energie verfügen. Alles, was wir bei deiner Erziehung verabsäumt haben – und das ist nicht zu wenig –, werden sie hoffentlich nachholen.“

„Puh“ – machte Anita und schüttelte sich. „Lieber gehe ich in ein Mädchenpensionat nach Rio di Janeiro. Elvira kommt auch zu Ostern nach Rio in eine Boarding-school.“

„Ich will nach Deutschland zu den Großeltern, Mammi.“ Marietta schmiegte den goldbraunen Kopf an die Schulter ihrer schönen Mutter. „Ich will das alles kennenlernen, was dir so lieb ist. Die Großeltern und das kleine Haus im Rosengarten, in dem jetzt Schnee liegt und in dem die Rosen blühen, wenn es bei uns kalte Jahreszeit ist. Bringst du uns bald nach Deutschland, Mammi, ja?“

„Ja, bald – bald!“ Das klang so sehnsuchtsvoll, daß Marietta der Mutter einen klaren Tropfen, der sich fürwitzig von ihren goldenen Wimpern lösen wollte, rasch fortküssen mußte.

Anita waren derartige Gefühlsäußerungen unbehaglich. Sie kamen zum Glück nicht oft vor. Meist sah man Frau Ursel strahlend schön und heiter. Nur ganz selten brach sich die Sehnsucht nach der deutschen Heimat, nach ihren Lieben in weiter Ferne Bahn. Sie war ja eine glückliche, verwöhnte, vielbeneidete Frau. Von ihrem Gatten, der ihr jeden Wunsch von den Augen ablas, wurde sie auf Händen getragen. In dem Bekanntenkreise feierte man la bella tedesca – die schöne Deutsche – nicht minder ihres liebreizenden Wesens, als ihrer gesellschaftlichen Stellung wegen. Sie und ihr Gatte standen an der Spitze des Musiklebens Sao Paulos. Seit Donna Tavares ihren Einzug in die brasilianische Stadt gehalten, hatte sich dasselbe zu ungeahnter Blüte entfaltet. Regelmäßige Kammermusikabende waren eingerichtet worden. Werke der großen europäischen Meister wurden studiert und zur Aufführung gebracht. Kein Wohltätigkeitskonzert fand statt, in dem Donna Tavares nicht durch ihre herrliche Stimme die Zuhörer begeisterte. Frau Ursel hatte sich um die Kunst in ihrer neuen Heimat ganz besonders verdient gemacht. Das Kino bildete früher den Hauptanziehungspunkt in Sao Paulo. Trotzdem die Stadt eine europäische Kolonie war, in bezug auf die Vorliebe für das Kino war sie ganz amerikanisch. Da hatte die deutsche, blonde Frau in Gemeinschaft mit einigen gleichgesinnte Seelen eine höhere, edlere Kunst an Stelle der sensationellen des Kinos zu setzen versucht. Den größten Einfluß aber hatte Frau Ursel auf die Kunst im Hause gehabt. In den meisten einheimischen Familien war dieselbe noch ziemlich unkultiviert. Bunte, schreiende Farben wurden bevorzugt. Die Vasen schmückten Papierblumen, während draußen im Garten die herrlichste Flora in unglaublicher Üppigkeit blühte. Die Alteranda, der balkonartige Vorbau des Hauses, wurde kaum jemals von den Bewohnern betreten und daher auch nicht bepflanzt. Das war etwas ganz Befremdendes für die junge deutsche Frau. War sie es doch gewöhnt, daß man daheim im Sommer alle Mahlzeiten auf der rosenumrankten Terrasse, deren Blumenschmuck der Mutter Stolz war, eingenommen hatte. Freilich, die Tropentemperatur in Brasilien machte den Aufenthalt auf der Alteranda am Tage fast unmöglich. Das lernte Frau Ursel bald einsehen. Aber im schönsten Blumenschmuck mußte sie trotzdem prangen. Ihr Schönheitssinn verlangte dies. Und siehe – bald zeigte es sich, daß sie damit Schule gemacht. Das Beispiel des Tavaresschen Hauses fand Nachahmung. Hatte man zuerst die Nase darüber gerümpft, daß die junge Frau ihre Vasen mit frischen Blüten, anstatt mit Papierblumen, füllte, bald fanden auch andere Freude daran. Die künstlerisch geschmackvolle Einrichtung des Tavaresschen Hauses wurde alsbald zum Muster für viele andere, denn Geld spielte ja bei den reichen brasilianischen Familien keine Rolle.

Frau Ursel verstand einen guten Gebrauch von ihrem Reichtum zu machen. Sie war für die deutschen Auswanderer eine gute Fee geworden, die nicht nur vermöge ihres goldenen Zauberstabes half, nein, deren gütiges, warmes Wort den in der Fremde Verzagten ebenso wohltat wie ihre werktätige Hilfe. Bei allen ihren gesellschaftlichen, künstlerischen und Wohlfahrtsbestrebungen aber war Frau Ursel vor allem Mutter. Die Mutter ihrer Kinder – darin war sie ganz deutsch geblieben. Trotz der vielen Dienerschaft, um ihre Kinder kümmerte sie sich selber. Für ihre Kinder und deren Wünsche und Anliegen hatte sie immer Zeit.

Auch heute. Anita besprach mit der Mutter die Abschiedsbesuche, welche man noch bei den Verwandten und Freunden machen müßte. Marietta wollte durchaus wissen, wann die Reise nach Europa zu den Großeltern denn endlich vor sich gehen sollte. Und Klein-Juan bestürmte die Mutter, ihm eine Taschentuchmaus, die richtig lebendig springen konnte, zu fabrizieren.

Während Frau Ursel Anita einige befreundete Familien, die sie nach dem Essen mit Marietta aufsuchen sollte, vorschlug, während sie Marietta und nicht minder sich selbst auf Ostern für die Reise nach Europa vertröstete und Juans Taschentuchmaus zur hellen Begeisterung des Kindes hüpfen ließ, kamen die schwarzen Dienerinnen mit tausenderlei Anfragen betreffs der in Koffer und Kisten zu verstauenden Sachen zu Donna Tavares. Keinen Finger durfte die Herrin dabei selber rühren, nur ihre Wünsche äußern. Eines aber war davon ausgenommen: ihre Noten, ihre vielgeliebten. Daran wagte sich keiner von der Dienerschaft. Die packte Frau Ursel selbst in Gemeinschaft mit ihrem Manne.

Kam er da nicht schon selber aus Santos, dem Hafen von Sao Paulo, wo er sein Bureau hatte, heim? Das Auto, das ihn jeden Abend vom Bahnhof abholte, hielt vor der Tür. Juan verlor plötzlich sein Interesse für die Taschentuchmaus und eilte dem Vater, der den ganzen Tag fort war, jubelnd entgegen. Wenige Sekunden später betrat Milton Tavares das Zimmer seiner Gattin. Bevor er sich durch eine Dusche erfrischte, mußte ihr Anblick ihn erfrischen. Ihr Lächeln war ihm eine größere Erquickung als jede andere.

„Guten Tag, mein Liebling. Arge Kramerei, was? Nun, um so schöner und erholsamer wird es auf unserer Fazenda werden. Vierzehn Tage habe ich mir Ferien genommen. Da werden wir wieder fleißig musizieren, nicht wahr, Ursel?“

„Vierzehn Tage nur, Milton?“ Seine Frau schien enttäuscht. „Du hattest mir doch versprochen, dich dieses Jahr wenigstens einen Monat freizumachen.“

„Ja, Papi, du wolltest doch jeden Morgen mit uns ausreiten“, erinnerte ihn seine Tochter Anita.

„Und Tennis wolltest du mit uns spielen“, fiel Marietta bittend ein.

„Und Schiffchen schnitzen und schwimmen lassen“, rief das Söhnchen energisch dazwischen.

„Freilich Schiffchen schnitzen, Juan, das ist die Hauptsache“, lachte der Vater. „Ja, wenn so viel Arbeit meiner in den Ferien harrt, dann sind vierzehn Tage in der Tat nicht genug. Da werde ich wohl zulegen müssen.“ Er nickte seiner Ursel verschmitzt zu.

„Don Tavares, das Bad ist bereitet“, meldete ein Neger.

„Oh, moito bonito! Sehr schön! Auf Wiedersehen bei Tische!“ Milton Tavares verließ das Zimmer.

Er war heute noch ein schöner Mann. Ja, seiner Frau gefiel sein gereiftes, männliches Aussehen noch besser als seine dereinstige Jünglingsschönheit. Anita war dem Vater wie aus dem Gesicht geschnitten. Nur ihre Augenfarbe verleugnete die deutsche Abstammung ihrer Mutter nicht.

Seit dem Tode des alten Tavares, des Seniors des weltberühmten Kaffee-Exporthauses, hatte Milton eine verantwortungsvolle Tätigkeit. Alle Fäden des großen Betriebes mündeten in seiner Person. Und wenn ihm sein Schwager, Don Fernando Janqueiro, der Gatte seiner Schwester Margarida, auch geschäftlich zur Seite stand, die Hauptperson, der Mittelpunkt des Exporthauses Tavares blieb Don Milton. Die Männer in Brasilien pflegten sich nicht allzusehr bei der Arbeit anzustrengen. Die lähmende Einwirkung der Tropentemperatur trug wohl dazu bei. Auch Don Fernando saß lieber im Kaffeehause als in der Kaffeebörse und überließ seinem Schwager Milton, der in Deutschland ernste, pflichttreue Arbeit kennengelernt hatte, den Löwenanteil derselben. Morgens, gleich nach dem Frühstück, fuhr Milton Tavares nach Santos, dem berühmten Kaffeehafen hinunter. Die Mittagsmahlzeit nahm er dort ein. Erst das Essen um sechs Uhr abends versammelte die ganze Familie.

Es war eine Festtafel im kleinen, an der man Platz nahm. Silber, Kristall, herrliche Früchte und Blumen. Auf letztere legte die Frau des Hauses ganz besonderen Wert. Als sie vor Jahren, als junge Frau, das Tropenland betreten hatte, kannte man dort Blumenschmuck bei den täglichen Mahlzeiten nicht. Man war in Amerika ausschließlich auf das Praktische eingestellt. „Die Hauptsache, es ist etwas Gutes für den Magen auf dem Tische, mein Kind“, pflegte sich die Schwiegermutter, in deren Hause man zuerst gewohnt hatte, zu äußern, wenn das junge Frauchen zu jeder Mahlzeit die schönsten Tropenblüten des Gartens geschmackvoll in eine Vase ordnete. Das war gerade das Gegenteil davon, was die junge Frau daheim im deutschen Elternhause kennengelernt hatte. „Auch die einfachste Mahlzeit mundet einem noch einmal so gut, wenn sie nett angerichtet ist, wenn der Tisch zierlich gedeckt ist und Blumen denselben schmücken.“ So hatte Ursels Mutter jenseits des großen Wassers den Kindern von klein auf eingeprägt. Auch hierin, wie in vielem anderen, wurde die junge Deutsche für die brasilianischen Frauen mustergültig.

Milton Tavares liebte diese Stunde der gemeinsamen Mahlzeit, die er gern im Kreise seiner engsten Familie verlebte. Heute war es ganz besonders gemütlich, da Miß Smith nicht an dem Essen teilnahm. Keiner konnte es sich verhehlen, daß die Anwesenheit der steifen Engländerin stets etwas lähmend auf die Stimmung wirkte. Anita, die nicht gewöhnt war, ein Blatt vor den Mund zu nehmen, gab dem auch unverhohlen Ausdruck.

„Schade, daß Migräne nur vierundzwanzig Stunden anhält. Sie müßte ebenso viele Monate dauern!“ wünschte die gemütvolle junge Dame.

„Pfui, Nita, die arme Miß!“ rief ihre Zwillingsschwester. „Zum Sterben elend fühlt sie sich, sagte sie mir soeben, als ich mich nach ihr umsah. Sie sah so weiß aus wie das Tischtuch.“

„Das ist die Strafe dafür, daß sie uns mit ihren langweiligen Anstandsregeln so arg peinigt. O shocking indeed, Anny!“ Das blühende, lustige Gesicht des jungen Mädchens nahm im Augenblick grämlichen Ausdruck an.

Milton Tavares lachte. Die sprühende Anita hatte nun einmal einen Stein bei dem Vater im Brett. Er verzog sie unbedingt. Eigentlich aber alle drei. Frau Ursel vermochte dem nicht zu steuern, trotz all ihrer Energie. Sie drohte der Übermütigen.

„Miß Smith wird wohl bei dir alle Ursache zu ihren Shockingausrufen haben, Nita. Du bist wie ein junges, ungebärdiges Füllen, das nur zu oft über die Stränge schlägt. Meine einzige Hoffnung sind die Großeltern in Deutschland. Daß die noch etwas Vernünftiges aus dir machen werden.“

„Ich bin Amerikanerin!“ Anitas kurzes, schwarzes Haargelock flog impulsiv in den Nacken. „Für mich gibt es keine engen europäischen Grenzen – auch bei den deutschen Großeltern nicht!“

„Aber Nita!“ Die Zwillingsschwester vergaß vor Schreck die Palmitopastete mit Oliven, die der Mulatte ihr darbot, zu nehmen. „Nita, du kränkst unsere Mammi“, setzte sie leiser hinzu.

Anita blinzelte ein wenig unbehaglich zur Mutter hin. Das hatte sie nicht gewollt, die Mutter in ihrem Heimatsgefühl verletzen. Nein, sie liebte sie ja mit der ganzen Heftigkeit ihres Temperamentes. Aber sie war zu stolz, ein Wort der Entschuldigung zu finden.

Zum Glück erklang jetzt Juans Stimmchen dazwischen. Er hatte in der Kinderstube zu Abend gespeist, durfte aber am Familientisch nicht fehlen. Ab und an schob ihm der Vater ein besonders leckeres Häppchen zu.

„Papi, ist das wahr, daß die Palme sterben muß, weil wir die Palmitopastete essen?“ fragte der Kleine. „Die Kinderfrau hat es gesagt.“ Er blickte zweifelnd auf das Pastetenstückchen, das der Vater ihm darbot

„Freilich, die Palme, von der die zartesten Spitzen zur Palmitopastete genommen werden, geht ein. Darum ist dieses Gericht besonders kostbar.“ Der Vater ließ es sich schmecken. Sein Söhnchen aber schob das ihm Zugeteilte energisch beiseite.

„Juan will nicht schuld sein, daß die arme Palme sterben muß. Gib mir lieber Doces, Papi!“ Das war der süße Nachtisch.

Milton Tavares lachte und nickte seiner Frau belustigt zu. „Ursel, das deutsche Blut verleugnet sich nicht bei unserem Sprößling. Auf mein Konto kommt diese Sentimentalität nicht.“

Frau Ursel zog ihren kleinen Jungen zärtlich zu sich heran. „Mein Hansi, mein kleiner! Erhalte dir nur dein warmes Herz!“

„Nein, Mammi, das ist gar kein guter Wunsch. Ein amerikanischer Junge muß kühlen Verstand haben, kein warmes Herz“, ereiferte sich Anita. Sie war ihren Jahren entschieden voraus.

„Beides, Nita. Beides muß ein tüchtiger Mann miteinander verbinden. Euer Vater vereinigt es ja auch in sich.“ Ein liebevoller Blick streifte den Gatten und wurde in verstärktem Maße zurückgegeben.

Marietta, die bei den Worten der Schwester schon wieder erschreckte Augen gemacht hatte, atmete erlöst auf. Ihr harmonisches Wesen war stets auf Ausgleich bedacht. Sie vermochte keinem Wesen wehe zu tun und ihrer Mutter am wenigsten.

„Ei, Jetta, du ißt ja heute so wenig. Die Pastete hast du schon vorübergehen lassen. Diesen Perutruthahn mit Forosse möchte ich dir sehr empfehlen", erinnerte sie der Vater.

„Unsere Jetta kann die arge Hitze in der Stadt nicht vertragen, gerade so wie ihre Mutter." Frau Ursel sah zärtlich besorgt zu ihrem blassen Mädel hinüber. „Draußen auf der Fazenda werden wir beide wieder mehr Appetit haben, nicht wahr, mein Herz? Ich mag bei dieser Siedehitze auch nicht viel Fleisch essen. Das habe ich in den sechzehn Jahren meines Aufenthaltes im Tropenlande immer noch nicht begreifen gelernt, daß ihr Brasilianer vor allem der Fleischnahrung huldigt, Milton. Die Bewohner der heißen Zone pflegen doch Pflanzen und Früchten sonst den Vorzug zu geben."

„Das eine tun – das andere nicht lassen. Das ist auch Nitas Ansicht, nicht wahr? Diese Doces de Caju müßt ihr beide aber auch versuchen, Ursel. Freilich, Juan, dieses Tellerchen ist für dich. Du brauchst dich gar nicht so nachdrücklich in Erinnerung zu bringen, mein Sohn." Der kleine Juan hatte beim Auftragen des süßen Nachtisches den Vater energisch an seinem bastseidenen Ärmel zu zupfen begonnen.

„Darf ich meinen Nachtisch nicht dem alten Cico hinüberbringen, Papi?" fragte Marietta bittend. „Er ist krank, erzählte Homer. Diese Doces werden ihn sicher erquicken."

„Was fehlt dem Alten, Pedro?" wandte sich der Vater statt einer Antwort an den servierenden Mulatten.

„Oh, Don Tavares, ist schlimm, sehr schlimm. Schüttelt Cico, wie Sturm schüttelt Schiff in Ozean. Armer Cico friert bei Hitze."

„Homer soll sogleich den Arzt rufen, Pedro. Marietta, du betrittst Cicos Häuschen nicht. Du kannst dich anstecken. Keiner von euch darf zu Cico gehen, bis ich den Arzt gesprochen habe. Sage Homer, Pedro, daß er selbstverständlich, solange der Großvater krank ist, hier in der Stadt bei ihm bleibt. Später kann er uns zur Fazenda nachkommen."

„Homer muß zu Hause bleiben? Ohne Homer ist es gar nicht lustig auf der Fazenda. Dann hat Juan ja kein Pferdchen zum Reiten."

„Juan, ein Mensch ist kein Pferdchen, auf dem man reitet. Ich habe es dir schon öfters verboten, auf Homer zu reiten. Du tust ihm doch dabei weh", bedeutete die Mutter dem Kleinen.

„Wenn Juan brav ist, schenkt der Vater ihm auf der Fazenda ein kleines Pony. Dann kannst du mit dem Vater ausreiten, mein Junge“, versprach der Vater.

„Ja, Papi, wirklich? Tust du es auch gewiß? Ist Juan jetzt groß?“ Der Kleine vermochte an sein Glück nicht zu glauben.

„Nein, Milton, du machst doch nur Spaß, nicht wahr? Keine ruhige Minute hätte ich, wenn das Kind schon reiten lernte“, sagte Frau Ursel aufgeregt. „Es kommt noch früh genug dazu. Ich muß mich schon um die Großen genug sorgen.“

„Nun, wenn es dir nicht recht ist, mein Liebling, warten wir noch damit.“ Milton war sofort einverstanden.

„Es soll der Mammi aber recht sein. Alte Mammi!“ Grenzenlos enttäuscht war der Kleine.

„Juan, gehe in dein Kinderzimmer. Du bist unartig. Ich will dich hier nicht mehr sehen“, sagte der Vater mit außergewöhnlicher Strenge. Nur wenn eins der Kinder sich ungebührlich gegen die Mutter benahm, wurde er ärgerlich.

„Und ich will auch nicht mehr sehen, daß die Mammi ein trauriges Gesicht macht.“ Wütend lief der Kleine davon.

Milton Tavares trank seine Schale Mokka aus und nahm den Arm seiner Gattin, um sie ins Musikzimmer zu führen. Lachend flüsterte er ihr ins Ohr: „Von wem der Schlingel nur dieses Wutteufelchen hat? Von dir oder von mir?“

„Ich fürchte, von uns beiden“, gab Frau Ursel, ebenso belustigt wie ehrlich, zurück. „Aber hast du wirklich die Absicht, heute noch Musik zu machen, wo wir morgen die Stadt verlassen?“

„Darum gerade. Einen würdigeren Abschluß unseres Stadtaufenthaltes kann es für uns hier in Sao Paulo nicht geben. Was willst du singen, mein Herz? Oder wollen wir mit Anita ein Bratschentrio spielen?“

„Ich muß noch mit Marietta Abschiedsbesuche machen, Papi. Hast du auch die Überraschung für uns auf der Fazenda nicht vergessen? Du weißt doch?“

„Die Überraschung? Gut, daß du mich erinnerst, Kind.“ Der Vater machte ein verschmitztes Gesicht und schlug die ersten Töne auf dem Flügel an. „Willst du aus Rigoletto singen, Ursel, oder aus dem Barbier? Wie Donna Tavares befehlen.“ So ernst Milton Tavares auch in seiner Berufstätigkeit war, so aufgeräumt und heiter pflegte er im Kreise seiner Familie zu sein. Das Glück seiner Ehe und die

Harmonie seiner Häuslichkeit spiegelte sich in seinem frischfröhlichen Wesen wider.

„Und die Noten, Milton? Wann packen wir die ein?“ gab seine Frau noch zu bedenken.

„Wenn wir genug musiziert haben.“ Da schlug er schon die ersten Töne an.

Sie zogen hinaus bis zu der großen Kokuspalme, in deren Schatten Marietta stand und lauschte. Die Sonne tauchte drüben über den Bergen in ein Farbenmeer von unglaublicher Pracht. Lichtgrüner Himmel, rosenrot, violett, orange und zitronengelb überhaucht, lag über der verdämmernden Tropenwelt. Marietta schaute, lauschte und träumte.

„Also hier steckst du, Jetta.“ Anitas helle Stimme weckte sie empor. „Bist du Sonnenanbeterin geworden oder gar mondsüchtig? Komm, das Auto ist schon vorgefahren. Woran dachtest du denn bloß?“

„Ich dachte daran, ob es in Mammis deutscher Heimat wohl auch so schön sein kann, wie hier bei uns.“

„Sicher nicht. Bei uns ist alles viel eleganter und vornehmer“, erwiderte Anita, ohne zu überlegen.

„Mammi sagt, wahre Vornehmheit trägt man in sich, Nita. Die offenbart sich nicht in Eleganz. Auch der Ärmste kann sie besitzen.“

„Das sind echt deutsche Ansichten“, machte Anita abweisend. „Der Junge, der Juan, wird auch viel zu sehr verweichlicht. Warum soll er nicht reiten lernen? Mammi vergißt oft, daß wir in Amerika leben und daß hier andere Regeln gelten, als in Europa.“

„Aber, Nita!“ erhob die Zwillingsschwester Einspruch. Wie konnte man nur gegen ihre Mutter etwas Derartiges sagen! „Ich wünschte, wir wären, wie unsere Mammi ist.“

„Das – das wünschte ich eigentlich auch“, gab Anita in jähem Umschwung der Gefühle ganz unerwartet zu. „So, Jetta, und nun mache kein solch niedergeschlagenes Gesichtchen. Du weißt doch, ich rede öfters mal dummes Zeug.“

Da hielt das Auto vor dem Hause einer befreundeten Familie. Ein schwarzer Diener öffnete den Schlag. Leichtfüßig sprang Anita heraus. Marietta folgte nachdenklich. Merkwürdig, sie konnte ihr niemals ernstlich böse sein, der Anita.

Kam das daher, daß sie Zwillinge waren? Aber ging es anderen Leuten mit Anita nicht gerade so?

2. Kapitel. Jimmy

Ribeirao Preto, der Sommersitz der Familie Tavares, lag acht bis neun Bahnstunden von der Stadt entfernt. Das bedeutete für amerikanische Zeit- und Raumverhältnisse nicht viel. Pflegten die Herren aus der Stadt, soweit sie sich nicht Ferien nahmen, doch mindestens einmal in der Woche diese Strecke im Auto zu ihren Familien zurückzulegen.

Nicht nur Milton Tavares besaß dort seine mit allem Komfort eingerichtete Sommerbesitzung. Auch die übrigen Familienmitglieder, Don Fernando und seine Frau Margarida, die Mutter, Donna Tavares, verschiedene Vettern und Freunde hatten sich dort angesiedelt. Eine elegante Kolonie war entstanden mit äußerst lebhafter Geselligkeit, mit Vergnügungen und Sportveranstaltungen aller Art. Nirgends lebte man angenehmer und sorgloser als draußen auf der Fazenda.

Meilenweit erstreckten sich die Kaffeeplantagen, aus denen das Haus Tavares seinen Reichtum schöpfte. Viele hundert Arbeiter, Männer, Frauen und Kinder waren hier vom frühen Morgen bis zum späten Abend bei glühender Tropensonne mit schwerer Arbeit beschäftigt. Weiße und Farbige. Meist waren es italienische und deutsche Auswanderer, die das Glück in die Ferne gelockt hatte, die es vergeblich gesucht, niemals gefunden hatten. Sie waren froh gewesen, bei dem reichen Kaffeekönig in Brasilien einen Unterschlupf zu finden. In elenden, fensterlosen Lehmhütten hausten sie – das war das Glück, das sie im fremden Lande erwartete. Seit der junge Herr, Don Milton, das Zepter im Kaffeereiche führte, hatten sich die Lebensverhältnisse der Arbeiter gebessert. Daran war vor allem seine schöne, blonde Frau schuld, die der Arbeiterschaft, ganz besonders ihren deutschen Landsleuten, mit warmem Herzen entgegenkam. Niemals hatte Frau Ursel das auf Äußerlichkeiten gestellte Drohnendasein der verwöhnten brasilianischen Frauen mehr empfunden, als draußen auf der Fazenda, wo sich tausend schwielige Hände regten, um all den Luxus für die Besitzer herbeizuschaffen. Sie schämte sich dessen, wenn sie unmittelbar neben der Eleganz des eigenen Hauses das Elend der Plantagenarbeiter beobachtete. Die anderen Frauen hatten dafür kein Auge. Die

Schwiegermutter hatte sie liebevoll ein sentimentales Närrchen genannt, als Ursel damals, als junge Frau, mit der ihr eigenen freimütigen Offenheit für die Arbeiter eingetreten war und das Leben derselben mit dem ihrigen verglichen hatte. „Was willst du, Kind, sie verdienen sich ihr Brot und sind zufrieden. Sie sind anspruchslos und kennen es nicht besser. Da gehört mancher zur Gesellschaft in Sao Paulo, dessen Eltern früher auf den Plantagen gearbeitet haben. Heute fahren sie im eigenen Auto. Es geht schnell mit dem Auf- und Abstieg in Amerika. Ein jeder muß hier an sich denken. Du wirst die hiesigen Verhältnisse nicht ändern, Kind."

Frau Ursel aber hatte sich vorgenommen, diesen Mißständen abzuhelfen. Und was Ursel sich in den Kopf gesetzt hatte, das führte sie auch durch. Schon daheim im Elternhause war ihr Wille schwer zu beeinflussen gewesen.

Milton Tavares hatte ein offenes Ohr für das Anliegen seiner jungen Frau. Las er ihr doch jeden Wunsch von den Augen ab. Er selbst hatte in Deutschland geordnete soziale Fürsorge für die Arbeiterschaft kennengelernt und brachte Frau Ursels Vorschlägen für gesunde Arbeiterwohnstätten Verständnis und tatkräftige Hilfe entgegen. So waren in den letzten zwölf Jahren auf den Tavaresschen Kaffeeplantagen helle, freundliche Siedlungshäuser für die Arbeiter entstanden, während auf den benachbarten Plantagen noch dieselben Mißstände anhielten. Sooft Frau Ursel jetzt ihren Sommersitz bezog, hatte sie eine stolzfreudige Genugtuung, Gutes gewirkt zu haben.

Es war am frühen Morgen. Ein Tropenmorgen, so heiß, so sonnenhell und strahlend, als sei er eigens für die Sommerfrischler auf der Fazenda heraufgezogen. Durch den weitausgedehnten Palmengarten sprühte silbern der erfrischende Wasserstrahl, den die Neger aus langen Schläuchen über die üppige Baum- und Pflanzenwelt leiteten. Leuchtende, seltsame Blüten öffneten ihre Kelche in jubelnder Farbenfreude dem neuen Sonnenlichte. Schmetterlinge, wie geflügelte Riesenblumen anzuschauen, durchschaukelten die Luft. Papageien und Kolibris in lachender Buntheit wiegten sich hoch oben in Palmenwedeln.

Auf der Terrasse, über deren gläsernes Dach rieselndes Wasser zur Kühlung herabsickerte, war die Familie beim Morgenfrühstück versammelt. Der Hausherr war selbst in den Ferien ein Frühaussteher. Er hatte seinen Morgenritt bereits hinter sich, während seine Damen Langschläferinnen waren, wie er sie scherzend nannte.

„Milton, sieben Uhr ist es erst. Bei uns daheim in Deutschland würden die Eltern mir einen Preis zuerkannt haben, wenn ich so zeitig aus den Federn gefunden hätte“, setzte Frau Ursel den Neckereien des Gatten entgegen.

„Bei uns daheim – ja, Ursel, wo bist du denn daheim?“ Milton Tavares zog die Augenbrauen hoch.

„Im Tropenlande, mein Herr Tyrann, wenn meine Gedanken auch manchmal, all deiner Eifersucht ungeachtet, in ein kleines deutsches Haus, das jetzt in Schneebetten vergraben liegt, entwischen. Gedanken sind zollfrei, wie du weißt.“

„Nein, solche Gedanken kosten Zoll.“ Dabei schlang Milton Tavares den Arm um die Schulter der Nebenihmsitzenden und nahm sich den Zoll von ihren frischen Lippen.

Miß Smith, die englische Governeß, die gerade in ihre dick mit Honig bestrichene Weißbrotschnitte biß, machte dazu ein Gesicht, als hätte sie Wermut auf der Zunge.

„Oh, Miß Smith, Sie werden sich verschlucken“, meinte Anita mit teilnehmendem Gesicht.

„Wieso, Anny?“ fragte die Miß kauend.

„Sie haben bestimmt eben ein shocking hinuntergeschluckt. Ist es Ihnen nicht in der Kehle stecken geblieben?“

Die Engländerin machte ein unnahbares Gesicht. Es sah so steif und zugeknöpft aus wie der weiße Leinenkragen, den sie ungeachtet der Tropentemperatur trug. Sie blickte von den scheinheilig ernsten Mienen ihres Zöglings zu dessen Eltern, hoffend, daß von dort der notwendige Tadel ausgesprochen würde.

Frau Ursel sagte denn auch pflichtschuldigst: „Anita, du vergißt stets, mit wem du deinen Scherz treiben darfst.“ Obgleich es ihr schwer wurde, ihre Heiterkeit zu verbergen. Ihr Gatte aber wandte sich lachend an die Erzieherin: „Nur ein Kuß, Miß Smith, – a little kiss. Der gehört zu solchem herrlichen Morgen auf dem Lande. Meinen Sie nicht auch?“

Die Miß verbeugte sich höflich zustimmend.

Da aber platzte Anita los. Sie lachte – lachte – und steckte mit ihrem silberhellen Lachen auch ihre Zwillingsschwester an. Es war aber auch zu komisch – die Miß und a kiss, das waren zwei Dinge, die wirklich nichts miteinander zu tun hatten. Wirkte sie doch mit ihren strengen Zügen, dem straff zurückgestrichenen Haar und den eckigen Bewegungen mehr wie ein Mann, als wie ein weibliches Wesen. Auch aus ihrem Alter konnte man nicht klug werden. Sicher war Miß Smith mit zwanzig Jahren schon genau so alt gewesen, wie mit fünfzig. Jetzt wandte sie sich mißbilligend an Marietta, die ihr sonst ihr Amt nicht allzu schwer machte. „Mary, auch du! Du darfst dich nicht von deiner Schwester Anny zu ungehörigem Benehmen verleiten lassen, sondern mußt versuchen, günstig auf dieselbe einzuwirken." Miß Smith sprach stets englisch.

Marietta machte ein bestürztes Gesicht. Ihrem guten Herzen tat es sofort leid, daß sie die Miß ausgelacht hatte. Anita aber, die unverbesserliche, rief: „Wirke auf mich ein, Jetta, es tut dringend not."

„Es tut not, daß ihr jetzt Schluß macht und eure ausgelassene Ferienstimmung, der Miß Smith gewiß manches zugute halten wird, nicht auf die Spitze treibt. Habt ihr fertig gefrühstückt? Schön, dann könnt ihr zur Großmutter hinüberreiten und ihr guten Morgen wünschen", machte die Mutter der unbotmäßigen Lustigkeit ein Ende.

„Erst unsere Überraschung, Papi. Du hast uns auf heute vertröstet. Wo bleibt die Überraschung?" bestürmte Anita den Vater.

„Kleine Ungeduld! Pedro wird sie sogleich bringen." Der Mulatte eilte auf einen Wink seines Herrn davon und kam mit einem Bambuskörbchen, das rosenrot abgefüttert war und eine Seidendecke in derselben Farbe besaß, zurück.

„Ein Kind?" fragte Anita zweifelnd und zog fürwitzig die Decke herab. „Ach, ein Äffchen, ein süßes Äffchen – gehört es mir, ja, Papi? Mir ganz allein?"

„Euch beiden – ihr seid doch Zwillinge. Nun, Jetta, freust du dich auch über den neuen kleinen Hausgenossen?"

„Nein, gar nicht!" Marietta war unwillkürlich einen Schritt zurückgewichen. „Ich mag Affen nicht." Sie mochte nicht gestehen, daß sie sogar eine Scheu vor ihnen hatte.

„Aber der hier ist doch süß! Ein ganz junges Äffchen, nicht wahr, Papi? Und so zahm ist er! Ich werde ihn Jimmy nennen." Anita reichte ihm ihre schlanke Hand hin, in die der Affe seine braune, langfingerige legte.

„ Marovilhosa – er ist wundervoll! Ein entzückendes Tierchen! Alle vornehmen Damen besitzen ein zahmes Äffchen. Vielen, vielen Dank, Papi." Begeistert küßte Anita dem Vater beide Wangen.

„Nun, und wo bleibt dein Dank, Marietta? Willst du den kleinen braunen Burschen nicht auch bewillkommnen?“

Marietta legte die Hände auf den Rücken und trat in deutlicher Abneigung noch einen weiteren Schritt zurück.

„Sie hat Angst! Unsere große Jetta hat Angst vor dem kleinen Äffchen“, lachte Anita sie aus.

„Eine Tavares hat keine Angst“, sagte der Vater in bestimmtem Tone. „Geh, schau dir das Tierchen mal näher an, Marietta. Es tut nichts.“

Anita hatte den braunhaarigen Gesellen aus seinem rosigen Bettchen genommen und hielt ihn der Schwester entgegen. „Sei lieb, Jimmy, komm, streichle die Jetta.“

Mit der braunen Affenhand wollte sie Mariettas zarte Wange berühren. Aber schreiend wich diese zurück. Der Affe, erschreckt über ihren Schrei, machte einen Satz auf das junge Mädchen zu und versetzte ihm ein paar Ohrfeigen. Marietta schrie wie am Spieß. Der Affe sprang die Terrassenstufen auf allen vieren hinab, hast du nicht gesehen den schlanken Schaft einer Palme hinauf und sah nun von dort oben der Weiterentwicklung der Dinge zu.

Anita hielt sich die Seiten vor Lachen. Auch der Vater stimmte in ihr Lachen ein. Der Anblick war unglaublich komisch. Bei Frau Ursel überwog das mütterliche Mitleid. Sie zog das erschreckte Mädchen zu sich heran und beruhigte es zärtlich.

„Jetta, Mädelchen, wer wird denn so ängstlich sein. Das Äffchen tut nichts, wenn du es nicht reizt. Obgleich ich gestehen muß, daß mir der vierhändige Familienzuwachs auch nicht gerade sympathisch ist.“

„Gräßlich unsympathisch ist er – horrible indeed!“ Die Miß, die ganz versteinert dagesessen, zeigte wieder Leben.

„Wenn du den Affen nicht magst, verschenken wir ihn, Ursel“, stimmte ihr Mann sofort bereitwillig bei.

„Nein – nein, das tust du mir nicht an, Mammi. Ich bin ganz selig über ihn. In Europa halten sich die Damen ein Schoßhündchen oder einen Papagei oder einen Vogel im Käfig. Laß mir doch auch meinen Affen. Tante Margarida hat auch einen“, bat Anita lebhaft.

„Nun, hier draußen auf der Fazenda mag er meinetwegen bleiben. Aber in das Haus darf er nicht.“ Die Mutter wollte jedem ihrer Kinder gerecht werden. Man konnte Anitas tiefblauen Strahlenaugen nur schwer etwas abschlagen.

„Ich mag keine nervöse junge Damen, Marietta“, äußerte sich der Vater. „Für dich ist es mir besonders lieb, daß die Mutter dem neuen Hausgenossen ein Plätzchen auf der Fazenda gestattet. Du mußt dir die kindische Furcht abgewöhnen. Amerikanische Mädchen dürfen keine zartbesaiteten Nerven haben.“

Anita schlang den Arm um die Schwester. „Du wirst dich schon an Jimmy gewöhnen, Jetta. Er ist ja so niedlich. Er soll dich auch ganz gewiß nicht mehr streicheln, wenn es dir unangenehm ist.“

Marietta machte sich aus dem sie umfangenden Arm frei. „Der abscheuliche Affe verdirbt mir den ganzen Ferienaufenthalt hier in Ribeirao Preto. Wenn du mich lieb hast, Nita, verzichtest du auf ihn. Wähle zwischen ihm und mir!“ Anita lachte hellauf. Auch die Eltern mußten lachen. Selbst die Miene von Miß Smith wurde süßsäuerlich.

„Ach, bist du komisch, Jetta! Bist du komisch! Jimmy ist doch nicht mein Zwilling, daß ich zwischen euch wählen soll. Oder findest du, daß er mit einem von uns Ähnlichkeit hat?“ Ihr Lachen wirkte so ansteckend, daß sogar Marietta einstimmen mußte. Anita hatte wieder mal gewonnenes Spiel.

Jimmy wurde mittels einer Banane von seinem hohen Auslug herabgelockt. Und als er so possierlich die Banane mit Händen und Zähnen abzuschälen begann und die Schalen dann der unglücklicherweise zunächst sitzenden Miß an den Kopf warf, die erschreckt aufkreischte, hatte Marietta die eigene Furcht schon ein wenig überwunden. Obwohl Jimmy sich so unehrerbietig gegen Miß Smith benahm, ward er gnädig in den Tavaresschen Familienkreis aufgenommen.

Aus dem Garten klang die Stimme der alten Rosita: „Juan – Juan – wo steckst du?“ Und gleich darauf ihr empörter Ausruf: „Nein, dieser Junge! Nun hat Rosita ihn von Kopf bis Fuß frisch angezogen, und jetzt ist er pitschenaß. Juan, willst du wohl aus dem Springbrunnen heraus!“

Die Familie eilte zum Garten hinab. Nur die Miß und Jimmy blieben zurück. Erstere, weil sie so leicht nichts aus der Ruhe zu bringen vermochte, letzterer, weil ihn die Reste des reichen Frühstückstisches lockten. Beide betrachteten sich mit gegenseitigem Mißtrauen.

Inzwischen hatte Frau Ursel, deren Schritte Muttersorge beflügelte, als erste den Springbrunnen erreicht. Dort bot sich ein merkwürdiges Bild. In dem großen Steinrund, das von dem niederstäubenden Wasserbogen des Springbrunnens gefüllt wurde, jagte der kleine Juan wie ein Zirkuspferd herum, jedesmal laut aufjuchzend, wenn ihn der nasse Strahl durchweichte. Hinter ihm her – allerdings außerhalb des Steinbassins – die alte Mulattenkinderfrau, rufend und bittend. Vergeblich bemühte sie sich, ihn herauszuangeln. Immer wieder entwischte ihr der kleine Bursche. Hinter den Bäumen und aus dem Buschwerk lugte, vor Vergnügen grinsend, die farbige Dienerschaft hervor.

Frau Ursel wußte nicht, ob sie über das eigenartige Bild lachen oder schelten sollte. „Juan – gleich kommst du heraus. Du wirst dich erkälten. Ganz naß sind deine Locken. Und den schönen, neuen Anzug verdirbst du obendrein."

„Ach, Mammi, herrlich ist es unter der Brause. Komm doch auch herein." Der kleine Wassergott begann die großen Schwestern, die nun auch auf ihn Jagd machten, übermütig zu bespritzen. Das gab ein Lachen, Jauchzen und Kreischen, daß die Papageien droben in den Baumzweigen ihre runden Äuglein erstaunt aufrissen. Wo war ihre vielmonatige Ruhe hin?

„Juan, jetzt ist es genug des Übermuts. Jetzt kommst du heraus", befahl der Vater. Heimlich hatte er seine Freude an dem Streich seines Jungen, der ihm oft nicht forsch genug war.

„Bekomme ich auch das kleine Pony, Papi? Und darf ich mit dir ausreiten?" leitete der Kleine die Verhandlungen ein.

„Das wird sich später finden."

„Nein, das soll sich gleich finden, das kleine Pony", verlangte der Kleine, der ziemlich verzogen war.

„Ich habe etwas viel Schöneres für dich, Juan, als das Pony – ein süßes, kleines Äffchen, Jimmy heißt es", versuchte ihn Anita zu überreden.

„Juan, sieh nur, wie traurig die Mammi ist, weil du ungehorsam bist", stellte Marietta zu gleicher Zeit dem kleinen Bruder vor.

Was nun mehr Eindruck auf Juan machte, das Äffchen Jimmy oder die traurige Mammi, das ließ sich schwer ergründen. Er war sich wohl selber darüber nicht ganz klar, was ihn veranlaßte, dem kühlen Bade zu entsteigen und sich von der atemlosen Kinderfrau greifen zu lassen.

„Wenn du dich brav abreiben und umkleiden läßt, Hansi, hat dich die Mammi wieder lieb." Frau Ursel strich dem Kleinen die triefenden Haare aus dem Gesicht.

„Erst den Affen sehen", verlangte Juan.

„Der Vater zeigt dir das Äffchen. Dann aber gehst du gleich artig mit Rosita in die Kinderstube."

Als man die Terrasse betrat, bot sich dort ein ähnliches Schauspiel, wie vorhin am Springbrunnen. Nur daß die Schauspieler andere waren. Jimmy, das Äffchen, jagte die Miß. Rings um den Tisch jagte er die steife Engländerin, die sich atemlos mit Bambusstühlen vor ihrem Verfolger zu verbarrikadieren suchte. Vergebens. Mit einem Satz hatte Jimmy das Hindernis genommen.

„ Dreadful indeed!" – Die atemlose Miß konnte nicht weiter.

„Werfen Sie doch die Orange fort, Jimmy will ja nur die Orange, die Sie in der Hand halten, Miß Smith", rief Anita, als sie vor Lachen wieder sprechen konnte.

Marietta überwand sich so weit, trotz der eigenen Scheu der armen Miß zu Hilfe zu kommen. Aber Jimmy hatte sich bereits in den Besitz der Orange gesetzt und ließ nun von seinem Opfer ab.

Die Miß war halb ohnmächtig. Man mußte ihr Brausepulver bringen und die Stirn mit erfrischenden Essenzen einreiben. Eine starke Migräne war die Folge der Aufregung. Leider hatte sie auf die böse Anita nur den Erfolg, daß diese Jimmy, das Äffchen, noch mehr in ihr Herz schloß. War man doch für diesen Tag die Miß mit ihren Anstandsregeln glücklich los.

3. Kapitel. Samariterin

Vor dem Hause scharrten ungeduldig die Pferde. Es waren prachtvolle Tiere. Der Rappe war der Lieblingsgaul der Donna Tavares, während die jungen Mädchen kleinere Silberfüchse als Reitpferde besaßen. Pedro, der Mulatte, hielt sie am Zügel. Er war es gewöhnt, daß man auf sich warten ließ. Langsam schritt er mit den Tieren unter den Olivenbäumen hin und her.

Endlich erschienen die Damen. In ihren kleidsamen, hellen Reitkostümen, große Tropenhüte zum Schutz gegen die Sonne auf dem Kopf, schwangen sie sich graziös in den Sattel. Milton Tavares hielt seiner Gattin den Steigbügel. Diesen Dienst überließ er keinem anderen.

„Sobald ich die telephonische Verbindung mit Santos habe, komme ich euch nach. Grüßt inzwischen die Mutter und Margarida. Sollte es länger dauern, so reite ich euch den Weg durch den Olivenhain entgegen."

Er blickte den drei anmutigen Reiterinnen, die grüßend davonsprengten, mit stolzfreudigen Empfindungen nach.

Unter Oliven und Orangenbäumen führte der Weg zu strauchartigen Anpflanzungen, die sich bis an die blauen Berge in endlosen dunkelgrünen Wellen dehnten. Das waren die Kaffeeplantagen. Immergrüne, lederartige Blätter verbargen die duftenden, rötlich-violetten Blüten. In regelmäßigen Abständen waren die mannshohen Sträucher angelegt. Sie gaben der Gegend etwas Einförmiges. War das Auge doch gerade im Tropenlande an bizarre Formen von Pflanzen, an üppigste Vegetation und buntesten Farbenreichtum gewöhnt.

„Wie ich die Plantagen zum erstenmal vor Jahren erblickte, haben sie mich traurig gestimmt", sagte Frau Ursel sinnend. „Sie erschienen mir wie ein gewaltiges Meer, das Tausende von Menschen verschlingt, um einzelnen seine Schätze zu spenden."

„Papi sagt, unsere Plantagen seien ein Segen für viele, die sonst keine Arbeit hätten", meinte Marietta nachdenklich.

„Der Vater hat recht. Seitdem die netten Siedlungshäuser entstanden sind, empfinden wohl auch die Arbeiter den Segen ihres schweren Tagewerks." Liebevoll blickte Frau Ursel auf einen weißen Komplex von kleinen Häusern, der aus dem dunkelgrünen Blättermeer wie eine weiße Insel herausragte.

„Weißt du, Mammi, wie die Plantagen, so denke ich mir den deutschen Wald", sagte Marietta sinnend. Ihre dunklen Augen bekamen etwas Träumerisches.

„Unseren lieben deutschen Wald? Nein, mein Herz, der ist ganz, ganz anders. Den kann man sich nicht vorstellen, ohne ihn gesehen zu haben. Wie ein lichtgrüner Dom wölben sich die Baumkronen der Buchen und Eichen. Anemonen, Waldveilchen und Vergißmeinnicht umkränzen den murmelnden Bach. Singvögel, nicht so bunt wie die hiesigen, aber mit ungleich süßerem

Wohllaut, jubilieren im grünen Blätterhaus. Auf samtweichem Moos ruht es sich herrlich am Herzen der lieben, deutschen Muttererde." Immer sehnsuchtsvoller wurde die Frauenstimme.

„Solche Riesenfarren, solche üppigen Schlingpflanzen und so hohe Palmen wie bei uns gibt es im deutschen Wald sicher nicht. Und auch nicht so herrliche Obstbäume. Du hast uns selbst erzählt, Mammi, du hättest niemals früher so große Orangen und Pfirsiche gesehen wie hier. In Europa ist alles zwergenhaft klein", warf Anita dazwischen, die nichts gegen Amerika aufkommen ließ.

Frau Ursel beachtete den Einwurf nicht. Die war mit ihren Gedanken weit fort. „Sechzehn Jahre sind es nun her, daß ich die Heimat, die Eltern, all die Lieben in Deutschland nicht mehr gesehen habe. Wer mir das damals gesagt hätte, als ich eurem Vater über das große Wasser folgte! Ich hätte es nicht für möglich gehalten."

„Wärst du ihm dann nicht gefolgt?" erkundigte sich Anita neugierig.

„Ich glaube doch wohl", lächelte die Mutter. „Aber schwer, noch ungleich schwerer wäre es mir geworden. Ich habe es damals als neunzehnjähriges Ding doch noch nicht erfaßt, was solch eine Trennung, ein derartiges Loslösen von der Heimat bedeutet."

„Onkel Juan war doch inzwischen zu Besuch bei uns", versuchte Marietta die wehmütigen Gefühle der Mutter zu zerstreuen.

„Mein Bruder Hansi – ja, das war auch die einzige persönliche Verbindung mit der Heimat. Wißt ihr noch, wie er mit euch gespielt und getobt hat, der Onkel Hans? Sieben Jahre wart ihr damals. Eine Ewigkeit ist es schon wieder her."

„Wenn ich Donna Tavares gewesen wäre, ich wäre sicher mindestens alle zwei bis drei Jahre nach Europa hinübergegondelt. Daran erkennt man, daß du keine Amerikanerin bist, Mammi", ließ sich Fräulein Klugschnack vernehmen.

„Nein, Anita, meine deutsche Herkunft trägt nicht die Schuld an meiner Seßhaftigkeit. Ihr seid daran schuld, ihr Kinder, und auch der Vater. Das erstemal, als ich mit euch hinüberfahren wollte – zur silbernen Hochzeit der Großeltern war's –, da zähltet ihr erst wenige Monate, und der Arzt fürchtete wohl mit Recht den Klimawechsel für euch. Bald darauf starb der Großvater Tavares. Die Last des vielverzweigten Kaffee-Exports lag auf den Schultern eures Vaters. Er konnte nicht monatelang dem Geschäftsbetrieb fernbleiben. Und mich so lange missen, wollte er noch weniger. So ward es von Jahr zu Jahr verschoben. Dann erschien Juan, unser kleiner Nachkömmling. Und wieder vergingen die Jahre. Zu Beginn eines jeden nahmen wir uns vor, in diesem Sommer geht es bestimmt hinüber. Stets kam etwas dazwischen. Die Großeltern in Lichterfelde sind alt geworden bei dem ständigen Hoffen und vergeblichen Harren. Wer weiß, ob man sie nochmal wiedersieht.“ Solch mutlose Kundgebung ihrer Heimatssehnsucht war sonst gar nicht Frau Ursels Sache.

Die Töchter waren denn auch bestürzt und erschreckt.

„Aber Mammi, liebe, kleine Mammi, nun dauert es doch gar nicht mehr lange, dann fährst du mit uns zu den Großeltern nach Deutschland. In kurzem ist Weihnachten – gleich nach Ostern reisen wir. Das ist gar nicht mehr lange hin.“ Wenn es galt, ihre Mammi wieder froh zu machen, wurde Marietta ebenso lebhaft und beredt wie ihre Zwillingsschwester.

„Wenn ich nur mal erst wieder Nachricht hätte. Die Großmutter schreibt sonst so regelmäßig alle zwei Monate. Aber nun ist schon ein Vierteljahr seit ihrem letzten Brief vergangen. Hoffentlich ist drüben alles gesund.“

Aus dem dunklen Grün der Anpflanzungen tauchten die hellen, breitränderigen Farmerhüte der Plantagenarbeiter auf. Kauernde Gestalten richteten sich bei dem nahenden Hufschlag von der Arbeit empor und grüßten die Vorüberreitenden ehrerbietig. Dunkle und hellfarbige Gesichter, schwarze und blaue Augen. Es war ein Gemisch der verschiedensten Nationalitäten und Rassen.

Das Sommerhaus der Janqueiras war erreicht. Es lag landschaftlich schöner als das Tavaressche, dem Gebirge näher. Aber der Bau wirkte geschmacklos und überladen protzig. Schwarze Diener halfen den Damen beim Absteigen. Man führte sie in den Salon. Auch dort zeigte sich Mangel an verfeinertem Geschmack. Sofa und Sessel waren mit weißen Leinenüberzügen verhängt. Margarida hatte das in einem Berliner Schloß bei ihrem europäischen Aufenthalt gesehen und ließ sich nicht davon abbringen, dies besonders vornehm zu finden. Die Krone war von einem graublauen Papierlampenschirm verhängt. Die Vasen schmückten bunte Papierblumen. Die Kinder kannten den Salon der Großmutter Tavares nicht anders, wenn sie auch den Unterschied von dem eigenen Heim herausfühlten. Ursel aber gab es stets einen Stich ins Herz, sooft sie den geschmacklosen Raum betrat.

„Ah, ihr seid es – willkommen – willkommen!“ Die Schwiegermutter, noch heute Spuren ehemaliger Schönheit verratend, begrüßte in ihrer lebhaften italienischen Art Schwiegertochter und Enkelinnen, sie nach Landessitte auf die Wangen küssend. „Kommt ins Schlafzimmer, da ist es gemütlicher." Sie schritt den dreien voraus.

Auch daran hatte sich Frau Ursel gewöhnen müssen, daß man hier in Brasilien gute Freunde und Anverwandte im Schlafraum empfing. Auf den Betten nahm man Platz, die nur Matratze, Leinentuch und ein Paradekissen, das am Tage zum Schmuck lag und zur Nacht fortgenommen wurde, zeigten. Das Moskitonetz, das wichtigste Utensil in den Tropen, war zurückgeschlagen.

Auch Donna Margarida erschien, erfreut über den lieben Besuch. Sie war nicht mehr zierlich und graziös wie ein Püppchen, sondern war von den vielen Süßigkeiten und dem Schlaraffenleben, dem sie huldigte, etwas in die Breite gegangen.

Man saß auf den Betten. Farbige Diener brachten Eis und Früchte. Frau Ursel mußte über alle Bekannte in Sao Paulo Bericht erstatten. Denn die beiden anderen Damen waren schon über einen Monat aus der Stadt entfernt, und der Klatsch spielte dort eine wichtige Rolle. Anita verstand es besonders, die Ereignisse in humoristischer Weise darzustellen. Die Großmutter, deren erklärter Liebling sie in ihrer südländischen Lebhaftigkeit und Schönheit war, strahlte, und auch Tante Margarida bildete ein dankbares Publikum. Frau Ursel aber mochte das Herziehen über den lieben Nächsten nicht, ebensowenig, daß ihr ohnedies schon genügend selbstbewußtes Töchterchen derart den Mittelpunkt bildete. Sie unterbrach Anitas amüsante Beschreibung: „Nita, du läßt heute dein Lästermündchen wieder mal abschnurren. Nun ist es genug. Gehe mit Jetta lieber in den Garten."

Marietta sprang erfreut auf, sie langweilten diese Berichte, geradeso wie ihrer Mutter. Anita aber zog ein Mäulchen.

„Jetta und ich wollen lieber eine Stunde reiten." Ohne die Schwester zu fragen, nahm Anita es als selbstverständlich an, daß diese ihren Wunsch teilte. War Marietta doch immer nachgiebig und fügsam.

„Aber nicht weiter als bis zur Schlucht, Kinder. Pedro oder Diego reitet natürlich mit euch mit."

Die jungen Mädchen verabschiedeten sich. Bald darauf sah man die Silberfüchse im Trab durch die Plantagen sprengen. Der schon etwas steifknochige Neger Diego konnte kaum hinterdrein.

„Ah, das tut gut, Jetta, nach dem langen Stillsitzen." Anitas schwarze Locken wehten. Wie eine junge Amazone flog sie dahin.

Auch Marietta war eine gute Reiterin, nur war sie in all ihren Bewegungen ruhiger. Aus ihren dunklen Augen sprühte ebenfalls die Freude an dem herrlichen Sport.

„Ein Wettritt, Jetta", schlug Anita vor. „Wer zuerst bei der großen Kokuspalme an der Schlucht ist. Der Graben wird als Hindernis genommen. Eins – zwei –", bei „drei" sauste sie schon davon.

Die Schwester folgte im Abstand einer Pferdelänge. Da hemmte Marietta plötzlich den Galopp. War da nicht irgendwo ein Weinen erklungen? Ein Zügelruck brachte den Gaul zum Stehen. Scharfen Auges spähte das junge Mädchen in den grünen Wellen der Kaffeesträucher, die den Weg besäumten, umher. Halt – da schimmerte ein rotes Röckchen.

Unter einem nur wenig Schatten spendenden Gummibaum kauerte ein kleines etwa siebenjähriges Mädchen. Blonde, wirre Haarsträhnen fielen über die sonnengebräunten Händchen, welche die Kleine vor das Gesicht geschlagen hatte. Der schmächtige Kinderkörper zuckte in ruckweisem Schluchzen.

Im Nu war Marietta vom Rücken des Pferdes herabgeglitten. Sie trat zu dem weinenden Kinde und legte ihm mitleidig die Hand auf den Kopf. „Warum weinst du, Kleine?" fragte sie in der portugiesischen Landessprache.

Das Kind ließ die Hände von dem verweinten Gesicht sinken und sah erstaunt zu dem vornehmen Mädchen auf. Es antwortete nicht.

„Willst du mir nicht sagen, warum du weinst?" drang Marietta in die Kleine.

Das Kind schüttelte den Kopf. Es begann von neuem zu schluchzen.

Ratlos stand Marietta vor dem kleinen Findling. Ihrem weichen Herzen schien es unmöglich, davonzureiten und das Kind seinem Schmerze zu überlassen.

„Diego, reite weiter zu Donna Anita und sage ihr, daß ich gleich nachkomme", gab sie dem alten Neger Weisung. Dann wandte sie sich wieder dem weinenden Blondköpfchen zu.

Ein Gedanke kam ihr. Sollte das Kind am Ende ihre Frage nicht verstehen? Es hatte so verständnislose Augen gemacht. Ein Kind der Tropen war es sicher nicht. Aber in welcher Sprache versuchte sie es?

„Warum weinen du, Kind?“ Die deutschen Laute, auf welche Marietta die Liebe für ihre Mutter übertrug, kamen ihr ganz von selbst auf die Lippen. Im Gegensatz zu Anita, die stets dagegen Front machte. Das Kind hob jäh den Kopf. Aus den verweinten Blauaugen kam ein Lächeln. „Ich habe Hunger, und Mutter ist krank“, sagte es in deutscher Sprache.

„Armes Kind!“ Zum erstenmal begegnete dem reichen, im Luxus aufgewachsenen Mädchen jemand, der Hunger litt. Hatte sie denn gar nichts, denselben zu stillen? Entsetzlich mußte es sein, hungern zu müssen.

Das junge Mädchen griff in die Tasche des Reitkleides. Da – das Stück Schokolade, das sie stets beim Ausreiten bei sich trug, würde den Hunger stillen.

Das Kind verschlang die Süßigkeit gierig.

„Nun du nicht hast Hunger mehr?“ erkundigte sich Marietta freundlich.

„Mächtigen Hunger“, dabei blieb das Kind. „Ich habe heute nur zwei Bananen gegessen.“

„Kochen ihr keine schwarzen Bohnen?“ Das war das Nationalessen, das auch auf dem ärmsten Tische nicht fehlte.

„Mutter ist krank, Mutter kann nicht kochen.“

„Aber dein Vater oder die Großmutter, sorgen sie nicht für dich?“

„Vater ist tot, und Großmutter ist weit weg. Über dem großen Wasser in Deutschland. Da ist's schön, sagt Mutter. Da hat sie in einem richtigen Haus gewohnt und ein Bett gehabt wie die reichen Leute.“

„Und hier ihr haben kein Bett?“ fragte Marietta leise. Das Elend war dem verwöhnten Mädchen noch nie so kraß entgegengetreten. Es griff ihr ans Herz.

„Bloß ein Lager auf der Erde aus Gras und Blättern. Mutter sagt, wenn Vater noch lebte, würde sie gern alles ertragen. Aber Vater ist ja nun tot. Und Mutter wird auch bald sterben.“ Das Kind sprach dieses Furchtbare mit einer gleichgültigen Selbstverständlichkeit aus.

„Oh, nicht sagen so Trauriges!“ Entsetzt blickte Marietta auf das kleine Mädchen. „Deine Mutter wird werden gesund. Haben ihr einen Arzt?“

„Wir haben kein Geld.“ Die Kinderaugen sahen sorgenvoll drein.

Marietta überlegte nicht länger. „Ich werde gehen zu deine Mutter.“ Vergessen war Anita und der Wettritt. Vergessen, daß sie niemals allein ohne einen Diener gehen durfte. Auch daß der Vater es nicht besonders gern sah, wenn seine Damen die Siedlungshäuser besuchten. Anita pflegte sich stets davon zu drücken. Aber Marietta hatte die Mutter schon öfters auf ihren Wegen der Menschenpflicht begleitet.

Das Pferd wurde an den Gummibaum gebunden. Dann folgte Marietta der Kleinen in die Kaffeeplantagen hinein. Kreuz, quer, wie in einem Irrgarten zogen sich die Wege durch die Anpflanzungen. Immer neue grüne Mauern türmten sich vor den beiden auf. Die Sonne brannte heiß. Marietta war nicht gewöhnt, zu Fuß zu gehen. Die Zunge klebte ihr am Gaumen. Die Unebenheiten der schlechten Wege verursachten ihren zarten Füßen durch das feine Schuhwerk Schmerzen.

War es nicht voreilig gewesen, sich so weit zu entfernen? Würde Anita sie nicht suchen? Sollte sie umkehren?

Nein – nein! Sie ging ja einen Samariterweg. Hatten die Ärmsten, denen sie Hilfe bringen wollte, nicht ständig mit solchen Strapazen und Qualen zu kämpfen? Mußten sie nicht noch obendrein schwere Arbeit leisten? Sangen dort nicht irgendwo sogar Leute bei der Arbeit? Mit aller Willenskraft zwang Marietta die ungewohnten Strapazen.

Nach einer halben Stunde – eine Ewigkeit dünkte sie dem erschöpften Mädchen – öffnete sich der endlos scheinende grüne Buschwald der Kaffeeplantagen. Ein freier Platz wurde sichtbar mit gelbgrauen Lehmhütten. Das war das Dorf, die Ansiedlung der zu den benachbarten Plantagen gehörenden Arbeiter.

Niemals war Marietta bis hierher gekommen. Für die Ausfahrten und Spazierritte pflegte man landschaftlich malerische Punkte zu wählen. O Gott, sah das hier öde und verlassen aus. War es denkbar, daß in diesen fensterlosen, elenden Lehmhütten Menschen hausten?

„Zu welche Fazenda ihr gehören?“ erkundigte sie sich. Das Kind nannte einen Namen. Er war angesehen in Sao Paulo, der Name Orlando. Die Familie lebte dort in Reichtum und Luxus. Zum erstenmal taten sich hier dem jungen Mädchen die krassen sozialen Gegensätze auf.

Vor einer der Hütten sielten sich nackte braune Mulattenkinder im Staub. Irgendwo blaffte ein Hund. Sonst alles wie ausgestorben. Das ganze Dorf war auf den Plantagen bei der Arbeit.

Mariettas kleine Führerin steuerte auf eine der Hütten zu. Der türenlose Eingang zu derselben war so niedrig, daß selbst das Kind beim Betreten der Hütte den Kopf neigen mußte. Palmenblätter bildeten das Dach. Statt einer Tür hing das Moskitonetz zum Schutz gegen die lästige Insektenplage vor der Öffnung.

Unwillkürlich hemmte Marietta den Schritt. Nein, nein, sie konnte nicht diesen verwahrlost ausschauenden Raum betreten! Ihr ästhetisches Empfinden, ihr Kulturgefühl bäumte sich dagegen auf.

„Schläfst du, Mutter?“ hörte sie da das Kind drin sagen. „Wach auf, Mutter. Da ist ein feines Mädel, das redet wie wir. Sie hat gesagt, sie will dir helfen.“

Darauf ein Stöhnen, dann eine matte Frauenstimme: „Uns kann keiner mehr helfen, Lottchen. Uns hat selbst der liebe Gott verlassen.“

Der verzweifelte Ton dieser Worte ließ Marietta alles andere vergessen. Sie sah nicht mehr die elende Hütte, vor der sie noch soeben zurückgeschaudert. Hier war ein Mensch in Not. Hier mußte geholfen werden. Schon bückte sie sich, um in die Hütte zu gelangen.

Der kleine Erdraum erhielt Luft und Licht nur durch die Türöffnung. Ein Tisch, ein Stuhl, eine Holztruhe. In der Ecke, aus ein paar Steinen errichtet, eine primitive Kochgelegenheit. Alles dies unterschied Marietta in dem dämmerigen Halbdunkel nach dem blendenden Sonnenlicht draußen erst nach und nach. Vorläufig hatte sie nur Augen für das kranke Weib, das da auf einem mit ein paar Lumpen bedeckten Blätterlager hingestreckt lag. Große, fiebrig glänzende Augen schauten erstaunt fragend auf die junge Besucherin.

„Guten Tag, liebe Frau, Sie sein krank?“ begann Marietta teilnehmend. Das Elend, das ihr hier unverhüllt entgegengrinste, legte sich ihr beklemmend auf die Brust. Sie vermochte kaum zu sprechen.

Bei den deutschen Lauten, obgleich sie fremdländisch anklangen, war es wie ein Lächeln über das abgezehrte Gesicht der Kranken gezogen.

„Sehr krank. Es geht zu Ende – ich fühl's. O Gott, der Durst, der entsetzliche Durst!“ Ein Ächzen folgte.

„Wo es geben Wasser hier?“ wandte sich Marietta, ihre Erschütterung niederzwingend, an das Kind. Sie griff nach einem braunen Krug.

„Dort – die Nachbarin hat uns heute morgen, ehe sie zur Arbeit ging, einen Eimer Wasser geholt. Aber das Wasser ist schlecht, man darf es nicht trinken. Es muß gekocht werden. Sonst wird man krank und muß sterben wie Vater“, setzte das Kind altklug hinzu.

Schlechtes Wasser, das Seuchen erzeugte. Marietta hatte in Sao Paulo davon sprechen hören, daß auf verschiedenen Kaffeeplantagen unverantwortlicherweise ungesunde Wasserverhältnisse seien. Himmel, wie war es möglich, daß die Orlandos in größtem Luxus lebten, während ihren Arbeitern die notwendigste Lebensbedingung, gesundes Wasser, fehlte?

„Wasser – nur einen Schluck Wasser! Ich verbrenne!“ stöhnte die Fieberkranke.

„Wir werden die Wasser kochen“, meinte Marietta kurz entschlossen. „Wo man kann kochen?“

Das Kind wies auf die aufeinandergetürmten Steine: „Holz liegt draußen. Aber der Herd raucht, wenn wir Feuer machen. Dann muß Mutter wieder husten.“

Ratlos stand Marietta da. Nur selten mal hatte sie in ihrem Elternhause die Küche betreten. Dort hauste die Dienerschaft, die schwarzen Köchinnen, die den ganzen Tag backten und brateten. Das war kein Aufenthalt für die jungen Fräulein.

Hätte sie doch nur Diego mitgenommen. Nun mußte sie selbst sehen, fertig zu werden. Denn die Kranke bat unausgesetzt um Wasser.

„Ich werden machen Holzfeuer.“ Mit ihren zarten Händen griff Marietta nach einem großen Scheit Holz und wollte es in den Steinherd legen.

„Man muß das Holz klein machen“, belehrte sie das Kind. „So hat Mutter es immer gemacht und auch die Nachbarin macht es so.“

Marietta griff nach einem Messer. Sie schämte sich vor der Kleinen, daß sie, die soviel Ältere, das nicht wußte.

Das Holz war zäh, das Messer stumpf. Ritsch – da war es statt in das Holz in Mariettas ungeschickte Finger gegangen. Rotes Blut tropfte hernieder.

„Es nicht tun weh“, beruhigte sie das erschreckte Kind und machte mit ihrem Spitzentaschentuch einen Notverband. „Aber es sein besser, ich schicken euch unseren Diener. Und der Arzt muß kommen auch.“

„Und auch was zu essen“, erinnerte sie das kleine Mädchen.

„Zu essen, ja, Lotta. Meine Mutter wird schicken euch.“ Es fiel Marietta plötzlich schwer auf die Seele, daß sie sich allein so weit entfernt hatte. Man würde sie suchen, sich um sie sorgen. Und hier hatte sie nicht einmal etwas nützen können. Unverantwortlich hatte sie gehandelt, ganz unüberlegt. Wäre es nicht viel richtiger gewesen, sie hätte von den Eltern Hilfe erbeten?

Die armen Menschen hier litten Hunger und Durst, und sie vermochte denselben nicht zu stillen. Eine Wahrheit ging dem reichen, verwöhnten Mädchen hier in dieser Einsamkeit auf: Man mußte lernen, man mußte selbst Hand anlegen können, sich nicht nur von der Dienerschaft abhängig machen. Es konnte Lebenslagen geben, in denen man auf sich selbst angewiesen war. Wollte man anderen Hilfe bringen, mußte man vor allem sich selbst zu helfen wissen.

„Fräulein, mich hungert“ – erinnerte Lottchen die mit versonnenen Augen Dastehende.

„Wasser – nur einen kleinen Schluck Wasser!“ kam es seufzend von den Lippen der Frau.

Marietta fuhr empor. „Ja, ja, ich gehen sofort. Ich senden Wasser, gute Wasser und Erfrischungen. Haben Sie einen Wunsch noch, liebe Frau?“

Die Kranke öffnete bei der weichen, mitleidigen Stimme mit Gewalt die fieberschweren Augen.

„Das Kind – das Kind“, flüsterte sie.

„O ja, Lotta wird erhalten Essen, gutes Essen“, versprach Marietta bereitwillig.

Die Kranke schüttelte den Kopf. Mühselig suchte sie die Worte. „Ich werd's nicht mehr lange machen – das Kind – was wird aus dem Kind – – –.“ Dieser Gedanke schien sie in ihren Fieberträumen entsetzlich zu quälen.

„Wenn der Arzt wird kommen, Sie werden ganz gesund, liebe Frau.“ Tränenschwer klang Mariettas Stimme. Der Jammer der Verlassenen griff ihr ans Herz.

„Ich will nicht mehr – ich kann nicht mehr – nur mein Kind – mein Lottchen – – –“

„Meine Mutter wird sorgen für ihr.“ Dieselbe Mutterliebe, die aus diesen verängstigten, mühsamen Worten der Schwerkranken sprach, empfand ja auch ihre Mutter. Die Mutterliebe war reich und arm gemeinsam, verband sie miteinander.

Wieder schüttelte die Kranke das Haupt. Es dauerte eine ganze Weile, bis sie zu sprechen vermochte. Der Atem ging keuchend, stoßweise: „Nicht hier bleiben – das Kind soll fort – nach Deutschland – zu meiner Mutter – im – im lieben Schlesierland – Wasser – nur einen Tropfen Wasser – – –.“ Ihre Gedanken begannen sich aufs neue zu verwirren.

So unerfahren das junge Mädchen war, sie sah, sie fühlte, daß hier noch ein anderer Gast bald die Hütte betreten würde – der unerbittliche Sensenmann.

„Bringe mir zurück zu meine Pferd, Lotta, daß ich kann schicken Hilfe“, wandte sie sich an das Kind. Noch einen Mitleidsblick zu der Ärmsten auf ihrem Blätterlager, dann stand Marietta wieder draußen in der glühenden Tropensonne.

„Welchen Weg wir müssen gehen, Lotta?“

Das Kind zuckte die Achsel.

„Ich weiß nicht“, sagte es schließlich nach längerer Überlegung.

Das junge Mädchen stand ratlos. Nach welcher Richtung sollte sie sich wenden? Die Lehmhütten, die einigen Anhalt boten, sahen alle eine wie die andere aus. Aber da waren ja die kleinen Negerkinder, die sich noch immer im Sande sielten, an denen waren sie vorhin vorübergekommen. Also mußte dieser Weg der richtige sein. Aber waren es auch dieselben Kinder? Die Negerkinder gleichen sich ja mit ihren schwarzwolligen Krausköpfchen wie ein Ei dem anderen. Auf gut Glück schlug Marietta den Weg an den spielenden Kindern vorüber ein. Wenn er sie nur heimbrachte, wenn er nur nicht in entgegengesetzte Richtung führte! Es war für einen Fremden gar nicht möglich, sich aus diesem Labyrinth der Kaffeeanpflanzungen mit seinen Kreuz- und Quergängen herauszufinden. Ein richtiger Irrgarten. Immer wieder stand man unschlüssig vor neuen Wegen. Dazu brannte die Sonne von Minute zu Minute glühender. Marietta, welche als mütterliches Erbteil die Tropentemperatur lange nicht so gut vertrug wie ihre Zwillingsschwester Anita, fühlte sich total erschöpft. Das Kind neben ihr weinte vor Hunger und konnte ihr absolut nichts nützen. Dazu empfand es Marietta als ein Unrecht, daß sie das Kind von dem Sterbelager der Mutter mitgenommen hatte. Aber allein hätte sie sich nie und nimmer in diese endlos grüne Wildnis hineingewagt. Noch nie in ihrem vierzehnjährigen Leben war sie einen Schritt außerhalb des Hauses allein gegangen.

Kein Mensch ringsum. Keine Plantagenarbeiter, die man um den Weg fragen konnte. Das Singen, das sie auf dem Hinweg vernommen, war verstummt. Es fehlte nicht viel, dann hätte Marietta es wie ihre kleine Begleiterin gemacht – geweint. Nur mit aller Gewalt hielt sie die Tränen zurück.

Sicher war sie länger, als der Hinweg betrug, gewandert. Es wurde ihr plötzlich zur furchtbaren Gewißheit, daß sie in entgegengesetzter Richtung ging. Aber auch dort mußte sie doch schließlich in bewohnte Gegenden kommen. Die Orlandos hatten, wie alle Plantagenbesitzer, ihr Sommerhaus auf ihrer Fazenda. Wenn sie wenigstens dorthin gelangte.

Lottchen war vor Hunger, Müdigkeit und Hitze zu keiner Auskunft mehr imstande. Schwer ließ sie sich von Marietta weiterziehen. Aber auch diese verließen die Kräfte. Unter einem breitzweigigen Kaffeeboskett, das einigermaßen Schatten bot, ließ sie sich, unfähig zum Weitergehen, nieder. Wie lange sie so gesessen, wußte sie nicht. Das Kind hatte das Köpfchen an ihre Schulter gelegt und war vor Erschöpfung eingeschlafen. Alles still. Nur der heiße Tropenwind flüsterte mit den Blättern.

Da ein Laut, ein heller, schreiartiger. Er schreckte Marietta aus ihrem Dämmerzustand auf.

War es ein Vogel, der Jukano? Noch einmal – deutlicher – ein helles Gewieher war es – Pferde mußten in der Nähe sein. Marietta riß das schlummernde Kind empor. Sie ging dem Tone nach. Stimmen wurden laut – Rufe – deutlich, immer deutlicher zu unterscheiden – „Marietta – Marietta! – – –“ Wie mit Engelszungen klang es an das Ohr des verirrten Mädchens.

„Hier – hier – – –.“ Sie hatte nicht mehr die Kraft zum lauten Gegenruf. Aber der war auch nicht mehr nötig. Diego, der alte, treue Neger, stand plötzlich vor ihr. Weinend sank ihm das erschöpfte Mädchen in den Arm.

Diegos Freudenruf brachte alsbald die anderen zur Stelle. Vater und Mutter in größter Sorge und Aufregung. Anita fiel der Zwillingsschwester lachend und weinend um den Hals. Die Großmutter und Tante Margarida warteten im Auto auf der Landstraße, während die Dienerschaft die Plantagen rings in der Nähe des Gummibaumes, an dem Marietta das Pferd zurückgelassen, absuchten. Ein ganzes Ende davon entfernt, hatte Diego sie gefunden.

Vorläufig vermochte Marietta auf keine der Fragen, mit denen vor allem Anita sie bestürmte, Antwort zu geben. Der Mutter bleiches Antlitz gewahrend, hatte sie nur hervorgebracht: „Meine Mammi, solche Sorge habe ich euch gemacht!“ Dann hatte sie völlig erschöpft die Augen geschlossen. Aber als man ihr in der kühlen Wohnung, zu der sie das Auto brachte, Eiskompressen auf die brennenden Schläfen legte und sie mit Früchten und Limonade erquicken wollte, stieß sie plötzlich das Gereichte erschreckt von sich.

„Das Kind – es hungert!“ war das erste, was sie wieder sprach.

„Das Kind hat bereits eine Mahlzeit bekommen. Es ist wieder ganz vergnügt. Aber wie geht's dir, mein Liebling? Durchsichtig blaß siehst du aus.“ Frau Ursel streichelte zärtlich die bleichen Wangen der Wiedergefundenen.

„Ach, das ist ja Nebensache. Aber Mammi, man muß zu der Fazenda der Orlandos, wo die schrecklichen Lehmhütten für die Arbeiter sind, gutes Wasser, Lebensmittel und vor allem den Arzt senden. Die Mutter des kleinen Mädchens liegt allein im Sterben – sie leidet entsetzliche Qualen durch Durst. Das Wasser dort ist verseucht – – –.“ Ein Schauder überflog die junge Gestalt. Die traurigen Eindrücke, verbunden mit den ungewohnten Anstrengungen, waren zuviel für Mariettas zarten Organismus.

Nicht umsonst nannten die Arbeiter der Tavaresschen Fazenda Donna Tavares ihre gute Fee. Umsichtig und tatkräftig veranlaßte sie sofort das Nötige, um der Schwerkranken Hilfe zuteil werden zu lassen. Sie kam zu spät. Der Arzt konnte nur noch den Tod feststellen. Die Ärmste war in ein besseres Land hinübergeschlummert.

Marietta und Lottchen mußten von den übrigen Hausgenossen tagelang abgesperrt und unter ärztlicher Aufsicht bleiben. Denn die Sorge lag nahe, daß sie den bösen Krankheitskeim auch bereits in sich trügen. Das waren furchtbare Tage des Harrens, der sorgenschwersten Ungewißheit für Frau Ursel. Das Bitterste war für sie dabei, daß selbst sie nicht zu ihrem Kinde durfte. Sogar das Weihnachtsfest mußten die beiden Mädchen getrennt von den übrigen verleben. Trotzdem wurde es für Marietta der schönste Weihnachtsabend, den sie bisher gefeiert. Mit liebevollem Herzen war sie bemüht, der kleinen Waise die fehlende Mutter zu ersetzen, ihr Freude zu bereiten. Lottas Glück über all die schönen Gaben, die sie sich nach brasilianischer Sitte vom Baum pflücken mußte, war Mariettas reinste Weihnachtsfreude. Sie selbst hatte sich von den Eltern nur den Wunsch erbeten, daß Lotta im Hause bleiben dürfe und die Eltern für sie sorgen würden, bis die Verwandten in Deutschland ausfindig gemacht worden seien.

Am weitgeöffneten Fenster stand die junge Marietta und schaute in den heißen Weihnachtsabend hinaus. In den Palmen spielte der Nachtwind. Blütenschwerer Duft umkoste ihre Stirn. Aus dem Erdgeschoß klangen süße Töne durch die Tropennacht. Die Mutter sang, wie alljährlich, das deutsche Weihnachtslied. Droben blitzte der Sternenhimmel. Da – dieser funkelnde, das war sicher der Weihnachtsstern.

Ob der auch im fernen Deutschland strahlte?

4. Kapitel. Bei Geheimrats

In lichten Flocken fiel der Schnee. Sonntäglich still. Leise, leise glitt er hernieder. Ein Silbersternchen nach dem anderen. Weich deckte er Rasen, Baum und Strauch. Die große Linde schaute aus ihrem Flockenpelz wie ein Schneeriese heraus. Das Gartenstaket trug eine weiße Hermelinmütze. Vor dem Erkerfenster des Biedermeierzimmers draußen in Lichterfelde türmte es sich zu einem weißen Samtpolster. Frauenaugen schauen sinnend in das weiche, stetige Silbergleiten hinaus. Frauenhände ruhten auf der im Schoß liegenden Arbeit.

Es waren keine jungen Augen, die da in das Schneetreiben hinaussannen. Es waren Augen, die schon viel im Leben gesehen hatten, Freud und Leid. Augen, die gelacht und geweint hatten, wie das Leben es so mit sich bringt. Und doch etwas Strahlendes lag noch heute in diesen blauen Frauenaugen. Nicht mehr der lustige Übermut der Jugend, nicht der Glücksausdruck des erfüllten Frauendaseins. Etwas Gütiges hatten die einst lachenden Augen bekommen, warmes Verständnis für alles. Das strahlte aus ihnen wider, gab ihnen etwas ewig Junges.

Leise, leise glitt der Schnee hernieder.

Wie lange diesmal der Winter anhielt. Sonst hatte Frau Annemarie im Februar bereits die ersten Schneeglöckchen gepflückt. Damals – sechzehn Jahre war es heute gerade her – als ihre Jüngste, ihre Ursel, das Elternhaus verließ, da blühten schon Veilchen und Krokus im Garten. Niemals hatte sie den Frühling so ersehnt wie in diesem Jahre. Und nie hatte er länger gesäumt. Würde er ihr doch endlich ein Wiedersehen bringen mit ihrem Kinde. Sechzehn Jahre – war es denn denkbar, war es möglich, daß sie die lachenden Augen ihrer Ursel so lange hatte entbehren müssen? Jedes Jahr, wenn der Schnee schmolz, hatte sie gehofft und gewartet – Jahr für Jahr. Stets war sie enttäuscht worden. Würde es diesmal wieder so sein?

Leise, leise fiel der Schnee.

Oft hatte sie den Entschluß gefaßt, den Bitten und Einladungen ihrer Kinder nach Brasilien zu folgen, die weite Reise ins Tropenland zu wagen, selbst nach ihrer Ursel zu sehen, sich von ihrem Glücke, von dem Briefe und Bilder erzählten, zu überzeugen. Damals, vor etwa sieben Jahren, als ihr Sohn besuchsweise nach Brasilien hinüberfuhr. O Gott, wie war es ihr damals schwer geworden, zurückbleiben zu müssen. Wie hatte sie geschwankt – überlegt – Entschlüsse gefaßt – wieder verworfen. Ihr Mann hatte es ihr in selbstloser Weise freigestellt, mit Hans hinüberzugehen. Frau Trudchen, ihr Faktotum, die schon an die zwanzig Jahre im Hartensteinschen Hause war, würde ihn gut versorgen. Auch Vronli, ihre Älteste, hätte in ihrer pflichttreuen, zuverlässigen Art oft nach dem Vater gesehen. Gar nichts würde er entbehren, hatte Rudi ihr oft genug, halb im Scherz, halb im Ernst versichert. Und doch – Frau Annemarie wußte das besser. Die wußte, wie eng verwebt sein Leben mit dem ihrigen war. Daß sein erster Blick morgens ihr galt, sein letztes Wort des Abends. Daß er ihr jeden Morgen mitteilen mußte, wieviel Grad das Thermometer draußen am Fenster anzeigte. Daß ihm der Kaffee nicht schmeckte, wenn sie ihn nicht eingoß, und nicht die Frühstücksbrötchen, die sie nicht bereitet. Ja, selbst die Zigarre mundete ihm nicht so richtig, schob sie ihm den Aschbecher nicht zu, sah er durch den kräuselnden Dampf nicht ihre Züge. Zu allem diesen war Frau Annemarie ihrem Manne unentbehrlich. Vor allem aber, um sich das Schwere, was sein ärztlicher Beruf so mit sich brachte, nach des Tages Mühen von der Seele sprechen zu können. Nein, sie konnte nicht fort von ihm. Ein gemeinsames, langes Leben hatte sie zu fest miteinander verknüpft.

Leise, still glitt Flocke um Flocke hernieder.

Es war nicht immer leicht gewesen, das Leben. Es hatte Sonnenschein und Regen gebracht, Sturm und Dunkelheit. Schwere wirtschaftliche Jahre waren zu überwinden gewesen. Die Zeiten der Millionen, Milliarden, ja des Billionentaumels, in denen die Nullen von Tag zu Tag wuchsen wie die Köpfe der Hydra. Wo man für ein Brot fast eine Billion zahlen mußte. Da waren auch über das Häuschen in Lichterfelde Sorgentage aufgezogen. Und doch – Frau

Annemarie hatte den Mut niemals sinken lassen. Mit unverwüstlicher Zuversicht hatte sie auf bessere Tage gehofft. Unerschütterlich war ihre Lebensfreudigkeit, mit der sie das versorgte Grübeln ihres Mannes, seine Niedergeschlagenheit über Deutschlands wirtschaftlichen Verfall zu zerstreuen gewußt. Stets hatte sie noch etwas für andere übrig gehabt in den Tagen der allgemeinen Not, so wenig sie auch selbst manchmal besaß. In den Notstandsküchen hatte sie das Essen an die Hungernden verteilen helfen; untererernährte Kinder hatte sie an ihren Tisch genommen. Suchte ihr Mann etwas von seinen nicht mehr tadellosen Sachen, so konnte er sicher sein, daß Frau Annemarie es an irgendeinen Frierenden verschenkt hatte. „Laß mir nur das Hemd, das ich auf dem Leibe trage, Frauli", hatte Rudolf oft genug halb im Scherz, halb im Ernst geäußert. Ihre Zuversicht, ihr hoffnungsvolles Vertrauen hatte nicht getrogen. Die schweren Zeiten waren vorübergezogen wie ein böses Unwetter, das wohl seine zerstörenden Spuren hinterläßt, aber nach dem man doppelt wohlig geordnetere Zustände empfindet.

Immer noch fiel draußen Flocke um Flocke, still, leise. Frau Annemaries Hände griffen nach der im Schoße ruhenden Strickarbeit von leuchtendem Grün. Ein Rodelanzug für den jüngsten Enkel sollte es werden. Für eine stattliche Enkelschar hatte sie die fleißigen Hände zu regen. Hansis Quartett, zwei Mädel, zwei Jungen, brauchten bald Strümpfchen, bald Gamaschen oder gar Rodelanzüge. Auch Vronlis Gerda, obgleich sie schon größer war, hatte allerlei Anliegen an das stets gütige Herz der Großmama und an ihre fleißigen Finger. War es nun eine warme Strickbluse oder eine Geburtstagsarbeit für die Mutter, die keiner so hübsch und praktisch einzurichten wußte wie Großmuttchen. Die kleinen Mädchen lernten den ersten Seiflappen bei ihr stricken, während die schönsten, lustigsten Märchen zur Belohnung erzählt wurden. Oft mußte Frau Annemarie daran denken, wie sie selbst als kleines Nesthäkchen die schwierige Kunst des Strickens im Schweiße ihres Angesichtes an der Seite ihrer Großmama nie zu erlernen geglaubt hatte. Nun war sie Meisterin. Ihr zu Füßen saßen die kleinen Enkelinnen und lernten von ihr. Silberfäden schlangen sich durch ihr Blondhaar. Ein Kommen und Gehen der Generationen – endlos. Und ein jeder hielt sich selbst für das wichtigste Glied der langen Kette.

Draußen sank Flocke um Flocke. Drinnen schlang sich Masche an Masche – Gedanke an Gedanke. Alle hatte sie an ihr zärtliches Großmutterherz nehmen können, all die Enkelchen. Auf ein jedes nach seiner Art machte sie ihren liebevollen Einfluß geltend. Gerda war mit ihren dreizehn Jahren schon heute ein kleiner Schulmeister und Pedant. Die schweren wirtschaftlichen Jahre, die das Kind mit durchlebt, hatten es frühreif und vorzeitig verständig gemacht. Da galt es holden leichtbeschwingten Jugendfrohsinn einzublasen, von dem die Großmutter heute noch mehr besaß als die junge Enkelin. Hansis Älteste, die neunjährige Lilli, war gerade das Gegenteil davon. Verspielt und vorläufig noch ohne jeglichen Ernst für die Schule. Der Hansi, ihr Vater, hatte es ja auch niemals allzuschwer mit den Anforderungen der Schule genommen. Lillis noch gänzlich schlummerndes Pflichtgefühl zu wecken, hatte sich die Großmama als Aufgabe gestellt. Evchen, die sechsjährige, war ein kleiner Eigensinn, mit dem keiner was anzufangen wußte, selbst die eigene Mutter nicht. Nur die Großmutter verstand es, das Trotzköpfchen zu brechen. Und die beiden Kleinen, die Buben, so süß sie waren, ihr redliches Teil Ungezogenheit und Rangenhaftigkeit hatten sie schon heute. Ein etwas ernsteres Wort von der stets gütigen Großmama wirkte da tausendmal mehr, als eine ganze Strafpredigt der Eltern.

Alle hatte sie, fast von dem ersten Atemzug an, in ihre treue großmütterliche Obhut nehmen können, die Enkel. Nur die Kinder ihrer Jüngsten, Ursels drei, die waren ihr fern. Fern und fremd. Zwar erzählten Ursels Briefe hauptsächlich von ihnen und von der Eigenart eines jeden Kindes. Zwar kamen oft Bilder, die zeigten, wie sie sich körperlich entwickelten, was für kleine Schönheiten die Zwillinge zu werden versprachen. Aber innerlich blieben sie ihr fremd, die zwei, die ihren Namen trugen. Anita fügte nur selten einen Gruß an die fremden Großeltern an. Ihre Schreibweise war fehlerhaft, ihre deutschen Worte klangen kühl und eingelernt. Mariettas Zeilen verrieten mehr Wärme. Sie sprach den Wunsch aus, die Großeltern und die deutsche Heimat der Mutter kennenzulernen. Aber auch hier berührte die Großmutter, die zwischen den Zeilen nach einem Zusammenhang mit den Kindern ihrer Ursel suchte, vieles fremd. Da war alles so anders, da drüben im Tropenland. Wovon Marietta berichtete, und was ihr wichtig war, erschien der deutschen Großmutter nichtig und äußerlich. Zwei Seiten des Schreibens handelten von dem Sportpreis, den Anita beim Fußballwettspiel errungen. Fußball war gut für die Jungen, nicht für die Mädchen. Von Vergnügungen, Einladungen, von Tennisturnieren und Autofahrten erzählten die Briefe. Luxus und Eleganz atmeten sie. Die Schule wurde, wenn überhaupt erwähnt, so nebenbei abgetan. „Der Ernst der Arbeit und der Verantwortung, den auch junge Menschen schon haben müssen, fehlt den Kindern. Das scheint halt ein Gewächs zu sein, das in den Tropen nimmer gedeiht“, hatte sich ihr Mann in seiner geraden Weise, die keine Umschweife kannte, über die Briefe der fernen Enkelkinder geäußert. Und was hatte Frau

Annemarie getan? Sie hatte sie in Schutz genommen, die Kinder ihrer Ursel. Ihr beredter Anwalt war sie geworden. Sprach nicht aus Mariettas Zeilen die innige Liebe für die Mutter? Hatte Anita nicht bei dem letzten Musikabend schon die zweite Geige gespielt? Das erforderte doch ernstes Studium. Und waren sie nicht die Kinder ihres Kindes? Fleisch und Blut von ihrem Blute? Wenn sie nur erst nach Berlin kämen, dann würde man schon die Auswüchse, die das exotische Leben in den Tropen hatte emporwuchern lassen, mit liebevoller Einsicht zurechtstutzen. Wenn sie nur erst hier wären!

Wenn sie nur erst hier wären! Kaum verging ein Tag, wo Frau Annemarie das nicht ausgesprochen, gewünscht, oder auch nur unbewußt empfunden hatte.

Nein, es war noch lange nicht so weit. Draußen schneite es noch immer, Flocke um Flocke. Ehe die großen Frühlingsstürme im Ozean nicht vorüber waren, konnten sie nicht an die Überfahrt denken.

Mit leisem, unterdrücktem Seufzer griff Frau Annemarie nach dem großen Familienrahmen auf dem weißen Häkeldeckchen des Nähtisches. Die letzten Bilder aus Brasilien zeigte er. Da war zuerst der Kleinste, der Hansel. Ihn Juan zu nennen, dazu konnte sich auch Frau Annemarie nicht entschließen. Ihr Mann hatte schon zu sehr auf sie abgefärbt. Ein liebes Kerlchen, allerdings etwas zart schien er. Hansis beide Buben waren aus derberem Stoff. Aber blond und blauäugig wie seine Mutter. Das war ihre Art. Hier die Zwillinge nach einem Tennisturnier. Anita mit blitzenden Augen. Bei all ihrer lebensprühenden, jugendkräftigen Schönheit fremd – nichts, gar nichts Bekanntes grüßte die Großmutter aus dem blühendschönen Gesicht der Enkelin. In jedem Zuge war sie eine Tavares. Und Marietta? Weichere, zartere Züge, der Mund erinnerte vielleicht an die Mutter. Aber das Auge, das der Spiegel der Seele war, dunkel, tiefschwarz. Unergründlich blickte es Frau Annemarie entgegen. Auch hier suchte die Großmutter vergeblich das Kind ihres Kindes. Über Miltons kühn geschnittenes Gesicht, das gereift und männlicher erschien, als wie sie es in der Erinnerung hatte, glitt ihr Blick schneller hinweg. Er war ihr Sohn, er machte ja ihr Kind glücklich – und doch nicht ihr Sohn. Fern und fremd war er ihr geblieben, trotzdem er keinen Brief Ursels ohne seine Grüße abgehen ließ. Trotzdem Frau Annemarie sich redlich Mühe gab, mit ihrem warmen Herzen mütterlich für ihn zu empfinden. Hatte sie recht getan, daß sie damals vor sechzehn Jahren, mit all ihrer Energie, mit all ihrem liebevollen Einfluß bei ihrem Manne für die Wahl ihrer Tochter eingetreten war? Oh, es gab Stunden, wo Frau Annemarie ganz und gar nicht davon überzeugt war. Wenn die

Sehnsucht nach ihrer Jüngsten sie gar zu arg übermannte, dann hatte sie sich manches Mal gefragt, ob sie nicht hätte abreden sollen, versuchen, auf Ursel einzuwirken. Sie war ja noch so jung, sie hätte diese erste Enttäuschung überwunden und vergessen, sie hatte ja ihre Kunst. Aber nein – eine Mutter durfte nicht egoistisch sein. Ursel war glücklich geworden; ja, es waren die Züge einer glücklichen Frau, die Frau Annemarie jetzt wohl schon zum hundertsten, zum tausendsten Male studierte. In jedem Zuge um die Mundwinkel, in jedem Ausdruck der Augen der verschiedenen Bilder forschte die Mutter – nein, ihre Ursel hatte das Glück in der Ferne gefunden.

Die Tür knarrte. Ihr Mann betrat das Zimmer. „Ei freilich, dacht ich mir's doch, daß du mir wieder mal nach Brasilien entschlüpft bist, Fraule. Dein armer Mann kann sehen, wo er inzwischen bleibt."

Frau Annemaries Lachen klang noch immer hell und von Herzen kommend. Es war ein junges Lachen, das die Silberfäden in ihrem Haare Lügen strafte.

„Rudi, wenn ich dir heute nicht nach Brasilien entwischen sollte – weißt du gar nicht, was heute ist? Der 12. Februar – heute vor sechzehn Jahren – – –." Ihre Stimme wurde leiser.

„Hättest dir's halt damals überlegen sollen, Alte. Aber ich mein', die längste Zeit hat's jetzt gedauert, die Trennung. Unser Herr Schwiegersohn muß nachgrade daran denken, daß die Leute jenseits des großen Wassers auch nicht ewig leben. Wer weiß, wie lange dieser Kadaver noch zusammenhält."

„Nun – nun, es ist solide Arbeit, Rudi", tröstete seine Frau lächelnd.

„Meinst, Fraule? Es wird einem doch jetzt nimmer mehr so leicht wie früher. Da hat man die Arbeit spielend bewältigt. Aber jetzt – bald zuckt's und zwickt's in den Beinen, bald in den Armen. Die Augen fangen an zu streiken und das Cor will auch nicht mehr so recht."

„So ein Hypochonder!" begann Annemarie zu schelten. „Was hast du dich um dein ›Cor‹ zu kümmern? Dein Herz gehört deiner Frau. Und wenn's der noch gut genug ist, wirst du ja wohl auch damit zufrieden sein müssen." Trotz ihrer munteren Rede sandte Frau Annemarie heimlich einen besorgten Blick zu dem im Zimmer Auf- und Abschreitenden hin. Er war entschieden in den letzten Jahren gealtert. Das Haar war ergraut, es hatte sich gelichtet. Seit seiner Ernennung zum Geheimrat hatte er sich die dazu gehörenden Geheimratsecken angeschafft. Sein Gang war nicht mehr so forsch wie früher. Er war langsamer, ja, wie er so im Zimmer mit den Händen auf dem Rücken einherging, sogar etwas schleppend geworden. Der Kopf war nach vorn geneigt, wie bei Menschen, die viel denken oder an starker Kurzsichtigkeit leiden. Die schweren Jahre, die man durchlebt, sein aufopferungsvoller Beruf, dem er mit Leib und Seele ergeben, hatten ihre Spuren zurückgelassen. Und doch, er sollte nicht alt werden, ihr Mann, ihr Rudi. Er, der so vielen geholfen, er sollte dem Tribut fordernden Alter nicht ausgeliefert sein. Er durfte nicht morsch werden, ihr nicht abbröckeln.

Frau Annemaries Blick, der dem Gatten folgte, mußte wohl ihre Gedanken verraten. Noch immer hatte sie es nicht gelernt, ihr Denken und Fühlen zu verbergen. Und vor ihm, der sie besser kannte, als sie sich selbst, am wenigsten.

„Nun, du schaust ja drein wie eine trauernde Wittib, Herzle. Kannst dir's halt noch ein bißle aufsparen, noch ist's nimmer so weit. Eh' ich das Ursele nit nochmal wiedergesehen hab', geh' ich halt nit. Den Kontrakt hab' ich mit unserem Herrgott abgeschlossen." Und dann, als ob er sich der weichen Regung schämte, begann er ganz unvermittelt zu poltern: „Ja, gibt's denn heut' keinen Kaffee nit? Halb fünf ist's. Nachgrade könnten sie hier sein, mein' ich. Es gehört sich, daß die Kinder sich nach den Gewohnheiten der Eltern richten, nit umgekehrt. Dann müssen's halt den Kaffee kalt trinken."

„Alter Brummbär! Das kommt davon, wenn eine junge Frau einen alten Mann heiratet!" Auch Frau Annemarie hatte ihre sentimentale Anwandlung überwunden. „Frau Trudchen kann dir eine Tasse Kaffee hereinbringen. Obgleich Eberts pünktlich sind mit dem Glockenschlage. Oder sie müßten gerade im Schnee steckengeblieben sein. Halt – klingelt's da nicht? Das sind sie sicher."

Kurz darauf klopfte es. Frau Trudchen erschien, sauber, rundlich und appetitlich, „'s Telephon: Herr Geheimrat möchten doch gleich nach der Schloßstraße kommen zu Reißmüllers, der Kleine ist krank. Dolle Schmerzen im Leib hat er – wird woll Blinddarm sein." Frau Trudchen, die vor mehr als zwanzig Jahren ihre Laufbahn als junges Stubenmädel im Hartensteinschen Hause begonnen, war selbst schon ein halber Doktor. Sie hatte später den Klinikdiener Kunze, der eigentlich gelernter Gärtner war, geheiratet. Nun besorgte das Kunzesche Ehepaar Wirtschaft, Garten und Klinik in der Hartensteinschen Familie.

„Ach, Rudi, mußt du denn wirklich bei diesem Schneewetter fort? Und gerade am Sonntagnachmittag, wo die Kinder den weiten Weg herauskommen. Können sie sich denn nicht einen Arzt aus der Nähe holen?“

Ihr Mann gab keine Antwort, denn er war bereits am Telephon.

„Lassen Se man, Frau Jeheimrat, was unser Jeheimrat is, der hört ja doch nich. Der nimmt ja doch keine Vernunft nich an. Jrade so wie mein Kunze. ›Kunze,‹ sag ich oft zu ihm, ›du bist ja doller als unser Jeheimrat.‹ Ich werde ihm man noch fix 'ne Tasse heißen Kaffee reinholen.“ Ehe noch Frau Trudchen mit ihrem Kaffee zurückkam, steckte der Geheimrat eiligst den Kopf zur Tür herein. Er war bereits im Pelz.

„Grüß die Kinder, Annemie. Kunze soll sich bereit halten. Möglich, daß ich heute abend noch operieren muß.“ Fort war er.

Frau Annemarie sah ihm nach, wie er eiligst durch die Schneewege stapfte. Da war nichts mehr von Müdigkeit, von irgendwelchen Anzeichen des herannahenden Alters. Forsch wie der Jüngste eilte er davon. Sobald die Pflicht rief, wußte Rudolf Hartenstein nichts mehr von eigenen Beschwerden.

Und Frau Annemarie, die oft eifersüchtig auf die Praxis gewesen, dachte jetzt: „Es ist doch gut, daß er so mit Leib und Seele seinem schweren Beruf hingegeben ist. Das erhält ihn frisch.“ Ihre liebevollen Gedanken gaben ihm durch das Schneewetter das Geleit, als ob sie ihn wärmen könnten.

5. Kapitel. Im Kreise der Enkel

„I, dacht ich's mir doch!“ Ärgerlich machte Frau Trudchen mit ihrem Kaffeebrett kehrt. „Da is Hopfen und Malz verloren, bei unsern Herrn Jeheimrat. Und was mein Kunze is, der is schon jenau so wie er. Jlauben Frau Jeheimrat, der hat jetzt noch Ruhe bei seine Basteleien? I bewahre. ›Wie 'n Soldat auf Posten‹, sagt er immer. Na ja, is ja janz schön und janz jut, aber was seine Frau is, die will doch schließlich wenigstens am Sonntag etwas von ihrem Mann haben. Meinen Frau Jeheimrat nich auch?“

„Ja, Trudchen, daran haben wir Frauen uns nun schon gewöhnen müssen, daß wir erst die zweite Geige spielen. Erst kommt die Praxis, die Pflicht.“ Frau Annemarie mußte lächeln. Sie sprach so weise und hatte doch oft ganz ähnliche Gedanken.

„Na, wenn Frau Jeheimrat mit den beiden Männern einverstanden is, denn werd' ich's ja auch woll sein müssen. Nu klingelt's – das sind Professors. Is man jut, sonst wird mir mein Kaffee noch kalt."

Ja, es waren Professors. Wie die Schneemänner hielten sie ihren Einzug. Der Gymnasialprofessor mit leicht ergrautem Vollbart und frühgelichtetem Haar, die goldene Brille vor den klugen Augen, sah fast wie der Vater seiner stattlichen Frau aus. Er trug seinen schwarzen Sonntagsrock, den „Schulmeisterrock" nannte ihn Frau Vronli. Dazu Röllchenmanschetten. Er hatte etwas Altväterisches in seinem Aussehen und in seinem ganzen Gebaren.

Vronli, seine Frau, hatte sich wenig verändert, seitdem sie das Schwesternkleid ausgezogen hatte. Ihr sympathisches Gesicht gehörte, ohne eigentlich hübsch zu sein, zu denen, die einem immer angenehm sind und wohltun, an denen die Jahre fast spurlos vorübergehen, weil der Ausdruck den Zügen ihr Gepräge gibt. Das dunkelblonde Haar einfach gescheitelt, zeigte auch ihre ganze Erscheinung besondere Schlichtheit. Frau Annemarie legte heute noch mehr Wert auf geschmackvolles Aussehen als die Tochter. Bei Vronli mußte alles praktisch und haltbar sein. Darauf kam es an. Sie war Vorstandsdame in vielen Wohlfahrtsvereinen und sprach auch öfters in Versammlungen.

Gerda, das Töchterlein, hatte von beiden Eltern ihr Teil mitbekommen. Langaufgeschossen, mit glatten Blondzöpfen, die klugen, blauen Augen des Vaters in einem ziemlich blutarmen Gesicht. Jetzt freilich hatte dasselbe Farbe. Es war kältegerötet, die Augen zeigten Tränenspuren.

„Nanu, Jerdachen, weinste etwa? Oder is es man nur vom Schneetreiben draußen?" begrüßte sie das Hausfaktotum, während Frau Annemarie ihre Kinder ebenso warm bewillkommnete, wie die ganze Atmosphäre des Elternhauses die Ankömmlinge umfing.

„Die abscheulichen Straßenjungen haben mich mit Schnee bombardiert", beklagte sich Gerda, noch immer weinerlich.

„Und da heulst du, mein Mädel?" Die Großmama schüttelte verwundert den Kopf. „Warum hast du sie denn nicht wieder bombardiert? Es gibt doch nichts Lustigeres, als solch eine Schneeballschlacht. Ich glaube, ich wäre heute noch dazu imstande." Wie sie so dastand, die Großmama, die blauen Augen jugendlich leuchtend, hätte man sie wirklich dessen noch für fähig halten können.

Schwiegersohn und Tochter lachten herzlich. „Unser Mutterchen ist doch unverbesserlich. Nächstens boxt sie noch mit der Straßenjugend“, neckte der Schwiegersohn.

„Lieber mit Sechzig ein Draufgänger, als mit noch nicht sechzehn ein Kopfhänger“, lautete Frau Annemaries resolute Antwort. „So, nu mach' mir ein anderes Gesicht, Herzchen. Du versalzt uns ja Frau Trudchens frisch gebackene Pfannkuchen mit deinen Tränen.“

„Meinen schönen Sonntagshut haben sie mir verdorben“, hing Gerda noch immer ihrem Schmerze nach.

„Herr du meines Lebens! Wo kommt bloß das Mädel her? Was habe ich bei einer Schneeballschlacht als Kind danach gefragt, ob ich meinen Sonntagshut oder gar keinen auf dem Kopfe hatte. Immer drauflos, wo es am dichtesten Schneebälle hagelte. Je toller, um so schöner. Doktor Brauns Nesthäkchen stand seinen Mann.“ Ganz jung sah das Gesicht der Großmama aus in der Erinnerung an längst vergangene Jugendfreuden. „Aber die Kinder von heute – – –.“

„Ja, Muttchen, die Menschen und die Verhältnisse sind eben verschieden“, nahm sich Vronli ihres Töchterchens an. „Unser Kind hat in schweren Zeiten, wo man nichts Neues kaufen konnte, lernen müssen, seine Sachen zu erhalten und – – –.“ Sie unterbrach sich plötzlich: „Das sind doch sicher die Zehlendorfer.“

Laute Kinderstimmen klangen aus dem Garten herein. Lachen, Jubeln, Kreischen. Vom Erkerfenster aus bot sich ein drolliges Bild. Hans Hartenstein zog seine beiden Jüngsten, die Hartensteinschen Stammhalter, auf einem Rodelschlitten durch den verschneiten Gartenweg, während die beiden älteren Mädel, im Verein mit der Mutter, dem männlichen Teil der Familie mit Schneeballgeschossen zu Leibe rückten. Das gab ein Juchhei, daß die große Linde ganz verschlafen aus ihrem Schneebette herausblinzelte. Kamen alte Zeiten zurück?

„Nun, Mutterchen, wie ist's? Wollen wir hinaus und uns beteiligen?“ fragte Professor Ebert scherzhaft. Trotzdem er durch und durch Gelehrter war, hatte er viel Sinn für Humor und fand dabei bei seiner Schwiegermutter stets Verständnis.

„Ich ziehe jetzt doch eine Tasse heißen Kaffee vor, Georg.“ Sie trommelte an die Scheiben und winkte lebhaft. Dieses Zeichen der Großmama wurde respektiert. Die Rodelequipage hielt vor der Eingangstür. Das Quartett stürmte, ohne daran zu denken, sich die Schneefüße draußen auf der Matte abzutreten, was Frau Trudchen ihm oft angesagt hatte, in die Diele, die abgöttisch geliebte Großmama mit ihren Zärtlichkeitsbezeigungen fast umreißend. Eine Wolke von Kälte und von Jugendlust quoll mit ihnen herein.

„Kinder, reißt mich nicht in Stücke. Nun, mein Lillichen, wieviel Fehler waren denn im letzten Diktat? Ei, Evchen, dein Püppchen will mich heute besuchen? Edchen, du hast mir ja einen nassen Schneekuß versetzt. Und mein Kleinster, mein Heinzelmännchen – der hat ja heute gar keine Augen für seine Omama. Ja freilich, wenn auch gerade Frau Trudchen mit dem Pfannkuchenberg kommt. Der ist noch süßer als ein Kuß von der Omama."

Die Kinder quiekten vor Vergnügen über den nassen Schneekuß und über den Pfannkuchenberg. Man schälte sie aus ihren Wollsachen heraus, wobei Gerda den kleinen Kusinen und Vettern schon mütterlich zur Hand ging.

„Etwas spät geworden, Mutter. Aber du kennst ja meine unpünktliche Frau", begann Hans Hartenstein, ein wohlbeleibter, lustiger Herr.

„Das glaubt dir Mutter am allerletzten, Hansi. Die kennt deine Pünktlichkeit noch von früher her", wehrte sich seine kleine, zierliche Frau.

„Ja, pünktlich war von meinen Kindern eigentlich nur Vronli, und die hat es auch nicht von mir, sondern vom Vater", räumte Frau Annemarie heiter mit der ihr eigenen Ehrlichkeit ein. „Der Hansi – lieber Gott – aus der Haut konnte man fahren bei seiner Pomadigkeit. Kommst du nicht heute, kommst du morgen. Und mein Urselchen – na, die läßt heute noch so auf sich warten wie früher. Wer weiß, wie lange sie ihre alte Mutter noch warten läßt." Plötzlich war es ernst geworden, das liebe, freundliche Gesicht.

„Alte Mutter – na, erlaube mal, Mutter, daß ich im Namen aller hier versammelten Pfannkuchenesser energisch protestiere. Unsere Mutter ist nicht alt und wird niemals alt sein!" Es war Hans Hartenstein durchaus ernst mit seinen Worten.

„Frage nur unsere Kinder, Mutter", bekräftigte Frau Ruth. „ Wenn wir die fragen, wer ihr bester Spielgefährte ist – na, wer ist euer liebster Spielkamerad, Kinder?" wandte sie sich an die Pfannkuchen Schmausenden.

„Die Omama – die liebe Omama!" Sie überschrien sich gegenseitig. Evchen und Heinz, die heute die Ehrenplätze neben der Großmama innehatten – an jedem Sonntagnachmittag hatten zwei andere den Vorzug – umfingen und streichelten sie zärtlich mit zuckerklebrigen Pfannkuchenhändchen.

„Kinder, ihr verderbt ja Omamas schönes Kleid“, wehrte Tante Vronli sorgsam, während die Großmama lächelnd begütigte: „Laß nur, laß, eine Liebkosung von meinen Kinderchen ist mir lieber als das schönste Kleid.“

Der Pfannkuchenberg war in erstaunenswerter Zeit gestürmt. „Bekommt der arme Opapa nun gar keine?“ erkundigte sich Edchen mitleidig und sah unschlüssig auf seinen wenig appetitlichen Rest, ob es sich wohl lohne, denselben aufzuheben.

Aber die gute Großmama beruhigte ihn zu seiner Erleichterung.

„Iß nur, mein Jungchen. Frau Trudchen hat sicher was für den Opapa zurückgestellt. Vor allem heißen Kaffee – wenn er sich nur nicht bei dem Wetter erkältet.“

„Unser Vater ist vom alten Schlage, dem tut Wind und Wetter nichts. Aber weshalb die Leute sich bloß immer den Sonntagnachmittag zum Krankwerden aussuchen. Schade um unsere Skatpartie!“ meinte Hans Hartenstein gemütvoll.

„Messen wir die Kräfte im Schach – ich bin dir noch Revanche für neulich schuldig, Hans“, schlug sein Schwager Georg Ebert vor.

„O weh, da geht mir's wieder an den Kragen. Mit einem Schulmeister darf man sich nicht einlassen.“ Trotzdem brachte er den Schachtisch und die Zigarrenkiste des Vaters herbei. Denn Frau Annemarie mußte all ihre Lieben um sich haben. Selbst der Skattisch wurde am Sonntagnachmittag aus dem Herrenzimmer ins Familienzimmer transportiert.

Gerda half Frau Trudchen beim Abräumen der Tassen. Sie war geschickt und umsichtig für ihr Alter. Lilli durfte mit dem Krümelbesen den Tisch abfegen, Eva die Stühle zur Seite setzen. Edchen holte das Bilderlotto, das Sonntagslieblingsspiel, aus der Kinderecke, wo all die schönen Spielsachen für die Enkel aufgestapelt waren. Klein-Heinz beteiligte sich an der allgemeinen Geschäftigkeit dadurch, daß er das erste Stück Schokolade, das die Großmama als Gewinn aussetzte, schnell in seinen Mund spazieren ließ.

„Nanu, ist hier ein Mäuschen?“ verwunderte sich die Großmama. „Ich hatte doch eben ein Stück Schokolade als Gewinn hingelegt, und jetzt ist es fort. Was machen wir nun bloß? Nun können wir ja gar nicht spielen.“

Der kleine Dieb war dunkelrot geworden. Er stickte fast an der gemausten Süßigkeit.

„Ja, Edchen, dann trage das Bilderlotto nur wieder fort", meinte die Großmutter bekümmert.

„Ne, ach ne, wir können ja ganz ruhig ohne Aussetzen spielen, wenn du keine Schokolade mehr hast", schlug Edchen vor.

„Ohne Schokolade macht's gar keinen Spaß", wandten die kleinen Mädchen ein.

Auch die Großmama schien dieser Ansicht zu sein. Sie griff stillschweigend nach ihrer Wollarbeit. Da aber fühlte sie sich von kleinen Händen an den Arm gepackt.

„Das Mäuschen hat die Schokolade schon wiedergegebt." Wirklich – da lag das abgelutschte Stück bräunlich auf der schönen, reinen Kaffeedecke. Tante Vronli und die Mutter des Kleinen sprangen entsetzt auf, aber die Großmama meinte lächelnd: „Nun, dann ist's ja gut, wenn das Mäuschen sein Unrecht eingestanden hat. Dann können wir spielen. Gerda, bitte Frau Trudchen, daß sie den Fleck hier aus der Decke wäscht und uns eine andere bringt."

Das Spiel begann. Omama mußte natürlich mitspielen. Das war das Hauptsonntagsvergnügen für die Kinder. Die beiden Schwägerinnen plauderten bei der Handarbeit.

„Siehst du, Vronli," meinte Frau Ruth halblaut, „schon als Kind und Backfisch, als ich in euer Haus kam, erschien mir eure Mutter als der Inbegriff aller Anmut, Heiterkeit und Güte. Was habe ich, die Elternlose, Ursel um ihr liebes Mütterchen beneidet. Ich ahnte damals nicht, daß ich hier selbst später ein warmes Elternhaus finden würde."

„Ein Haus – eine Blume – ein Schiff – – –", rief Gerda die Kärtchen aus.

„Mit dem Schiff kannst du nach Amerika fahren, Omama", meinte ein Enkelchen.

„Ja, nach Brasilien zu Tante Ursel." Für die Kinder war Brasilien das Paradies, aus dem die großen Kisten mit allen Herrlichkeiten ab und zu kamen.

„Ich wünschte, ich könnte mit dem Schiff hinfahren." Omama sah gar nicht mehr so lustig aus.

„Ist noch nicht wieder Nachricht von Ursel gekommen, Mutterle?“ erkundigte sich Vronli.

„Seit dem Januarbrief, in dem sie von dem kleinen deutschen Mädchen schrieb, das sie ins Haus genommen und nach dessen Angehörigen man forschen solle, nichts weiter. Ich hoffte heute zu ihrem Hochzeitstag eine Zeile zu erhalten, aber – – –“

„Kommt morgen, Mutter, oder übermorgen mit pünktlicher Verspätung“, rief es vom Schachtisch herüber.

„Zu deinem Geburtstag im April ist die Ursel diesmal sicher da“, tröstete Vronli.

„Meinst du, Kind?“ Frau Annemaries Gesicht verklärte sich. Die Vronli fand doch immer das rechte Wort.

„Ein Ring – ein Vogel – ein Brief – – –“,rief Gerda aus.

„Omama, du paßt ja gar nicht auf“, beschwerte sich Edchen. „Der Brief ist für dich, der kommt aus Amerika.“

„Hast recht, mein Jungchen. Omamas Gedanken waren nur mal ganz geschwind nach Amerika gereist.“

„Sind sie auf dem großen Ozehan geschwommen?“

„Auf einem Hahn kann man doch nicht schwimmen, da kann man allenfalls fliegen“, stellte Gerda sachlich fest, während Edchens Ausspruch allgemein belacht wurde.

„Warte nur, Mutter, laß uns nur mit dem Radioapparat noch etwas weiter sein. Wie lange wird's dauern, dann schließt du hier in deinem eingeschneiten Biedermeierzimmer deinen Radioapparat an und kannst dann hören, wie Donna Tavares in Sao Paulo ihren Negern den Auftrag erteilt, Bananen und Orangen von den Bäumen zu pflücken,“ neckte der Sohn beim Verschieben der Schachfiguren.

„Du brauchst gar nicht deine Witze darüber zu machen, Hans“, wandte der Professor ein. „Die Rundfunktechnik hat in den letzten Jahren ungeahnten Aufschwung genommen. Du kannst heute mit Hilfe des Radios dort drüben von diesem Zimmer aus ein Konzert, einen Vortrag in London genießen. Warum sollte eine Wellenlänge bis nach Brasilien nicht auch möglich sein?“

„Ach, wenn ich meines Urselchens Stimme mit dem Radio jederzeit hören könnte, dann gäbe es keine Entfernungen mehr – –."

„Klinglingling", unterbrach das Telephon Frau Annemaries Worte.

„Das Telephon aus Brasilien", riefen die Kinder lachend.

Da kam Frau Trudchen, die das Telephon bediente, aufgebracht herein.

„Dacht' ich mir's doch. Kunze soll gleich nach der Klinik kommen. Herr Jeheimrat will heute abend noch operieren. Und was Frau Jeheimrat is, soll nich etwa mit 'n Abendbrot warten. Nu muß ich Kunzen erst expedieren." Raus war sie wieder.

„Keine Ruh bei Tag und Nacht," begann Hans Hartenstein zu pfeifen. „Jungs, alles könnt ihr werden, meinetwegen Mistbauer, nur nicht Arzt."

„Ich werde Konditor", erklärte Edchen prompt.

„Nein ich – nicht wahr, Mutti, ich?" bettelte der Kleinste.

„Ich hab' es zuerst gesagt – – –."

„Ihr werdet alle beide Konditor, du wirst Edchens Kompagnon, Heinzelmann", entschied die Großmama lachend mit salomonischer Weisheit. „Nur darf ein Konditor die Schokolade nicht fortnaschen."

„Dann werde ich es mir vielleicht noch anders überlegen", meinte etwas kleinlauter der Jüngste.

„Das denke ich auch – euer Vater hat es sich auch anders überlegt und war erheblich älter als mein kleiner Heinzelmann", sagte Frau Annemarie mit leisem Spott.

„Mutter, soll das etwa ein Stich sein? Ich habe eine Haut wie ein Nilpferd", klang es vom Schachtisch.

Alles lachte. Hatte Hans Hartenstein doch durch seinen beredten Anwalt, die Mutter, es bei seinem Vater einst durchgesetzt, die landwirtschaftliche Hochschule besuchen zu dürfen, um zwei Jahre später davon abzuspringen und in eine landwirtschaftliche Maschinenfabrik, deren Direktor er jetzt war, einzutreten.

„Daran war ich nur schuld, nicht wahr, Hansi?" schlug sich seine Frau auf die Seite des Angegriffenen. „Wer weiß, ob wir sonst überhaupt schon verheiratet wären. Die Aussichten für einen Landwirt ohne größeres Vermögen waren damals nicht sehr berückend."

„Der Erfolg entscheidet", meinte Hans mit seinem gemütlichen Phlegma.

„Jawohl, der Erfolg entscheidet. – Schach und matt." Der ruhige Professor war ganz aufgeregt.

Bilderlotto, Domino, Feuer, Wasser, Kohle und Trip, trap, trudel, ein Würfelspiel, das nur die Omama verstand, wurden programmäßig, wie an jedem Sonntag, erledigt. Dann brachte Frau Trudchen die geschlagenen Zuckereier, welche die Lichterfelder Hühner ganz besonders schön für die Enkelchen zu legen hatten. Dem Kleinsten fielen fast schon die Augen zu. Trotzdem wollte er nicht nach Hause. Er weinte und bestand darauf, erst noch dem lieben Opapa Guten Tag sagen zu müssen. Natürlich war es die Omama, die durch ein heiteres Scherzwort wieder Sonnenschein bei dem kleinen Kerl hervorzauberte. So zog die Zehlendorfer Gesellschaft, jedes noch einen rotbäckigen Apfel in der Tasche, dankbar ab. Eberts blieben bis über das Abendbrot. Dann mußten auch sie heim. Sie hatten einen weiten Weg bis nach dem Norden Berlins und waren Frühaufsteher.

Frau Annemarie saß allein bei der goldenverhangenen elektrischen Lampe auf ihrem Biedermeier-Ripssofa und erwartete ihren Mann. Sie hatte ein Buch vorgenommen. Aber sie las nicht. Ihre Gedanken wanderten ihrem Manne auf den Wegen der schweren Berufspflicht entgegen. Dann kehrten sie zurück zu dem mit Kindern und Enkeln verbrachten heiteren Sonntagnachmittag. Schwupp – da waren sie Frau Annemarie schon wieder entwischt, die Gedanken; weit, weit zogen die Ausreißer davon. Und den Schluß machte ein tiefer Seufzer: „Es gibt doch nichts Vollkommenes im Leben. Wenn man sie doch alle, alle beisammen hätte!"

6. Kapitel. Schiff in Sicht

Im Alsterpavillon traf sich die vornehme Welt Hamburgs zum Fünfuhrtee. Seidenkleider, gedämpftes Frauenlachen, künstlerisch gespielte Weisen der Musikkapelle. Elegante Damen beobachteten durch das Stielglas die am Jungfernstieg Vorübergehenden. Fremde aus allen Erdteilen mit typisch geschnittenen Gesichtszügen, mit Hauttönen vom Zitronengelb bis zum dunkelsten Braun, schlürften ihren Mokka und blickten voller Interesse auf das europäische Leben, das sich da vor ihnen abrollte.

An einem der runden Tische, mit dem Blick nach der Binnenalster, nahmen ein Herr und eine Dame den Kaffee. Es waren ältere, vornehm aussehende Herrschaften in Reisekleidung. Den Herrn schien der Betrieb augenscheinlich zu belustigen. Er versuchte seine Begleiterin bald auf dieses, bald auf jenes aufmerksam zu machen. Aber der Blick ihrer leuchtendblauen Augen blieb ziemlich teilnahmslos. Sie nickte und lächelte wohl zu den Worten des Gatten, aber es fehlte die innere Freudigkeit dabei. Schließlich legte sie ihre Hand auf die seine: „Du meinst es gut, Rudi, ich weiß es, daß du mich ablenken und zerstreuen willst. Aber es wird dir heute nicht viel nützen. Es ist mir zu weh ums Herz. Wenn ich die blonde Dame da drüben sehe, dann denke ich: ›So könnte unsere Ursel bald neben uns sitzen.‹ Kannst du es nicht verstehen, Rudi, daß ich hier in Hamburg die Enttäuschung doppelt und dreifach empfinde? Wie anders habe ich mir meinen Hamburger Aufenthalt ausgemalt während der langen Jahre.“

Die Dame zog ein Batisttuch aus der Tasche und fuhr sich damit über das Gesicht, denn die Maisonne meinte es gut. Keiner bemerkte, daß ein kristallklarer Tropfen sich von ihren Wimpern löste.

Keiner? Ihr Gefährte schüttelte mißbilligend den Kopf.

„Annemarie, Fraule, bist doch kein Kind mehr, daß du mit dem Kopf durch die Wand willst. Gegen unvorhergesehene Ereignisse sind wir halt machtlos. Wollen froh sein, daß sich Milton bei dem Sturz mit dem Pferde nicht das Genick gebrochen hat, sondern nur das Bein. Einen Strich durch die Rechnung macht einem das Leben manchmal. Daran hättst dich allmählich schon gewöhnen können. Und undankbar ist's obendrein von dir. Ja, schau mich nur an, es ist halt so. Kriegst zwei junge Enkeltöchter, die du noch gar nimmer kennst, ins Haus, und anstatt dich auf sie zu freuen – denn sie sind nun mal ein Teil von unserem Ursele –, da machst halt ein Gesicht wie drei Tage Regenwetter. Wenn du die Mädele so empfängst, werden sie bald wieder nach Brasilien Reißaus nehmen.“ Der alte Herr kam so ins Poltern, daß an einigen Nebentischen „st – st“ gemacht wurde, denn die Kapelle spielte gerade eine Pianostelle.

Frau Annemarie legte ihrem Gatten beruhigend die Hand auf die seinige. „Mach' doch nicht solchen Radau, Rudi, wir fallen auf. Was du mir da vorwirfst, habe ich mir hundertmal schon allein gesagt, seitdem dieser Wisch uns ins Haus geflogen ist." Sie zog aus der Handtasche ein ziemlich zerknittertes überseeisches Telegramm und glättete es.

„Milton Pferd gestürzt. Beinbruch. Kommen unmöglich. Kinder allein. Schiff Ankunft Hamburg 18. Mai. Gruß Ursel."

Wie oft, wie unzählige Male hatte die Mutter die Worte seit dem furchtbaren Enttäuschungstage gelesen, wieder, immer wieder. Als könnten sie ihr doch noch etwas anderes offenbaren, als die unbarmherzige Wahrheit.

„Nun, Weible, kannst sie noch nicht auswendig, die Depesche?" zog ihr Mann sie auf.

„Rudi, ob du's glaubst oder nicht, so groß meine eigene Enttäuschung ist – und riesengroß ist sie –, mehr noch denke ich an unsere Ursel, was für bittere Stunden sie durchlebt haben muß. Schrieb sie uns doch in ihrem letzten Brief, sie sei mit ihren Gedanken schon mehr in Deutschland als in Brasilien. Sie zähle wie ein Schulkind zu den Ferien die Tage, ja beinahe die Stunden bis zu unserem Wiedersehen. Zum erstenmal in all den Jahren hat sie uns ihre Sehnsucht offenbart, da sie glaubte, sie nun endlich befriedigen zu können. Und wird nun wieder so grenzenlos enttäuscht." Frau Annemarie blickte schwimmenden Auges auf die sonnenglitzernde Alster hinaus, auf der kleine Dampfschiffe und Ruderboote schaukelten.

„Ursel wird Gott danken, daß ihr Mann nur mit einem Beinbruch davongekommen ist. Haben wir so lange auf sie gewartet, müssen wir uns halt noch weiter gedulden. Morgen schon bekommst du ja mündliche Grüße von ihr. Vielleicht läßt sie uns durch die Kinder sagen, daß sie mit einem der nächsten Schiffe nachkommt, wenn das Bein gut verheilt. Also ein anderes Gesicht, Fraule!"

„Mein armer Mann, du dauerst mich. Hast selbst genügend an der Absage zu knabbern und mußt nun auch noch deine Trübsal blasende Frau mit in den Kauf nehmen. Ich geb' mir ja, weiß Gott, redliche Mühe, mich auf die Kinder zu freuen. Aber – daß ich's nur gestehe – ich krieg's nicht fertig, Rudi. Alles, was ich aufzubringen vermag, ist ein gewisses Gefühl der Beklemmung, der ängstlichen Erwartung. Wie werden sie sein? Wie werden sie den Großeltern entgegenkommen? Wird es da wieder Enttäuschungen geben?"

„Himmelbombenmohrenelement – Annemie, ich kenn' ja mein tapferes Weible nimmer wieder. Wenn du sie an dein warmes Herz nimmst, die Krabben, dann wird's ihnen wärmer zumute werden als bei brasilianischer Tropensonne. Es sind doch die Kinder unserer Ursel."

„Die Kinder unserer Ursel – – –." Seine Frau wiederholte leise diese Worte, als wollte sie sich daran anklammern.

Auch am nächsten Tage, als man in St. Pauli Landungshafen der Ankunft des südamerikanischen Schiffes mit vielen anderen Wartenden entgegenschaute, klangen diese Worte in Frau Annemaries Innerem nach. Mit aller Energie hielt sie sich daran, daß ihr Auge hell und ungetrübt den Enkelkindern entgegenblickte.

Und nun war's soweit. Da rauschte es heran, das schwimmende Riesenhaus, majestätisch und gewaltig. Die wartende Menschenmenge am Hafen durchlief eine Welle langzurückgehaltener Erregung: „Sie kommen – sie kommen!" Tücher wurden in Bewegung gesetzt – laute Zurufe erschallten, die vom Schiff erwidert wurden. Man drängte, man stieß, ein ungeheurer Tumult spielte sich an der Landungsbrücke ab.

Etwas abseits von dem lauten Getümmel, aber so, daß keiner der ans Land Verladenen ihnen entging, standen Geheimrats. Frau Annemarie ließ ihr Tüchlein den Ankömmlingen entgegenflattern. Aber welches von all den Tüchern und Schleiern an Bord antwortete dem ihrigen? Sie sah nur einen gewaltigen, aufgeregten Menschenknäuel, aus dem sich ab und zu einzelne abspannen. Hier schlossen sich jahrelang Getrennte unter Lachen und Weinen in die Arme. Dort rief man suchend Namen in das Gewühl hinein. In allen Sprachen wurde nach Gepäckträgern, nach Autos verlangt. Eine babylonische Verwirrung herrschte. Weiße und Farbige spie der Ozeanfahrer aus. Frau Annemarie faßte den Arm ihres Mannes. „Du, Rudi, wo bleiben die Kinder? Unser Urselchen wäre sicher eine der ersten gewesen. Die hätte es nicht so lange auf dem Schiff ausgehalten."

„Recht ist's, daß die Mädel das Hauptgedränge vorüberlassen. Sie werden schon kommen." Er beobachtete scharf die an Land Steigenden.

Auch Frau Annemarie starrte so angestrengt in das schwarze Knäuel, das sich da im grellen Sonnenlicht vor ihr abhaspelte, daß es ihr vor den Augen zu flirren begann. Nichts Bekanntes. Nichts, was ihr ruckartig ans Herz griff: das sind sie – das müssen sie sein! Neue Enttäuschung kroch langsam in ihrer Brust empor – von Minute zu Minute wachsend. War das die Strafe dafür, daß sie sich nicht genügend auf die Kinder zu freuen vermocht hatte? Kamen auch sie nicht?

Schon lichtete es sich an Bord des Schiffes. Da – Frau Annemarie packte plötzlich den Arm ihres Mannes fester. Hinter einer langen, aufrecht und steif einhergehenden Dame, der man die Engländerin auf zehn Schritt Entfernung ansah, tauchten zwei junge Mädchen im Backfischalter auf. Die eine groß, schlank, brünett, mit schwarzlockigem Haar, eine exotische Schönheit. Die kleinere, die sich etwas ängstlich an den Arm der größeren schmiegte, von zarterem Liebreiz. Suchend überflogen ihre dunklen Augen die an Land wartende Menge.

„Anita – Marietta – – –!" Laut rief Frau Annemarie die Namen der Enkelkinder hinüber. So lebhaft, so freudig klang's, daß die Anstehenden erstaunt auf die immerhin schon bejahrte Dame blickten, die da leichtfüßig wie die Jüngste sich zur Schiffsbrücke Bahn brach. Sie winkte mit ihrem Tuche, mit ihrem Schirme – ja, das waren sie! Das freudige Pochen ihres Herzens, das warme großmütterliche Gefühl, das sie plötzlich durchströmte, sagte es Frau Annemarie deutlicher als die Ähnlichkeit mit den Bildern.

Von der Schiffsbrücke wehte es zurück. Mariettas Tüchlein flatterte der Großmutter als erster Gruß entgegen. Anita begnügte sich damit, die fein behandschuhte Rechte grüßend gegen die lebhaft Winkende zu heben.

„Willkommen – willkommen, meine Kinder, meine lieben, auf deutschem Boden!" Mit dem rechten Arm zog Frau Annemarie Anita an ihre Brust, mit dem linken Marietta. Ihre Kinder – die Kinder ihrer Ursel!

Anita schien von der großmütterlichen Zärtlichkeit nicht angenehm berührt. Sie machte sich aus dem sie umschlingenden Arm frei, rückte das schiefgerutschte Reisehütchen zurecht und küßte die kleinere Großmutter nach brasilianischer Art auf die Wangen.

„Guten Tag, Großmama, wie geht es Sie?" sagte sie dabei in gesellschaftlich liebenswürdigem Ton.

Frau Annemarie blickte in das schöne, bräunliche Mädchenantlitz, in die veilchenblauen Augen, welche die fremde Großmutter ebenso neugierig kühl musterten, wie ringsum das Hafengewühl. Das heiße Gefühl, das sie noch eben durchflutet, begann abzuebben.

Da fühlte sie Mariettas Arm um ihren Hals. Mariettas zartes Gesicht sich zärtlich gegen das ihre pressen. Auch sie drückte der Großmutter zur Begrüßung einen Kuß auf die Wangen, aber Wärme und Innigkeit lag darin. „Unsere Mammi schickt das Kuß.“ Das war das erste, was Marietta sprach.

„Mein Kind, mein liebes!“ Noch einmal zog die Großmutter die Enkelin an ihr Herz.

Inzwischen war auch der Geheimrat herangekommen. „Na, da hätten wir sie ja, unsere Mädele. Grüß dich Gott, Annele, du bist's doch, gelt?“ Ehe Anita wußte, wie ihr geschah, hatte der alte Herr mit dem bärtigen Munde ihr einen kräftigen Kuß auf die Lippen gedrückt. Was kümmerte es ihn, daß das Reisehütchen aufs neue schief rutschte, daß die junge Enkelin ein entsetztes Gesicht zu seiner Anrede machte.

„Ich bin Anita“, sagte sie, sich mit der Hand über den Mund fahrend.

„Ach was, Anita – hier reden wir gut Deutsch, mein Mädel. Und das hier ist halt unser Mariele, gelt, hab' ich's erraten? Mädle, hast dir ja deine Guckerle nimmer gewaschen. Nun, Annemarie, Fraule, was sagst du zu den zwei Prachtmädele? Tropenblüten sind halt doch nit so übel?“ Der Großvater strahlte beim Anblick der reizenden Enkelinnen. Er sprach laut und ungeniert, während seine Frau die verschiedenartigen Empfindungen, die sie durchpulsten, ganz gegen ihre sonstige Gewohnheit nicht zum Ausdruck zu bringen vermochte. Sie wandte sich der steif und bewegungslos die Begrüßungsszene mitanschauenden Engländerin zu, ihr in ihrer herzgewinnenden Art beide Hände entgegenstreckend. „Miß Smith, nicht wahr? Die Freundin unserer Kinder. Seien auch Sie uns herzlich willkommen und haben Sie Dank, daß Sie uns unsere Mädel auf der langen Reise so treulich behütet haben.“

Gemessen legte Miß Smith ihre Rechte in die sich ihr so freundlich darbietenden Frauenhände. In der Linken hielt sie die „ tub“, die zusammenlegbare Gummibadewanne, ohne die eine Reise für sie undenkbar war. „ How do you do?“ gurgelte sie mit vorgeschobenem Unterkiefer.

„Miß Smith – das Großpapa“, übernahm Anita, als die Gewandtere der Schwestern, die Vorstellung.

„Grüß Gott, Fräulein Schmidt, ich hoffe, daß es Ihnen bei uns in Deutschland gefällt.“ Ritterlich verneigte sich der Geheimrat.

„Fräulein Schmidt“ sah nicht so aus, als ob der Anblick von Deutschland sie allzusehr begeisterte. Die Anrede des alten Herrn schien sie ebenso zu befremden, wie vorhin ihren Zögling. Sie murmelte pflichtschuldigst ihr „ how do you do?“ und stand dann wieder groß, dunkel und steil gegen die Sonne.

„Das ist Lotta, ist gereist mit uns nach Deutschland, zu suchen ihre Großmama.“ Marietta zog ein kleines blondes Mädel, das sich scheu hinter der langen Gestalt der Engländerin versteckte, hervor.

„Ah, das Lottchen! Meine Tochter hat mir schon im Brief von dir erzählt, mein Herzchen. Nun sollst du bei uns daheim sein, bis wir deine Angehörigen gefunden“, sagte die fremde Dame gütig zu dem schüchternen Kinde. War es die liebe Art, waren es die deutschen Worte oder der Kosename, die das Kind an die tote Mutter erinnerten, es schlang die Arme um den Hals der fremden Frau und schmiegte sich an sie.

„Hier ist Homer.“ Anita wies auf einen Negerjungen, der mit Handgepäck beladen sich bescheiden zur Seite hielt.

„Himmel, ganz Brasilien!“ lachte der Großvater gutgelaunt. „Habt ihr uns nit auch noch ein paar Affen aus dem Urwald mitgebracht?“

„Ist hier, ist gekommen mit.“ Anita nahm dem vor Vergnügen die weißen Zähne fletschenden Neger einen Käfig ab, in dem betrübt ein kleines Äffchen saß. „Jimmy“, sagte sie drollig vorstellend. „Es ist nicht gut, es ist krank von das Reise, es und das arme Miß.“

„Ein Affe – wirklich ein Affe?“ Die Großmama traute ihren Augen nicht. „Rudi – – –!“ Hilflos blickte sie auf den Großpapa. „Rudi – ein Neger und ein Affe in unserem stillen Häuschen“, sie schüttelte ihren Kopf und – lachte plötzlich hellauf. Die Komik behielt die Oberhand über alle ernsthaften Bedenken.

Dem Herrn Geheimrat kam die Sache weniger lustig vor. Er kratzte sich seinen schon etwas entlaubten Schädel.

„Das ist halt eine nette Bescherung!“ brummte er vor sich hin. „Den Affen können wir hier gleich in Hamburg bei Hagenbeck im Tierpark abgeben. Aber was fangen wir halt mit dem Schwarzen an? Den können wir doch nimmer in den Zoologischen Garten setzen.“

Wieder mußte Frau Annemarie lachen. Ihr Mann machte auch ein gar zu betretenes Gesicht zu der unerwarteten Einquartierung. Anita stimmte in ihr Lachen höflich ein. Sie hatte nicht alles verstanden, was die Großeltern gesagt. Marietta wandte sich an die Großmama: „Mammi nicht wollte erlauben, daß

Jimmy reist mit uns nach Europa. Sie hat gesagen, die Großeltern werden nicht sein erfreut mit es."

„Sind wir auch ganz und gar nicht", brummte der Geheimrat dazwischen.

„Aber weil Anita bat so sehr, es durfte fahren mit uns. Ich nicht liebe es, gar nicht. Und Miß Smith liebt Jimmy noch mehr wenig. Aber Anita liebt es sehr. Bitte, nicht fortgeben Jimmy, dann ist Nita traurig." Die Liebe zu ihrer Zwillingsschwester ließ Marietta ihre Schüchternheit überwinden; ja, ließ sie sogar ein gutes Wort für den ihr immer noch unsympathischen Affen einlegen.

„Das wird sich alles finden. Nun mal erst das Gepäck. Ich werde das Gepäck besorgen." Der Geheimrat hatte seine ruhige Besonnenheit wieder beisammen. „Annemarie, gehe mit den Mädeln zum Fährhaus 'nauf. Dorthin komme ich euch nach."

„ Go on", sagte die Engländerin und setzte sich in Bewegung wie ein Automat, der aufgezogen.

„Wer geht mit mir?" fragte die Großmama, erwartend, daß die Enkelinnen den Arm in den ihrigen schieben würden, wie das die Berliner Enkel zu tun pflegten. Gab es dort doch jedesmal einen Wettkampf, wer die liebe Omama unterfassen durfte.

Aber die Schwestern, die gewöhnt waren, stets miteinander zu gehen, schritten bereits Arm in Arm vor ihr her. Marietta, die das Hafengewühl und das Fremde bedrückte, klammerte sich fest an die größere. Die schritt sicher und selbstbewußt dahin.

Nur ein kleines Kinderhändchen schob sich schüchtern in Frau Annemaries Rechte. Lottchen ging an ihrer Seite, das fremde Kind ließ sich von ihr führen. Die Miß schwankte, als ob sie Wein getrunken habe. Sie empfand noch immer das Schaukeln des Schiffes. Gutherzig griff Frau Annemarie nach ihrem Arm, sie zu stützen. Denn trotz aller Steilheit und Gradheit vermochte sie sich kaum aufrecht zu halten. Die Seekrankheit schien noch immer nicht überwunden. Grün und gelb sah sie aus. Homer folgte mit Jimmy.

So schritt Frau Annemarie zwischen Fremden den Weg vom Hafen zurück. Wie anders hatte sie sich den Weg vom Landungsplatz vorgestellt. Aber mit aller Kraft zwang sie die Bitterkeit, die in ihr aufsteigen wollte, hernieder. Sie mußte sich die Liebe und das Vertrauen der Kinder erst erringen. Sie durfte es nicht voraussetzen. Sie war ihnen ebenso fremd, ja noch viel fremder, als dies umgekehrt der Fall war.

„Wie gefallen dir die Großeltern, Jetta?“ entspann sich zwischen den vorangehenden jungen Mädchen halblaut auf portugiesisch das Gespräch.

„Die Großmama ist reizend. So hübsch, so lieb und noch gar nicht alt. Findest du nicht, daß sie unserer Mammi ähnlich ist, Nita? Wenn sie lacht, klingt es so, als ob Mammi lacht.“

„Ich weiß nicht – unsere Mammi ist schöner, viel eleganter. Die Großmama trägt baumwollene Handschuhe, Jetta. Und der Großpapa hat ja einen Bart – in Amerika trägt kein Gentleman einen Bart. Und sein ›Annele‹ und ›Mariele‹ ist entsetzlich. Ich lasse mich nicht so nennen“, setzte sie energisch hinzu.

„Wir werden ihn bitten, uns bei unseren Namen zu rufen. Wie gefällt dir Europa, Anita?“ Marietta war gewöhnt, bei allem erst die Meinung der Schwester einzuholen.

Die junge Brasilianerin sah sich in dem Hamburger Hafen um. Schiffe über Schiffe mit ragenden Masten; ganze Straßen bildeten sie auf dem Wasser. Große, braune Speicher mit riesigen Eisenkränen, die wie gewaltige Elefantenrüssel in die Tiefen der Schiffe tauchten und Tonnen und Kisten daraus emporzogen.

Anita schüttelte den Kopf. „Europa ist häßlich, sehr häßlich. Keine Palmen, keine Orangenbäume, keine Bananenbäume – gar nichts. Keine Blumen, keine Berge. Amerika ist viel mehr schön. Wir nicht werden bleiben lange in Europa.“ Die junge Amerikanerin war bereits mit ihrem Urteil über Europa fertig.

Die hinter ihnen gehende Großmama legte den eifrig miteinander Schwatzenden die Hand auf die Schulter. „Mädelchen, tut mir den Gefallen und sprecht deutsch. Ihr seid doch hier in eurem deutschen Mutterlande. Und eure alte Großmama, die euch die ganzen Jahre über entbehren mußte, will doch nun endlich teil an euch haben.“

„Ich nicht spreche gut das deutsche Sprache. Ich nicht liebe es“, erklärte Anita unumwunden.

„Du magst die Sprache deiner Mutter nicht?“ Wieder empfand Frau Annemarie ein ihr fremdes Kältegefühl. „Und du, Marietta? Liebst du unsere deutsche Sprache auch nicht?“

„Ich liebe sehr", antwortete die andere zur großen Erleichterung der Großmama. Ihr zartes Gesicht errötete in Erinnerung an die soeben mit Anita geführte Unterhaltung.

„War eure Mutter nicht sehr traurig, daß sie nun wieder nicht heimfahren konnte nach Deutschland zu ihren Eltern?" forschte Frau Annemarie eifrig. „Wie geht es dem Vater? Heilt das Bein gut?"

„Bein ist gut, bonito" – beruhigte sie Anita. Während Marietta nachdenklich meinte: „Mammi war traurig, sehr traurig. Aber sie hat nicht gezeigen, daß Papi nicht wurde traurig auch. Sie läßt grüßen viele Male. Sie kommt nach Deutschland mit anderes Schiff."

„Bald unsere Mammi kommt", bekräftigte Anita.

„Bald – wirklich, bald?" Die Großmama rief es so laut, so glückselig, daß Miß Smith trotz ihres elenden Zustandes mißbilligend auf die ältere Dame blickte, die so wenig ladylike auf der Straße sprach.

„Ja, kommt bald, holt uns bald wieder nach Amerika", berichtete Anita lebhaft.

Miß Smith hatte Ursache, noch viel mißbilligender auf Frau Geheimrat Hartenstein zu schauen. Denn diese lachte hell und ungeniert.

„So bald beabsichtigst du, Europa wieder den Rücken zu kehren, Anita? Ihr seid doch eben erst gekommen. Das ist ja sehr schmeichelhaft für uns." Da war keine Spur von Gekränktsein in den Worten der Großmutter, nur liebenswürdiger Humor.

„Wir werden gehen bald wieder nach Amerika, sehr bald", sagte Anita bestimmt.

„Mammi wird kommen in Herbst, holen uns", erzählte auch Marietta.

„Aber ihr sollt doch mindestens ein Jahr in Deutschland bleiben und euch deutsche Sitten und deutsche Bildung zu eigen machen. Ihr sollt doch eine deutsche Schule besuchen", wandte die Großmama erstaunt ein.

„Wir nicht brauchen deutsches Bilden, nicht deutscher Schule. Wir sind Amerikanerinnen!" sagte Anita mit dem ihr eigenen Zurückwerfen des schönen Kopfes. Stolz blitzte aus den jungen Augen.

„Ei, Anita, bist du wirklich noch so dumm, zu glauben, daß Amerikanerinnen nichts zu lernen brauchen?" sagte die Großmama mit leisem Spott. „Da habe ich bisher eine höhere Meinung von den Amerikanern gehabt. Ich kann mir nicht denken, daß dies mit den Wünschen eurer Eltern übereinstimmt. Hältst du es auch nicht für notwendig, hier in Deutschland zu lernen, Marietta?“ wandte sich die Großmama an die zweite. Es war ja lächerlich, gleich in der ersten halben Stunde diese Fragen zu erörtern. Aber Frau Annemarie hatte sich doch noch einen Teil der Impulsivität ihrer Jugendzeit bewahrt. Was sie auf dem Herzen hatte, das mußte herunter. Klar wollte sie sehen, woran sie mit den Enkelinnen war.

„Marietta ist Amerikanerin auch“, rief da Anita, ehe diese sich noch geäußert hatte.

„Ei, braucht die Marietta einen Vormund, Kind? Sie wird mir selbst antworten. Sag', mein Mädel, bist du gern zu uns nach Deutschland gekommen?“

„Ja, sehr gern, ich nicht konnte erwarten“, antwortete Marietta, und ihre dunklen Augen leuchteten.

Frau Annemarie atmete unwillkürlich auf. Der Druck, der sie bei Anitas selbstbewußten Worten beschlichen hatte, wich wieder. Sie hatte es nie anders vorausgesetzt, als daß die Kinder ihres Kindes gern, mit freudigem Herzen, in das Heimatland ihrer Mutter, zu den fernen Großeltern kommen würden. Um so betroffener hatten sie Anitas Worte, in denen Überhebung, Selbstbewußtsein und Auflehnung gegen anderes, Fremdes lag, gemacht. Gleich in dieser ersten Stunde fühlte die kluge Frau, daß es nicht leicht sein würde, Einfluß auf das junge Mädchen zu gewinnen. Aber Marietta war gern zu ihnen gekommen. Die liebte die deutsche Heimat ihrer Mutter. Mit Marietta würde sie sich verstehen.

Man hatte im Fährhaus, dem hochgelegenen Gartenrestaurant, von dem man den Hafen mit seinem bunten Getriebe überblickte, Platz genommen. Dort erwarteten die Damen den Großpapa. Kühl und schattig war es hier, trotz der heißen Mittagstunde, unter maigrünen Bäumen. Homer hatte sich bescheiden mit Jimmy an einem Nebentisch niedergelassen. Frau Geheimrat Hartenstein winkte ihm mit der ihr eigenen Menschenfreundlichkeit. „Komm, mein Junge, für dich ist hier auch noch Platz. Warum sollst du denn da drüben allein sitzen?“

Zwar verstand der kleine Neger kein Wort deutsch. Aber auf den Wink der Dame sprang er auf und näherte sich diensteifrig dem Tisch. Fragend blickte er auf die jungen Mädchen, um Befehle entgegenzunehmen.

Anita war bei den Worten der Großmama das Blut zu Kopf gestiegen. Sie machte gegen Homer eine abwinkende Handbewegung. „Setze dich wieder drüben an den Tisch", befahl sie in portugiesischer Sprache. Homer tat, wie ihm befohlen. Die Großmama aber fragte erstaunt: „Ja, Anita, was soll denn das heißen? Warum schickst du den Jungen wieder fort?"

„In Brasilien Herr und Diener nicht sitzen an ein Tisch", gab Anita voll stolzer Überhebung zur Antwort. Zum erstenmal in ihrem Leben zwang Frau Annemarie die impulsive Antwort, die sich ihr auf die Lippen drängte, zurück. Sie durfte die Enkelin nicht zurechtweisen, sie nicht gleich kopfscheu machen. Sie mußte erst ihre Liebe gewinnen, um Einfluß auf sie zu bekommen. So sagte sie nur: „Du bist jetzt hier in Deutschland, Anita. Hier gelten so dummstolze Standesunterschiede bei vernünftigen Menschen ebensowenig wie drüben in Amerika. Dessen bin ich sicher."

„Homer ist Neger", kam Marietta ihrer Zwillingsschwester zu Hilfe.

„Homer ist Neger", wiederholte auch Anita. „Und ich bin eine Tavares!"

„Dann bist du etwas Rechtes!" entfuhr es der Großmama. Nein, Frau Annemarie hatte es immer noch nicht gelernt, trotz der Silberfäden in ihrem Haar, ihre Empfindungen zurückzuhalten. „Ein Mensch bist du vor allem, gerade solch ein Mensch, wie Homer es ist. Ob die Hautfarbe weiß oder schwarz ist, dafür kann keiner. Aber ob das Herz weiß oder schwarz ist, darauf kommt es an." Nun hatte sie doch, gegen ihren Willen, gleich in der ersten Stunde des Beisammenseins mit den Kindern geschulmeistert. Aber bleibe einer mal ruhig, wenn er so unüberlegtes, unreifes Zeug zu hören bekommt. „Habe ich nicht recht, Miß Smith?" wandte sie sich an die unbeteiligt dabeisitzende Governeß.

„ O yes, indeed", quetschte diese mühsam durch die Zähne, denn ihr war noch entsetzlich übel.

„Wie stellen sich denn eure Eltern nur zu solchen Anschauungen, Kinder? Ich kann mir kaum denken, daß eure Mutter damit einverstanden ist", meinte die Großmama nachdenklich. Sie begriff ihre Ursel nicht, daß sie derartiges Unkraut so üppig in den Mädchenseelen hatte wuchern lassen.

„Mammi nicht kennt Unterschied bei Herr und Diener, bei Weiße und Neger", gab Marietta ehrlich zu.

„Mammi nicht ist Amerikanerin." Das hatte Anita auch drüben in Brasilien oft gesagt, wenn die Mutter der herrischen Art ihres Töchterchens, Untergebenen gegenüber, gesteuert hatte.

Frau Annemarie seufzte unhörbar. Hier gab es Arbeit, viel Arbeit. War sie nicht schon zu alt, um sich dieselbe noch zutrauen zu können? War sie dem noch gewachsen? Anita schien trotz ihrer Jugend ein selbständiger, in sich gefestigter Charakter. Aber mit Liebe, mit dem Verständnis, das Frau Annemarie einem jeden und ihren Enkelkindern ganz besonders entgegenbrachte, würde es schon gelingen. Dieses bildschöne Geschöpf da vor ihr war der Mühe wert.

Der Großvater blieb doch länger, als man geglaubt. Die Großmama bestellte für die Kinder Kuchen mit Schlagsahne, die Lottchens Entzücken hervorrief. Auch Homer bekam sein Teil. Anita, die gewöhnt war, überall, wohin sie bisher gekommen, durch ihre Schönheit, ihr lebhaftes, sprühendes Wesen und durch die gesellschaftliche Stellung ihrer Eltern für sich einzunehmen, fühlte sich durch die zurechtweisenden Worte der Großmama in ihrer Eitelkeit gekränkt. Sie war schlechter Laune. Nachdem sie ein Löffelchen von der Schlagsahne gekostet, zerbröckelte sie den Kuchen und fütterte Jimmy damit.

Der Großmama gab es einen Stich ins Herz. Man rechnete bei Geheimrats. Wenn die wirtschaftlich bösen Zeiten auch vorüber waren, Sparsamkeit war der älteren Generation in Fleisch und Blut übergegangen. Anitas Tun erschien Frau Annemarie eine Vergeudung, ganz abgesehen davon, daß Jimmy sich durchaus nicht ihrer Sympathie erfreute.

„Anita, den Kuchen habe ich für dich bringen lassen. Warum ißt du ihn nicht? Für den Affen ist er wirklich zu schade", äußerte sie sich in ihrer geraden Weise.

„Oh, Jimmy liebt nur Gutes, sehr Gutes. Ich nicht will essen das Kuchen. In Sao Paulo Kuchen ist mehr gut", antwortete Anita.

Nein, die Großmama wollte sich nicht ärgern. Sie wollte sich die Freude an den langersehnten Enkelinnen nicht verkürzen. Darum sagte sie freundlich zu Marietta: „Aber dir schmeckt es, mein Herzchen?"

Marietta bestätigte eifrig und blickte bittend auf die Zwillingsschwester. Sie war zartfühlend genug, um Anitas Verhalten als verletzend für die Großmama zu empfinden.

Anita war unberechenbar. Oft ließ sie sich durch Mariettas bittendes Auge beeinflussen. Öfters aber lehnte sie sich auch als überlegene dagegen auf. So auch heute. Sie empfand es selbst, daß sie sich der unbekannten Großmutter, für die ihre Mutter ihnen von klein auf Liebe und Verehrung ins Herz gepflanzt hatte, nicht von der vorteilhaftesten Seite zeigte. Und das verdroß sie. So beobachtete sie der Schwester bittende Beeinflussungen nicht. Wie eine große Dame winkte sie dem Kellner: „Ein Tasse Schokolade", bestellte sie.

Miß Smith erschien, trotz ihres Jammerzustandes, das Verhalten ihres Zöglings doch etwas eigenmächtig. Sie wandte sich in englischer Sprache dagegen. Die Großmama aber sagte mit aller Bestimmtheit: „Anita, wenn du etwas wünschst, so wirst du es mir künftig sagen. Es ist bei uns nicht Sitte, daß ein so junges Ding wie du selbständig Bestellungen beim Kellner macht."

„Ich bin Amerikanerin!" trumpfte Anita wieder auf. „Ich habe kalt – ich will trinken heiß." Es war irgend etwas in dem Ton der Großmama, das Anita diese erklärenden Worte hinzufügen ließ.

„Kalt – bei dieser heißen Mittagssonne? Ja, an unser europäisches Klima werdet ihr Tropenblümchen euch erst gewöhnen müssen." Die kluge Frau hielt es für ratsam, möglichst schnell über den unliebsamen Vorfall hinwegzugehen.

Aber als die Schokolade kam, mochte Anita sie nicht mehr trinken. Sie schob sie Homer hin, der sich erfreut darüber hermachte.

Frau Annemarie war selbst ein solch harmonischer Mensch, daß sie auch um sich möglichst alles in Harmonie liebte. Und nun sollte sie in ihr erstes Beisammensein mit den Enkelkindern fortwährend Disharmonien bringen? Aber wiederum, wenn sie nicht gleich Front machte gegen Anitas Verhalten, hatte sie ein für allemal verlorenes Spiel. Ehe sie noch mit ihren Überlegungen, mit dem Für und Wider im reinen war, hatte Anita sich erhoben. Sie wandte sich in portugiesischer Sprache an die Miß und an Marietta. Die Miß antwortete englisch, Marietta in ihrer Heimatssprache. Es gab eine aufgeregte Debatte.

Jetzt riß Frau Geheimrat Hartenstein aber doch die Geduld. Ein Lamm war sie noch immer nicht, trotz ihrer Jahre.

„Ich muß euch sehr bitten, Kinder, deutsch zu sprechen. Erstens erfordert es der Anstand, daß man nicht etwas sagt, was von einem der Gesellschaft nicht verstanden wird, und dann sind wir ja in Deutschland. Also was gibt's denn?"

„Anita ist kalt. Sie will fahren in Hotel, wenn es ist recht der lieben Großmama", vermittelte Marietta schnell. Sie hatte wohl Furcht, daß die Schwester ihren Wunsch wieder allzu nachdrücklich kundgeben könnte.

„Wir müssen hier noch den Großpapa erwarten", bedeutete ihnen die Großmama. „Er muß ja bald hier sein."

„Wie heißt der Hotel, wir wohnen? Miß Smith, Marietta, ich werden nehmen Auto und fahren zu es." Anita erhob sich. Lottchen, Homer und Jimmy schien sie zur Gesellschaft der Großmama zurücklassen zu wollen.

„Nein, mein Kind, wir erwarten den Großpapa hier gemeinsam." Seitdem ihre eigenen Kinder ihrer Erziehung entwachsen waren, hatte die Großmama nicht soviel Energie aufwenden müssen. Ursel war ja auch schwer zu erziehen gewesen. Auch sie hatte ihr Köpfchen für sich gehabt. Das schien sich bei ihrer Tochter noch in verstärktem Maße vererbt zu haben. Amerika, das Land der Freiheit und Selbständigkeit, hatte diese Veranlagung noch stärker entwickelt. Das war der Großmama durchaus klar. Damit aber auch die große Verantwortung, die sie übernahm.

Marietta hatte Anita einige leise Worte zugeflüstert. Die Großmama konnte nur das Wort „Mammi" daraus verstehen. Aber sie mußte wohl den Nagel auf den Kopf getroffen haben. Ja, die Mammi drüben in Sao Paulo würde sicher nicht mit ihrem Verhalten der Großmutter gegenüber einverstanden sein. Das sah Anita ein.

„Da kommt Großpapa!" Sie begrüßte das Auftauchen des alten Herrn auf dem zum Fährhaus hinaufführenden Wege erfreut mit einer gewissen Erleichterung. Rasch eilte sie ihm entgegen. Arm in Arm traten Großvater und Enkelin an den Tisch.

„Bist jetzt abgesetzt, Weible", rief der Geheimrat in bester Stimmung. „Hab' mir halt eine jüngere angeschafft. Aber Gerümpel habt's mitgeschleppt, Kinderle. Himmelangst wird mir, wenn ich an all die Koffer und Kisten denke. Dafür muß ich mir noch extra ein Haus bauen lassen. Unser kleines Häusle reicht nimmer aus."

Die beiden jungen Mädchen lachten zu den lustigen Worten des Großvaters. Es klang hell und melodisch wie Vogelgezwitscher.

Der Geheimrat nickte seiner Frau liebevoll zu. „Das laß ich mir gefallen, hier oben in der Maiensonne in so herziger Gesellschaft zu schlemmen. So hast dir's doch nicht vorgestellt, gelt, Fraule?"

Nein, Frau Annemarie bestätigte es lächelnd. Allerdings ließ sie ihren Mann im unklaren darüber, inwiefern sie es sich anders vorgestellt hatte. Der

Geheimrat zahlte, zog Lottchen an den blonden Rattenschwänzchen, fuhr Homer väterlich über den schwarzen Wollkopf, ja sogar Jimmy mußte mittels einer Banane, die der alte Herr aus seiner Tasche zog, an seiner freudigen Stimmung teilhaben. Dann griff er wieder nach Anitas Arm. Die hatte es ihm nun mal mit ihrer Schönheit und ihrem Lachen angetan.

„Komm, Annele, wir zweibeid gehen halt miteinander." Anita fühlte als schlaue Evastochter, daß sie bei dem Großvater einen Stein im Brett habe. Dies gab ihr die gute Laune zurück. Sie war gewöhnt zu gefallen. Keiner sollte sich davon ausschließen.

Jetzt war es Marietta, die ihren Arm, wenn auch noch schüchtern, in den der Großmama schob.

„Erlaubt liebe Großmama?" fragte sie dabei mit liebem Lächeln in den Augen. Dieses Lächeln, das kannte die Großmama. Wenn die Augen auch tiefschwarz waren und nicht strahlendblau wie bei Ursel, das war das langentbehrte Lächeln ihres Kindes.

„Komm, mein Liebling, wir gehören zusammen."

So schritten die beiden Alternden Arm in Arm mit blühender Jugend in den blauen Frühlingstag hinein.

7. Kapitel. Bei den Großeltern

Nein, Europa war doch nicht häßlich. Selbst Anita konnte sich dem nicht verschließen. Der großväterliche Garten hatte sich mit seinen herrlichsten Blüten zu Ehren der einziehenden Enkelkinder geschmückt, als wüßte er, daß es eine Konkurrenz mit der fruchtbaren Tropenheimat der zwei galt. Die Syringen ließen ihre blauen und rötlichen Blütendolden in süßen Duftwellen herniedersickern. Der Goldregen gleißte und glänzte mit den Sonnenstrahlen um die Wette. Vergißmeinnicht, Goldlack und Stiefmütterchen besäumten den Weg. Und ein alter, knorriger Apfelbaum war eitel genug, sein rosenrotes Blütenkleid zum Empfang der Tropenkinder noch anzubehalten, trotzdem seine Gefährten es bereits abgestreift hatten. In der maigrünen Linde flötete, pfiff und jubilierte es von unsichtbaren kleinen Musikanten. Eine ganze Vogelkapelle hatte sich dort eingenistet, um den Kindern aus fremder Zone den Willkommensgruß zu bringen.

Marietta blieb mitten im Garten stehen und sah sich mit glücklichen Augen in dem kleinen Paradies um.

„Das ist deutsche Frühling, von das Mammi hat erzählt uns. Wo ist das Linde? Ich nicht kenne ein Linde."

„Unser alter Lindenbaum – Fräulein Marietta Tavares" – übernahm die Großmutter lustig die Vorstellung.

„Oh – das ist das Linde?" Das junge Mädchen schien nicht sehr erbaut. Das war ein grüner Baum wie viele Bäume. Nicht einmal Blüten trug er. Warum hatte die Mutter nur immer so sehnsüchtig von der Linde im elterlichen Garten gesprochen?

„Palme ist mehr hoch – Palme ist mehr schön", gab Anita unumwunden dem Ausdruck, was Marietta nur dachte.

An der Tür des Hauses, die Kunze mit einer Willkommensgirlande versehen, stand Frau Trudchen im hellen Waschkleide. Rundlich, sauber und appetitlich. Beide Hände streckte sie den jungen Ankömmlingen entgegen.

„Da sind sie ja, die lieben Kinderchen. Willkommen, junge Fräuleins, bei Jroßmamachen und Jroßpapachen!" Marietta wurde es warm zumute bei den herzlichen Worten. Sie faßte die verarbeiteten Hände, die sich ihr boten, mit freundlichem Gegengruß. Anita nickte nur herablassend mit dem Kopfe. Aber Frau Trudchen hatte keine Zeit mehr, darauf zu achten. Die unterbrach sich entsetzt: „Herrjotte doch – ein Mohr und ein Affe! Beißt er auch nicht?"

„Wer? Der Mohr oder der Affe?" lachte der Geheimrat sie aus. „Meine Tochter hat Homer, so heißt der schwarze Jüngling, mitgeschickt, daß er Ihnen die vermehrte Arbeit erleichtern soll, Frau Trudchen. Den Affen allerdings hätten sie drüben behalten können."

„Den Schwarzen auch. Lieber Tag und Nacht arbeiten, als mit solch graulichem Rabenjesicht zusammen." Zum Glück verstand Homer nichts von der ungastlichen Begrüßung der sonst so freundlichen Frau.

„Also das ist Anita, und das ist Marietta. Hier kommt noch Miß Smith und das kleine Lottchen – und dies hier ist unsere liebe Frau Trudchen, die für uns voller Treue sorgt", stellte die Großmama vor.

„Ach Jotte doch, Frau Jeheimrat, das is ja nicht mehr als meine Schuldigkeit", wehrte Frau Trudchen bescheiden ab.

„ How do you do?“ quetschte die Miß höflich durch die Zähne. Sie sprach so, als ob sie jedes Wort kaute.

Frau Trudchen sah sie erstaunt an. Sagte die „du“ zu ihr? Kunze lud das Gepäck ab. Himmel, was gab es da für Koffer. Große und kleine, Kisten und Schachteln. „ My boxes – my tub“ – die Engländerin trat nicht eher ins Haus, als bis all ihre Habseligkeiten abgeladen waren.

Drin in der Diele mit den hellen Peddigrohrmöbeln und den grünen Schlingpflanzen hatte die Großmama die Enkelkinder liebevoll an das Herz gezogen. „Möget ihr unser Haus zu einer guten Stunde betreten, meine lieben Kinder, und euch heimisch und wohl bei uns fühlen!“ sagte sie innig. Marietta erwiderte ihre Liebkosung, während Anita neugierig die Einrichtung musterte.

Droben in Ursels ehemaligem, hübschem Mädchenzimmer hatte die Großmama die Enkelinnen untergebracht. Da war noch alles so, wie es einst gewesen.

„Hier hat auch eure Mutter als junges Mädchen gewohnt“, erläuterte die Großmama.

„Oh, ist schön, sehr schön“, bewunderte Marietta. Sie hatte daheim in Brasilien ein größeres, eleganteres Zimmer, aber es war lange nicht so anheimelnd wie dieses.

„Ist klein, sehr klein. Wo sollen stehen Koffer? Muß man nehmen Möbel heraus“, überlegte Anita als praktische Amerikanerin.

„Das Dutzend Koffer wandert auf den Boden, Anita, die Sachen werden wir, soweit es geht, in den Schränken unterbringen. Draußen auf dem Treppenflur steht auch noch ein alter Schrank von meiner verstorbenen Mutter“, überlegte die Großmama. „Ihr habt viel zuviel mitgeschleppt.“

„Oh, wenig, sehr wenig. Wir werden kaufen hier in Deutschland. Ist mehr billig als in Brasilien.“

„Macht mich nicht unglücklich, Kinder. Ich weiß schon sowieso nicht, wo ich mit eurem Kram hin soll“, widersprach die Großmama lachend.

Anita hatte inzwischen weiter Umschau in dem Zimmer gehalten.

„Muß sein andere Bett. Kann nicht schlafen, nicht ich, nicht Marietta hier in Bett.“

„Warum denn nicht? Was hast du daran auszusetzen?“ Gegen ihren Willen klang es etwas gereizt. Hatte Frau Annemarie doch ihr schönstes Bettlinnen mit den noch von ihrer Mutter selbstgearbeiteten Spitzenecken für die Enkelkinder bezogen.

„Ist Federbetten – zu schlafen zu heiß. Fehlt Moskitonetz. Muß sein andere Bett“, beharrte Anita.

Jetzt mußte Frau Annemarie wieder lachen. „Wenn du weiter keine Sorgen hast, du Tropenkind, das braucht dich nicht zu bekümmern. In den Federbetten wirst du herrlich schlafen. Und ein Moskitonetz ist für unsere harmlosen Stubenfliegen auch nicht vonnöten.“

Trotzdem betrachtete Anita mißtrauisch die Betten. Auch die Waschtoilette erfreute sich nicht ihres Beifalls. „Ist kein Wasser, Marietta, kein Wasser zu fließen. Schüssel für Seife nicht *bonito*. Nicht von Silber, ist weiß, ist häßlich“, kritisierte das im Luxus aufgewachsene Mädchen ungeniert, auf das weiße, saubere Porzellangeschirr weisend. Daheim in Brasilien hatte man die Waschgarnitur in Alpakkasilber.

„Ich finde es schön hier in kleines Stube, mich gefallen gut.“ Es kam nicht oft vor, daß Marietta anderer Meinung war als die Schwester. Aber das Fehlen des Moskitonetzes schien auch ihr ein großer Übelstand. „Wir werden binden fest Schleier an Bett“, überlegte sie.

Inzwischen hatte Miß Smith ihre boxes und ihre tub in das nebenliegende Zimmer, das ihr angewiesen worden, schaffen lassen. Sie machte weniger Ausstellungen als ihre Zöglinge. Nur daß die Fenster nicht zum Herauf- und Herunterschieben eingerichtet waren wie in England und Amerika, empfand sie als einen Mangel Deutschlands.

Marietta trat auf den kleinen, mit Tausendschönchen bepflanzten Balkon, auf dem höchstens zwei Personen Platz hatten. Sie schaute über die maigrünen Wipfel, zu dem zartblauen Himmel hinauf, an dem Lämmerwölkchen sich tummelten, der ganz andere Färbung hatte als der heimatliche Tropenhimmel. Über Dächer hinweg sah man ins Weite, ins Grüne. Saatfelder, keine Kaffee-, Zucker-, Tabak- oder Baumwollplantagen, wie sie es von den Tropen her kannte, breiteten sich in lenzverheißender Fruchtbarkeit. Und fern am Horizont umschloß sie ein blaugrüner Gürtel. Das mußte der Wald sein – der deutsche Wald. Wie oft mochte ihre Mutter hier gestanden und in die Ferne geträumt haben, ohne zu ahnen, daß das große Wasser sie einst von all dem, was ihr lieb war, trennen würde. Oh, war die Luft hier gut und würzig. Kühl und herb umfächelte der Wind ihre Schläfen. Marietta hatte ein Gefühl, als müsse sie die Arme ausbreiten und das liebe Land da vor ihr, das Land ihrer Mutter, an ihr Herz ziehen. Fest fühlte sie sich mit ihren Wurzeln in seinem Boden verwachsen.

„Was gibt's hier zu sehen?“ Portugiesische Laute weckten die junge Träumerin aus ihrer Versunkenheit. Anita steckte neugierig den schwarzen Kopf heraus. „Puh – ist kalt hier. Und langweilig. Man sieht ja nichts weiter als ein paar Häuser und Gärten“, meinte sie enttäuscht.

„Das ist die Wald, Nita, die deutsche Wald.“ Es wäre Marietta jetzt unmöglich gewesen, portugiesisch zu antworten.

„Wo? Ich sehe nichts.“

„Da – weit hinter Plantagen, ganz weit, wo ist Himmel.“

„Das?“ machte Anita wegwerfend. „Ist nicht so groß wie Urwald.“

„Aber es ist die deutsche Wald – – –.“ Zum erstenmal in ihrem Leben fühlte sich Marietta von ihrer Zwillingsschwester nicht verstanden. Da war ein Gefühl in ihr, das Anita nicht teilte, irgend etwas, was der Schwester fremd und gleichgültig blieb. Etwas, was sie trennte.

„Nun, haltet ihr Umschau von eurem neuen Reiche aus, meine Mädel?“ Die Großmama trat in die offene Tür. „Gottlob, daß ich hier oben wieder junges Volk habe. Aber nun zu Tische. Der Großpapa ist nicht gewöhnt, daß man ihn warten läßt. Und Frau Trudchen ebensowenig. Nach dem Essen könnt ihr dann aus Auspacken gehen.“

„Wir?“ fragte Anita verwundert.

„Ja, wer denn sonst?“ gab die Großmama ebenso verwundert zurück. „Vielleicht ist Miß Smith so freundlich, die Oberaufsicht zu übernehmen, daß alles an seinen richtigen Platz kommt. Ich selbst bin ein wenig abgespannt von der Reise. Ich muß nach Tisch erst ein Stündchen ruhen. Ja, ja, man merkt doch die Jahre schon!“ Sie lächelte ein liebes, etwas wehmütiges Lächeln.

„Wir sollen packen aus Koffer?“ Anita vermochte diese ungeheuerliche Zumutung nicht zu fassen. „Ist da Diener und Dienerin, zu tun es.“

„Nein, mein liebes Kind, dazu haben wir keine Bedienung. Frau Trudchen und ihr Mann haben reichlich andere Arbeit. Hier muß jeder selbst Hand mit anlegen.“ Das war es, wovor Frau Annemarie heimlich ein wenig gebangt.

Würden sich die verwöhnten, in Reichtum und Luxus aufgewachsenen Kinder ihrem bescheidenen Heim einfügen?

„Muß sein lustig, Nita, zu packen aus Koffer“, wandte sich da Marietta überredend an die Zwillingsschwester. Teils, weil es ihr wirklich ganz lustig erschien, die hübschen Sachen, welche die Koffer in ihren Tiefen bargen, selbst ans Licht zu befördern, teils, um dem Wunsch der Großmama nachzukommen.

Anita schüttelte vorwurfsvoll den Kopf. „Du bist eine Tavares, Marietta, vergiß das nicht!“ sagte sie mahnend. Worauf die Schwester errötend verstummte.

Nein, so schwer hatte es sich Frau Annemarie doch nicht gedacht. Ein verwöhntes Kind war durch vernünftige Erziehung in die richtigen Bahnen zu leiten. Aber wenn dummstolzes Standesvorurteil stets neue Hindernisse auftürmte, wie sollte man dagegen ankämpfen?

„Höre, Anita,“ begann die Großmama liebevoll, „du bist groß genug, um zu verstehen, daß in den verschiedenen Ländern verschiedene Sitten herrschen. Du bist hier in Deutschland, um bei uns deutsches Leben und deutsches Wesen kennenzulernen. Mache es mir nicht zu schwer, Kind!“ Das war gütig und offen gesprochen.

Auf Marietta blieben die Worte der Großmama nicht ohne Eindruck. Ihre schwarzen Augen sahen bittend auf Anita.

„Gut, ich will lernen kennen deutsche Leben, aber bleiben Amerikanerin!“ räumte diese ein.

„Das sollst du auch, Anita. Aber Amerikanerinnen tun selbst etwas. Die lassen nicht andere für sich arbeiten. Amerika ist das Land, in dem nur Arbeit etwas gilt. Man spricht dort vom Selfmademan. Dasselbe gilt auch für die amerikanische Frau.“

„Nicht für eine Tavares.“ Da war er wieder, der portugiesische Ahnenstolz. „Arbeit ist gut für armes Frau. Vornehme Damen nicht arbeiten. In Sao Paulo keine reiche Dame wird arbeiten. Für Arbeit ist Mulatte und Neger.“

„Und eure Mutter?“ Frau Annemarie mußte diese Frage tun. Trotzdem sie ja wußte, daß ihre Ursel niemals der Arbeit besonders hold gewesen. Hatte man sie doch scherzweise früher daheim das „Prinzeßchen“ genannt.

„Unsere schöne Mammi nicht arbeitet!“ rief Anita lebhaft.

„Mammi studiert die Musik. Mammi geht in Kolonie von deutsche Arbeiter, zu helfen“, erklärte Marietta eifrig. Nein, die Großmama sollte keine schlechte Meinung von der geliebten Mutter bekommen.

Frau Annemarie mußte über Mariettas Verteidigung lächeln. Sie wurde ihr nur noch lieber, kam ihr nur noch näher durch diese innige Zuneigung für die Mutter. „Musikstudium und soziale Hilfsbereitschaft ist auch Arbeit. Ein jeder muß seine Tätigkeit dem Platz, auf den er gestellt ist, anpassen. Aber man soll vor keiner Arbeit zurückscheuen, sich für keine zu gut halten.“ In ihrem ganzen Leben hatte Frau Annemarie noch nicht so lange Moralpredigten gehalten. Dabei blieb es mehr als zweifelhaft, ob die brasilianischen Enkelkinder alles verstanden hatten.

Ein Pochen an der Tür beendete die Unterhaltung.

„Frau Jeheimrat, die Suppe steht auf'm Tisch. Und was unser Herr Jeheimrat is, wird unjemütlich, wenn sie kalt wird“, rief Frau Trudchen.

„Ja, ja – wir kommen schon, Trudchen. Flink, Kinder, bürstet euch das Haar und wascht euch die Hände. Der Großpapa liebt Pünktlichkeit.“ Damit war Frau Annemarie schon an der Tür. Selbst sie, die einst durchaus nicht immer Pünktliche, hatte in den langen Ehejahren genaue Zeitinnehaltung von ihrem Manne übernommen.

„Wir nicht können gehen mit Reisekleider zu dinner. Wir müssen anziehen schöne Kleider“, wandte Anita ein. Die Tavaresschen Kinder waren es gewöhnt, sich zum Essen, an dem der Vater teilnahm, besonders hübsch zu machen.

Frau Annemarie stand zwischen Angel und Tür. „Hier in Deutschland ist es nicht nötig, sich zum Essen anzuputzen. Nur sauber und ordentlich muß man bei Tisch erscheinen. Ja, Rudi, wir kommen schon!“ rief Frau Geheimrat in das Erdgeschoß hinab, denn die Stimme des Gatten klang ungeduldig herauf.

Das „wir“ beschränkte sich vorläufig nur auf sie selbst und die Miß. Die jungen Mädchen ließen auf sich warten. Die Suppe war ausgeteilt, sie geruhten noch immer nicht zu erscheinen.

„ The girls are dressing for dinner“, hatte die Miß als Entschuldigung für das Ausbleiben ihrer Zöglinge geäußert.

„Ich habe ihnen doch gesagt, daß dies bei uns nicht nötig ist. Sie müssen die Essensstunde pünktlich innehalten.“ Frau Annemarie bekam rote Flecke auf den Wangen. Sie war ärgerlich. Auf die Enkelinnen sowohl wie auf die Engländerin.

Dieselbe hatte als Erzieherin doch die Pflicht, auf die Mädel einzuwirken, anstatt hier mit Gemütsruhe ihre Suppe zu löffeln.

Dem Geheimrat schmeckte es nicht. Er hatte sich auf die erste Mahlzeit daheim mit den Kindern seiner Ursel gefreut. Ja, sogar einen ärztlichen Besuch, der nicht eilte, auf den Nachmittag verschoben, um die Gemütlichkeit des ersten Beieinanders nicht zu stören. Nun fehlten sie. Drohende Wolken, die Frau Annemarie kannte, zogen sich unheilverheißend auf seiner Stirn zusammen. Noch entlud sich das Wetter nicht. Als kluge Frau pflegte Frau Annemarie bei derartigen Gelegenheiten vorzubeugen.

„Miß Smith, würden Sie so liebenswürdig sein, meinen Enkelinnen zu sagen, sie möchten sofort zu Tische kommen", wandte sie sich an die den Löffel aus der Hand legende Engländerin in ziemlich energischem Tone.

Miß Smith machte ihr „ shocking"-Gesicht. Sich während der Mahlzeit von Tische zu erheben, das war nicht ladylike. Sie blieb steif und unbeweglich. Kaum die Lippen bewegte sie, als sie antwortete: „ The girls will come when they are full-dressed."

Das war zuviel für den Geheimrat. Ärgerte er sich doch sowieso innerlich, daß die Miß an seinem deutschen Tische englisch sprach. Er sprang auf. „So werde ich die Kinder holen." Ehe seine Frau ihn zurückhalten konnte, war er hinaus. Frau Geheimrat Hartenstein blickte vorwurfsvoll auf die Miß. Die aber schien durchaus nicht schuldbewußt. Im Gegenteil, der Ausdruck ihrer Mienen sagte deutlich, daß sie das Verhalten des alten Herrn durchaus nicht gentlemanlike fände.

Nicht lange dauerte es, da erschien er wieder, an jedem Arm eine Enkelin. Anita in grüner, Marietta in mattrosa Seide. Anita lachend und strahlend, Marietta ein wenig schuldbewußt. Die Wolken auf des Großvaters Stirn waren verschwunden.

„Ein Teufelsmädele, das Annele, macht mit ihrem alten Kavalier halt, was sie will", lachte er. „Na, wo bleibt der Kuß, zum Dank, daß ich euch feierlich eingeholt habe?"

„Doces – Süßes es gibt erst am Schluß von dinner", lachte die Enkelin, und ihre weißen Perlenzähne blitzten in dem bräunlich schönen Gesicht.

Die beiden jungen Mädchen nahmen die ihnen angewiesenen Plätze ein. Anita zur Seite des Großvaters, Marietta neben der Großmama. Bittend legte Marietta ihre schmale Hand auf die Frauenhand.

„Großmama, bitte, nicht sein böse, morgen wir werden kommen zu Essen auf das Minute“, sagte sie entschuldigend.

„Das wollen wir uns halt auch ausbitten, Mariele“, polterte der Großvater, aber er schmunzelte dabei. „Unsere Hausordnung lassen wir uns von zwei Tropenpflänzchen nimmer auf den Kopf stellen.“

„Aber morgen im einfachen Hauskleid, Kinder, darum bitte ich. Solche Maskerade ist nichts für unser bescheidenes Mittagbrot. Unser Kohl und unsere Brühkartoffeln müßten sich ja vor solcher Eleganz schämen. In hellseidenen Kleidern geht man bei uns zum Ball. So junge Dinger wir ihr brauchen überhaupt noch keine Seide zu tragen.“ Frau Annemarie war nicht gewöhnt, mit ihren Empfindungen zurückzuhalten.

„Oh, in Brasilien kleine Babys tragen schon Seide, weil es ist am meisten leicht“, meinte Marietta erstaunt.

„Wir haben fast nur Kleiders von Seide. Findet die Großmama nicht schön?“ Anita machte ein noch viel erstaunteres Gesicht.

O ja, ganz entzückend sahen sie beide aus. Marietta mit ihrem kastanienbraunen Haar, das wie Gold in der Maisonne schimmerte, mit dem zarten Gesichtchen, wirkte wie ein Bild in blaßrosa Rahmen. Mit Gewalt löste die Großmama das Auge von der liebreizenden Enkelin und ließ es zur Suppenterrine wandern.

„Frau Trudchen wird so gut sein, euch die Suppe heute nochmal aufzuwärmen. Seid ihr wieder unpünktlich, müßt ihr mit kalter Suppe fürlieb nehmen“, sagte sie scherzhaft.

„Oh, wir nicht brauchen Suppe. Nicht, Jetta, nicht mich liebt Suppe. Werden wir essen gleich Pasteten“, schlug Anita vor.

„Pasteten – was für Pasteten?“ Die Großmama lachte ihr herzliches, noch so jung klingendes Lachen.

„Gibt es nicht Pastete in deutsche Land?“

„Freilich, halt zu Gesellschaften. Aber nit bei einem bürgerlichen Mittagessen, Annele“, erklärte der Großpapa.

„Oh, ist sehr schade“, bedauerte die Enkelin. „Pastete ich esse mehr lieb als Suppe.“

Frau Trudchen brachte die gewärmte Suppe. „Jotte doch!“ sagte sie und faltete andächtig die Hände über der steifen, weißen Schürze, als sie die jungen Mädchen in ihrem Staat erblickte.

„Ja, Trudchen, vor solchen feinen Kleidern müssen wir uns mit unserem einfachen Essen verstecken, nicht wahr?“ meinte Frau Geheimrat lustig.

Frau Trudchen nahm Spaß für Ernst. „Is man jut, Frau Jeheimrat, daß Kunze noch die Mathilde jeschlachtet hat.“ Bei Geheimrats hatten alle Hühner Namen und gehörten zur Familie. „Und 'n Flammeri hab' ich auch noch jemacht für die lieben Kinderchen.“

„Na, mit der gebratenen Mathilde und einem Flammeri werden wir ja allenfalls vor den Seidenkleidern bestehen können“, lachte die Großmama. „Wie geht es denn Ihren Pflegebefohlenen, Trudchen? Lassen sie es sich schmecken?“

„Ach Jott, das Lotteken, das is ein liebes Ding. Wenn es keine Sünde wäre, möchte man wünschen, daß sich ihre Verwandten jar nich erst melden würden auf die Annonce in der Zeitung, wo unser Herr Jeheimrat jemacht hat. Kunze und ich, wir täten sie jleich behalten. Aber was der Schwarze und der Affe is, Frau Jeheimrat, das is 'n Theater. Die beiden Biester fressen sich jejenseitig allens weg. Die Zähne fletschen sie um die Wette. Aber was der Homer is, scheint ja soweit janz jutartig zu sein. Kunze hält sich die Seiten vor Lachen. Aber mir ist die Sache noch 'n bißchen gruselig.“

„Na, das ist ja schön, daß Sie sich mit der exotischen Einquartierung abfinden. Nun bringen Sie uns die Mathilde“, beendete Frau Annemarie die etwas weitschweifigen Ausführungen der Getreuen. Denn wenn Frau Trudchen erst mal aufgezogen war, fand sie so leicht kein Ende.

Die Mathilde erschien, goldbraun und knusprig. Der Großvater, als geübter Chirurg, zerlegte sie eigenhändig mit der Geflügelschere. Großmama teilte jedem auf. So war's im Hause ihrer Eltern Brauch gewesen, so hielt sie's auch. Die gute, alte Sitte hatte sie beibehalten.

Die Enkelkinder machten große Augen.

„Ißt der Großpapa ganz allein das Mathilde?“ erkundigte sich Marietta. „Bei uns nicht heißt Mathilde, heißt Gallinha“, sie zeigte auf das gebratene Huhn.

„Hier heißen die Hühner für gewöhnlich auch nicht Mathilde." Wie herzlich die Großmama lachen konnte.

„Bei uns Köchin tranchieren, und Diener präsentiert Schüssel." Fräulein Anita erschienen die Gepflogenheiten im großväterlichen Hause nicht vornehm genug.

„Hier ist der Großvater die Köchin, und 's Großmutterle präsentiert die Teller, gelt, meine Alte?" Liebevoll nickte der Großpapa seiner Frau zu. Er war wieder in bester Laune. Nur die Miß mit ihrer mißmutigen Laune störte ihn etwas.

Die „Mathilde" war verzehrt und hatte allgemein gut gemundet. Wenn auch die Tropenkinder den Olivensalat und „Farosa", eine pikante brasilianische Beilage, dazu vermißt hatten.

Aber Frau Trudchens Grießflammeri erfreute sich nicht des Beifalls der jungen Gäste. Marietta zwang sich aus Höflichkeit, ihn zu essen. Anita schob nach dem ersten Bissen den Teller fort.

„Deutsche Doces nicht bonito – nicht gut. Ist Farinha, wir streuen auf Bohnen. Soll Donna Trudchen bringen andere Doces", sagte sie in befehlendem Ton.

„Anita, wir sind hier nicht im Restaurant. Wir haben keinen Speisezettel zur Auswahl. Was auf den Tisch kommt, wird gegessen", sagte die Großmama in bestimmtem Ton.

„Ich nicht liebe das." Anita war nicht zum Weiteressen zu bewegen, trotzdem auch die Miß mißbilligend meinte, es sei nicht ladylike, etwas stehenzulassen.

„Ja, mein Herzchen, da wirst du aber nicht satt werden." Die Großmama zuckte bedauernd die Achsel, während der Großpapa „Gesegnete Mahlzeit" wünschte.

„Ist schon zu Ende?" Nein, das konnte sich das im Überfluß aufgewachsene Mädchen gar nicht vorstellen. „Fehlt Pastete, fehlt Fisch, fehlt Beef, fehlt Käse, fehlt Mokka. Hungern die Menschen in deutsche Land?"

„O ja, es gibt hier auch Menschen, arme Menschen, die hungern müssen. Aber nicht, wenn sie Suppe, Huhn und Flammeri gegessen haben." Frau Annemarie war mit Recht ärgerlich, daß die verwöhnte Enkelin das tadellos zubereitete Essen so wenig würdigte. Gut, mochte sie ruhig noch nicht gesättigt sein. Hunger war der beste Erzieher zum Essen.

„Wir sollen liebe Großmama bitten, zu zeigen uns Meierzimmer, unsere Mammi hat gesagt", unterbrach da Marietta ihre pädagogischen Überlegungen.

„Meierzimmer – – – Meier – – –?“ Die Großmama verstand beim besten Willen nicht. „Rudi, was kann das Kind meinen? Wir haben doch nie einen Meier im Hause gehabt.“

Aber auch der seine Pfeife stopfende Großpapa wurde nicht daraus klug.

„Alte Meierzimmer, wo sind alte schöne Sachen von alte Zeit“, erläuterte die Enkelin.

„Ach, das Biedermeierzimmer – Rudi, sie meint meine Biedermeierstube!“ Die Großmama lachte, daß ihr die Tränen in die blauen Augen traten. „Also kommt, wenn ihr mein Heiligtum sehen wollt.“

Neugierig folgten die Mädel. Die Mutter hatte ihnen soviel von dem Biedermeierzimmer mit allen seinen lieben Erinnerungen erzählt, daß sie sich darunter ein kleines Märchenreich vorstellten. Natürlich waren sie enttäuscht, vor allem Anita. „Altes Möbel, keine Seide, kein Leder auf Sessel – nicht gefällt mir. Ist eng, ist voll, Bilder nicht schön, nicht vornehm.“ Daheim hatten sie große Ölgemälde.

„Diese Bilder, die du nicht schön und nicht vornehm findest, Anita, sind deine Urgroßeltern. Dies alte Bild zeigt meine Großmutter, eure Ururgroßmutter. Das ist eure Ahnengalerie. Wenn die Lieben, Guten es gewußt hätten, daß mal zwei Nachkömmlinge aus Brasilien kommen und ihre Bilder nicht schön genug finden würden.“ Frau Annemarie sprach mehr zu sich als zu den Kindern.

Aber Marietta hörte oder sie empfand vielmehr das Wehmütige in ihrem Ton heraus.

„Oh, ist schön, kleines Meierzimmer, moito bonito. Nita, sieh die schönen Tassen in Glaskasten.“ Sie wies auf das Glasvertiko mit den antiken Goldtäßchen.

„Werden wir trinken aus Goldtassen?“ erkundigte sich die Schwester.

„Nein, Kind, die sind nur zum Anschauen, ich wäre traurig, wenn mir eine entzweiginge.“

„Dann nicht schön, wenn nicht zum Trinken.“ Anita zeigte in jedem Zuge das nüchterne, nur auf das Praktische gestellte Amerikanerkind.

„Was ist für kleines, hübsches Tisch?“ Marietta, die voller Neugierde in alle Ecken des von ihrer Mutter so hochgehaltenen Raumes umherspähte, wies auf das Erkerplätzchen am Fenster.

„Das ist mein Nähtischchen. Siehst du, mein Herzchen, da habe ich euch alle bei mir, wenn ich hier sitze und nähe.“ Die Großmama wies auf den Familienrahmen.

„Ist Nähtisch Nähmaschine?“ erkundigte sich Anita sachlich.

„Nein, das ist ein Tischchen, in dem ich meine Nähsachen habe, an dem ich sitze und arbeite“, erklärte die Großmama.

„Vornehmes Dame in Brasilien hat nicht Nähtisch.“ Anita war mit dieser Einrichtung nicht einverstanden.

„Und wer näht dort, wer bessert etwas aus, wenn es entzwei ist?“

„Wird nicht gebessert, wird getan fort, kauft man neu.“

„Und wenn man kein Geld dazu hat?“

„Muß man verdienen Geld.“ Das war für eine Amerikanerin das einfachste Ding der Welt.

Die Großmama lachte. „Ei, Anita, das sollst du mir einmal vormachen, wie du Geld verdienen willst, wenn du nichts verstehst, als nur die vornehme Dame zu spielen.“

„Muß man heiraten reiches Mann.“ Auch das war für Anita etwas ganz Selbstverständliches.

„Ja, Kind, da haben wir hier in Europa eben ganz andere Anschauungen. Wir bessern lieber unsere Sachen aus, als daß wir einen Mann nur seines Geldes wegen heiraten. Aber nun haben wir genug geschwatzt. Jetzt sollt ihr eure Sachen auspacken. Eure alte Großmama braucht ein Stündchen Ruhe.“ Sie nickte den Enkelinnen liebevoll zu.

„Wir haben junges Großmama, nicht altes.“ Marietta sah sich noch einmal in dem Biedermeierzimmer um. „Kleines Stube ist lieb, ich werde kommen besuchen Großmama oft.“

„Ja, das tu, mein Liebling.“ Während sich Frau Annemarie auf ihrem grünen Ripssofa unter der Ahnengalerie ausstreckte, dachte sie: „Marietta hat doch mehr deutsches als amerikanisches Blut in den Adern.“

Inzwischen waren die jungen Mädchen in den Garten hinausgetreten. Die Mailuft war köstlich. Die Sonne schien warm und golden.

„Es ist kalt in Deutschland.“ Anita fröstelte. Sie sprach wieder portugiesisch.

„Es ist wie im Winter in Brasilien, Nita. Ich finde es angenehmer als die Tropenhitze. Aber nun komm. Wir müssen unsere Sachen auspacken."

Anita warf sich in einen Lehnstuhl, der mitten auf dem Rasen zwischen Gänseblümchen in der Prallsonne stand. Es war noch derselbe, auf dem ihre Mutter als Mädchen so gern geruht hatte.

„Oh, moito bonito! Hier ist gut, hier ist warm."

„Anita, wir werden mit dem Auspacken nicht fertig", drängte Marietta.

„Homer kann auspacken. Homer und die Miß sollen es tun. Mir macht es mehr Spaß, hier zu liegen."

„Großmama wird nicht damit einverstanden sein, Nita. Sie ist so lieb. Wir wollen sie doch nicht betrüben."

„Wenn die Sachen ausgepackt sind, kann es ihr ganz gleich sein, wer es getan hat." Das junge Mädchen rührte sich nicht. „Ein Glied der Tavaresschen Familie tut keine Bedientenarbeit."

„Hier in Deutschland tun es die Damen selbst, Nita, sagt die Großmama." Marietta zögerte, überlegte, und dann fügte sie schnell hinzu: „Gut, wenn du nicht mitkommst, gehe ich allein."

„Du gehst allein, Jetta?" Anita sah so erstaunt und mißbilligend drein, als hätte ihr die Zwillingsschwester die Mitteilung gemacht, allein nach dem Nordpol reisen zu wollen. Sie waren gewöhnt, alles gemeinsam zu tun. Wo die eine war, blieb auch die andere. Marietta tat stets das, was Anita wünschte. Und nun wollte die Schwester plötzlich eigene Wege gehen – war das die deutsche Luft, die sie so veränderte?

„Schön, ich komme mit. Aber ich sehe nur zu und ordne an, wie unsere Mammi das auch tut", überlegte Anita, sich erhebend. –

Homer war ein anstelliger, kleiner Kerl. Er half Kunze ein Gitterhäuschen für Jimmy bauen. Denn diesem war sein enger Reisekäfig längst unbehaglich. Der Vierhänder war an größere Freiheiten im Tropenlande gewöhnt. Er rüttelte an den Stäben und schien von Europa, trotzdem die Küche Tropenwärme aufwies, durchaus nicht begeistert. Homer öffnete gutmütig die Tür zu seinem Gefängnis. Mit einem Satz war Jimmy draußen und auf der Schulter des jungen Mulatten. Er begann in dessen schwarzem Wollhaar zu wühlen.

Lottchen, die Frau Trudchen Löffel, Gabel und Quirle abtrocknen half, machte ein erschrecktes Gesicht. Sie hatte vor dem Äffchen Angst. Auch Frau Trudchen blickte mit Mißbehagen auf ihn. „Kunze, jetzt bringt die schwarze Jesellschaft uns jar noch Unjeziefer ins Haus. Sperr' ihn wieder ein, das Biest. Es ist mir unjemietlich, wenn es mir so tückisch anblinzelt."

„Jotte doch, so 'n harmloses, kleines Tierchen. Hab' dir doch nich, Olle. Sieh bloß mal, wie drollige Jrimassen es schneidet. Der tut doch nischt. Lotteken, du brauchst keine Angst nich zu haben", versuchte Kunze seine Ehehälfte und das kleine Mädchen zu beruhigen. Er bastelte weiter an Jimmys Palast.

Frau Trudchen spritzte mit dem Spülwasser ärgerlich.

„Kunze, du hast auch nischt weiter als Flausen in dein ollen Kopp. Nimm dich lieber 'n Handtuch und hilf mich das Jeschirr überseite bringen. Spät jenug is 's nu jrade. Anstatt dir mit Affen und sone Ausländer abzujeben. Und was der Schwarze is, der könnte auch was Jescheiteres tun, als sich von dem Affenjesicht – – –." Frau Trudchen kam nicht weiter in ihrer ärgerlichen Rede. Denn durch das stille Haus läutete es plötzlich Sturm.

„Herreje, wer macht denn jetzt so 'n Höllenradau, wo unser Jeheimrat und die Jeheimrätin sich 'n bißchen aufs Ohr jelegt haben!" Kunze und Frau Trudchen zeigten entsetzte Gesichter. "Kunze, jeh bloß mal nachsehen. Das muß oben bei die Tropenfräulein sein."

Kunze setzte sich in Bewegung, während die Klingel unausgesetzt weiter schrillte. Der Geheimrat riß ärgerlich die Tür auf: „Zum Kuckuck noch eins – wo brennt's?" Frau Annemarie sprang mit jugendlicher Elastizität von dem grünen Ripssofa, daß die Ahnengalerie an der Wand ins Wackeln geriet.

Vom oberen Stockwerk erklang Anitas Stimme. „Homer – Homer – wo bleibst du denn?" In portugiesischer Sprache rief sie es. Sie war nicht daran gewöhnt, daß ihr Klingeln nicht beachtet wurde. „O Donna Anita –." Der kleine Neger wußte nicht, wie schnell er die Treppe heraufkommen sollte. „Homer hat nicht gewußt, daß Donna Anita gerufen."

„Fürs nächstemal weißt du es!" Man hörte zwei Ohrfeigen knallen, dem ein unterdrückter Schmerzenslaut des kleinen Negers folgte.

„Na, das ist halt stark!" Der aus seinem Schläfchen aufgestörte Großvater stieg kopfschüttelnd die Treppe hinauf. Die Großmama folgte. Droben stand Homer und hielt sich die geschlagene Wange, während Anita mit zornigen Augen auf die Koffer wies.

„Auspacken!“ befahl sie.

„Höre mal, mein Kind, in meinem Hause werden Untergebene nimmer geprügelt. Das mag in Amerika, wo die Sklaverei ja noch nit allzu lange abgeschafft ist, vielleicht noch Mode sein. In unserem zivilisierten Europa nimmer. Verstehst?“

O ja, Anita verstand. Sie sah, daß der Großpapa sehr aufgebracht war. „Er hat nicht gehorsam mir“, erklärte sie. „Er soll packen aus Koffer und hat nicht gekommen.“ Wieder überflog Zornesröte das junge Gesicht.

„Tust du immer das, was man von dir wünscht, Anita?“ fragte die Großmama mit einem sprechenden Blick auf die noch unausgepackten Koffer.

„Homer ist Diener, hat zu gehorchen. Ich bin eine Tavares.“ Anita warf den Kopf mit dem schwarzen Haargelock hochmütig zurück.

„Ein dummes Mädle bist, ein blitzdummes! Ein Kind, das erzogen werden muß. Ich verlange von dir, daß du Homer um Entschuldigung bittest.“ Hochmütige Standesunterschiede konnte der gerecht denkende Mann, für den arm und reich gleich galt, für den Tod nicht leiden.

„Ich bitten Homer?“ Anita lachte laut auf. So komisch kam ihr diese Aufforderung vor.

„Es ist mein Ernst“, beharrte der Großvater. „Also vorwärts.“

„Eher ich gehe zurück nach Sao Paulo.“ Wieder flogen die schwarzen Locken temperamentvoll in den Nacken.

„Das ist weniger einfach, als um Entschuldigung zu bitten. Ich warte.“ Niemals hätte Anita gedacht, daß der Großvater, der so lieb zu ihr gewesen, so streng sprechen könnte. Aber damit erreichte er bei dem Starrkopf nur das Gegenteil.

Jetzt mischte sich die Großmama als Friedensengel hinein.

„Ich werde Anita zur Vernunft bringen, Rudi. Du brauchst deine Nachmittagsruhe bei deinem schweren, verantwortungsvollen Tagewerk. Lege dich wieder hin, mein guter Mann“, bat sie mit Mund und Augen.

Der Geheimrat verstand die Absicht seiner Frau, das Mädel nicht gleich am ersten Tage gar so scharf anzufassen.

„Na ja, hm, versuch' halt du dein Heil, Fraule“, brummte er einverstanden und begab sich wieder hinunter in sein Zimmer.

Droben fühlte die Großmama, noch ehe sie die unterbrochene Verhandlung mit der Enkelin wieder aufnehmen konnte, Mariettas kleine, kalte Hand bittend in der ihren.

„Großmama, bitte, bitte, nicht sein böse auf Nita. Nita ist nicht schlecht, ist nur schnell zornig. Sie gibt Homer oft Schokolade und Kuchen, wenn sie hat geschlagen ihn. Nita ist nicht schlecht – Nita ist gut!“ So bat Marietta für ihren Zwilling.

„Damit macht sie ihre ungehörige Handlungsweise nicht wieder gut, Kind. Was hat denn eure Mutter dazu gesagt, wenn sie den armen Homer schlägt?“

„Mammi nicht weiß das“, sagte Marietta wahrheitsgemäß.

„Und die Miß? Wo ist denn Miß Smith überhaupt?“

„Hat sich gelegt zu schlafen, hatte müde von Reise.“

„Na, das muß ein gesegneter Schlaf sein, wenn sie bei dem Radau nicht aufgewacht ist“, entfuhr es der impulsiven Frau Annemarie. „Nun höre, Anita, ich will dir die Entschuldigung erlassen“, – die kluge Frau wußte noch von ihrem eigenen Nesthäkchen her, daß man Eigensinn nur mit Güte, nicht mit Gewalt zu brechen vermochte. „Wenn du erst längere Zeit bei uns im Haus bist, wirst du es kennenlernen, daß wahre Vornehmheit sich darin zeigt, wie man seine Untergebenen behandelt. Aber das eine verlange ich von dir, daß du Homer nie mehr schlägst. Versprichst du mir das?“

„Ja“, sagte Anita mit vollem Blick und legte die Hand bekräftigend in die der Großmama. Daß die Großmama sie nicht zu der Entschuldigung zwang, hatte ihr die volle Sympathie der jungen Enkelin eingetragen.

„So, Kinder, und nun wollen wir ans Auspacken gehen. Homer hat ja die Koffer schon geöffnet.“ Frau Annemarie schlug einen anderen Ton an.

„Nicht die liebe Großmama. Hat müde, muß ruhen“, widersprach Marietta eifrig.

„Und wer wird auspacken?“

„Wir." Mariettas dunkles Auge suchte das der Schwester. Nur einen Augenblick schwankte diese. „Gut, wir werden packen aus. Großmama kann gehen zu schlafen."

Obgleich Frau Annemarie wohl mit Recht nicht allzuviel Vertrauen zu dem Ordnungssinn der Enkelinnen hatte, obgleich ihr der Schlaf inzwischen ziemlich vergangen war, hielt sie es doch für geraten, Anitas Nachgiebigkeit zu entsprechen.

„Also gut, räumt alles schön ordentlich ein, meine Mädel. Ich lege mich noch ein wenig hin, ich brauche Ruhe."

Frau Annemarie konnte mit ihrem ersten Erziehungserfolge zufrieden sein.

8. Kapitel. Tropenkinder

Eine Woche war seit dem Einzug der Tropenkinder in das großelterliche Haus dahingegangen. Sie hatte die stille Geheimratsvilla auf den Kopf gestellt. Nicht einmal damals, als alle drei Hartensteinsche Küken noch im Hause herumtobten, hatte es so viel Unruhe gegeben wie jetzt. Oder schien das dem alten Hause nur so, weil es älter geworden und seit Jahren in Ruhe und Beschaulichkeit das Blühen und Welken der Bäume draußen, das Kommen und Gehen der Generationen drinnen beobachtete?

Frau Annemarie ging es ähnlich wie ihrem Hause. Sie mußte sich erst wieder an die Unruhe, welche die Jugend um sich verbreitet, gewöhnen. Sie faßte sich manchmal an ihren Kopf – Himmel, war sie denn schon so alt, daß sie das nicht mehr vertragen konnte? Sie selbst war doch in ihrer Jugend ein recht lebhaftes Mädel gewesen in Gemeinschaft mit den Brüdern, besonders mit Klaus. In ihrem Elternhause war es ganz gewiß nicht leise zugegangen. Auch im eigenen Heim später hatten ihre Küken reichlich für Abwechslung gesorgt. Und doch erschien es Frau Annemarie, als hätte sie niemals eine unruhigere Woche verbracht als die vergangene. Ihr Mann empfand das weniger. Den führte sein Beruf den größten Teil des Tages von Hause fort. Kam er dann heim, empfand er nur Freude an den jugendlichen Hausgenossinnen.

Gewiß, Anita war ganz besonders lebhaft und impulsiv. Nie zur Ruhe kommend. Jederzeit mit tausenderlei Wünschen, Anliegen, Anforderungen an ihre Umgebung. Bald wollte sie dies, bald jenes. Sprunghaft und plötzlich in ihren Gefühlsäußerungen. Ohne jede Rücksichtnahme, jeder augenblicklichen Eingebung nachgebend. Nicht daran gewöhnt, sich auch nur den kleinsten Wunsch zu versagen um eines anderen willen. Anita war eine recht schwierige junge Dame; es war nicht so einfach, sie zu beeinflussen und zu erziehen. Das war der Großmama bereits am ersten Tage klar geworden.

Auch Marietta war trotz ihres weicheren, anschmiegenderen Naturells durchaus keine bequeme Hausgenossin. Alle beide waren sie maßlos verwöhnt, die Kinder einer anderen Zone. Frau Annemarie vermochte nicht einmal den Enkelinnen, noch deren Mutter daraus einen Vorwurf zu machen. Das lag eben in den völlig anderen Verhältnissen, sowohl des luxuriösen Hauszuschnittes des reichen brasilianischen Kaffeekönigs, als in denen der heißen Zone begründet. Ursel hatte klug gehandelt, daß sie den mit den Gepflogenheiten der jungen Mädchen vertrauten Negerjungen mit nach Europa herübergeschickt hatte. Frau Trudchen, deren Beine auch nicht mehr die jüngsten waren, wäre allein den Anforderungen des jungen Besuches gar nicht gewachsen gewesen.

Da galt es morgens die Bäder zu bereiten, denn das tägliche lauwarme Bad war den Kindern eine selbstverständliche Notwendigkeit. Auch die Engländerin verlangte ihr Bad.

„Is man jut, daß der liebe Jott wenigstens den Mohr und den Affen schwarz erschaffen hat, sonst könnten wir für die auch noch Badewasser machen, Kunze", ließ Frau Trudchen ihrem Unmut freien Lauf. Erschienen die jungen Mädchen nach dem Bade dann endlich am Frühstückstisch, so war die gemeinsame Frühstücksstunde der Großeltern längst vorüber. Trotzdem man auch in Brasilien im Tavaresschen Hause früh aufgestanden war – die Zeit dort differierte mit der europäischen um etwa fünf Stunden. Jeden Abend gab es einen Kampf, weil die beiden Mädel nicht ins Bett zu bekommen waren. „ Wir haben noch nicht müde, in Brasilien ist noch nicht Zeit zu schlafen gehen, wir werden noch tun dies und das", setzte Anita mit der ihr eigenen Bestimmtheit der Hausordnung entgegen. Geheimrat Hartenstein hatte sich mit den Jahren in gewissem Sinne zum Pedanten entwickelt. Sein anstrengendes Tagewerk verlangte frühe, regelmäßige Schlafenszeit. Punkt zehn Uhr war es Nacht in der Geheimratsvilla in Lichterfelde. Die hellen Fensteraugen schlossen sich wie die der Bewohner.

Jetzt war das anders. Stundenlang brannte noch das elektrische Licht. Bald im Wohnzimmer, bald im Eßzimmer, bald oben in dem Mädchenstübchen, während die Miß schon laut schnarchte. Oft bekamen Anita und Marietta auch noch einmal Hunger, da ihnen die große Abendmahlzeit, an die sie daheim gewöhnt waren, fehlte. Dann klingelte Anita, unbekümmert um Mariettas Einwände, daß die Großeltern in ihrer Ruhe gestört würden.

„Wir haben hungrig, wir müssen essen etwas." Dagegen kam Marietta nicht auf. Homer war der einzige, der auf den Klingelruf erschien. Denn Frau Trudchen dachte gar nicht daran, zu nachtschlafender Zeit den beiden verwöhnten „Prinzessinnen" noch aufzuwarten.

„Bringe etwas Geflügel und Doces, Homer", befahl Anita in portugiesischer Sprache.

„Donna Anita, Homer hat kein Geflügel. Homer hat auch keine Doces. Donna Trudchen hat die Vorratskammer abgeschlossen." Wohlweislich verschwieg Homer, aus welchem Grunde dies geschehen, daß er sowohl wie Jimmy der Speisekammer verschiedentlich unerlaubte Besuche abgestattet hatte.

„So bringe etwas anderes." Anita schien ungehalten. Sie war nicht zufrieden mit der Haushaltung der Großeltern. Daheim in Brasilien waren stets Geflügel und Süßigkeiten vorrätig.

„Homer hat nichts – gar nichts." Der kleine Neger wich ängstlich zurück und hielt sich schon im voraus seine Wange. Aber der erwartete Backenstreich blieb aus. Anita hatte der Großmama versprochen, Homer nicht zu schlagen. Eine Tavares hielt ihr Wort.

„Wecke Donna Trudchen. Sie soll uns Essen bringen." Anita war daran gewöhnt, daß die farbige Dienerschaft drüben auf dem anderen Erdteil Tag und Nacht zur Verfügung ihrer Herrschaft war.

Homer schlug donnernd gegen die Tür der Kunzeschen Stube. Aber keine Frau Trudchen erschien. Die verkroch sich schimpfend nur noch tiefer in ihre Kissen. Auch Kunze brummte: „Potzwetter, das is ja jetzt reine als ob der Deibel bei uns los is." Lottchen, die ihr Bett auf dem Sofa hatte, erwachte von dem Lärm und fing an zu weinen. „Es donnert!" Das Kind hatte große Angst vor Gewittern, die im Tropenlande besonders heftig auftraten.

„Homer – wo bleibst du? Warum kommt Donna Trudchen nicht? Sollen wir hungern? Ist das eine Wirtschaft hier in Deutschland!" Portugiesische empörte Rufe unterbrachen laut die friedliche Stille der Nacht.

Auch die Großeltern wurden dadurch aus erstem Schlaf aufgeschreckt. „Da soll doch aber – – –!“ Der Geheimrat machte Miene, in Schlafrock und Morgenschuhe zu fahren.

„Bleib' liegen, mein guter Mann, du brauchst die Ruhe notwendiger als ich. Ich werde mal ein ernstes Wort mit dem kleinen Störenfried sprechen.“ Seufzend schlüpfte Frau Annemarie in den Morgenrock. Was hatten sie sich damit aufgebürdet, daß sie die exotischen Enkelkinder in ihr friedliches Heim genommen!

Im Eßzimmer stand Anita mit zorngeröteten Wangen und rief abwechselnd nach Homer und nach Donna Trudchen. Noch nie war es ihr passiert, daß ein Diener ihrem Gebot nicht Folge geleistet hatte. Vergeblich versuchte Marietta ihr die Hand auf den Mund zu legen. „Du weckst ja die Großeltern, Nita – – –.“

Da stand die Großmama bereits in der Tür.

„Anita, hast du den Tropenkoller? Schämst du dich nicht, zu nachtschlafender Zeit solchen rücksichtslosen Lärm zu machen? Was soll denn das heißen?“ Die Großmama war mit Recht empört.

Empörter aber war ihre junge Enkelin. Die stand mit funkelnden Augen und zorngeballten Händen vor ihr.

„Donna Trudchen muß werden gejagt aus Haus. Schlechtes Diener, ist nicht gekommen, als ich habe geruft nach sie“, beschwerte sie sich mit erregter Stimme.

„Höre mal, mein Kind, du verkennst das Verhältnis vollkommen. Frau Trudchen ist nicht deine Dienerin, die deinem Rufe Folge zu leisten hat, noch dazu bei Nacht. Sie ist unsere liebe, brave Hausgenossin, und in diesem Sinne wünsche ich sie von euch respektiert zu sehen. Um was wolltest du Frau Trudchen bitten?“ Frau Annemarie mußte sich großen Zwang anlegen, um ruhig zu bleiben.

„Nita hatte Hunger. Homer nichts konnte bringen zu essen. Darum Nita hat geweckt an Donna Trudchen“, legte sich Marietta erklärend ins Mittel.

„Und deshalb machst du einen solchen Mordsradau? Denkst du denn gar nicht daran, daß man auf seine Nebenmenschen Rücksicht zu nehmen hat, Anita? Ganz abgesehen von den alten Großeltern, die ihre ungestörte Nachtruhe notwendig brauchen.“

„Wenn ich und Jetta muß haben hungrig, wir gehen zurück nach Sao Paulo“, entgegnete Anita trotzig.

„Ihr braucht hier nicht zu hungern. Es gab genug zum Abendbrot. Warum habt ihr euch denn nicht satt gegessen?“ Frau Annemarie traute ihren Ohren nicht. Dieser Vorwurf war der letzte, den sie von den Enkelinnen erwartet hatte.

„Wir nicht kennen in Brasilien das Fleischaufschnitt und der Wurst auf Brot für Abendessen. Dort man nicht ißt das“, erklärte wiederum Marietta in entschuldigendem Tone. Sie war stets bemüht, auszugleichen und zu vermitteln.

„So werdet ihr euch hier daran gewöhnen müssen, meine lieben Kinder. Ich kann Frau Trudchen, die gerade genug zu tun hat, nicht auch noch mit warmem Abendbrot in Anspruch nehmen. Ganz abgesehen davon, daß der Großvater lieber abends sein belegtes Brötchen ißt und es auch für bekömmlicher erachtet.“

„Muß kochen Donna Trudchen für uns Suppe, Fisch, Braten und Doces. Oder muß kommen Köchin, zu tun es.“ Geld spielte ja bei dem reichen amerikanischen Mädchen gar keine Rolle.

Die Großmama hatte ein Eckschränkchen am Büfett geöffnet und demselben Kuchen und Früchte entnommen.

„So, nun eßt, Kinder, ihr sollt bei eurer Großmama nicht hungern. Aber denkt daran, daß ihr in unserem Hause zu Gast seid und daher die Verpflichtung habt, euch nach unseren Gepflogenheiten zu richten. Ihr seid ja jung und anpassungsfähig. Freilich, guten Willen dazu müßt ihr mitbringen. Und nun rasch ins Bett. Aber daß ihr mir meine schönen Betten nicht wieder auf die Erde werft.“ Das gab Frau Annemarie jeden Morgen einen Stich in ihr hausfräuliches Herz, wenn sie ihr gehütetes Linnen unten auf dem Fußboden vorfand. Die Tropenkinder mochten durchaus nicht in Federbetten schlafen. Kissen dürfen nur als Schmuck während des Tages auf den Betten liegen, behaupteten sie. Lieber deckten sie sich mit ihren Reisedecken zu und spannten zum Überfluß ihre Hängematten als Moskitonetz über die Betten.

„Gute Nacht, Nita – gute Nacht, Jetta. Ich wünsche, daß es in zehn Minuten bei euch dunkel ist und ihr in euern Betten seid.“ Frau Annemarie wandte sich zum Gehen.

Da fühlte sie eine kleine Hand in der ihren, ein weiches Gesichtchen zärtlich an das ihre gepreßt. „Gute Nacht, liebe Großmama. Bitte, nicht böse sein auf Jetta, auch nicht auf Nita. Wir nicht werden machen mehr Lärm in die Nacht."

Und gleich darauf Anitas lachende, helle Stimme: „Wir werden sein ganz brav und legen uns in Betten mit Kissen."

Bald danach war es still und dunkel in dem fliederumbuschten Hause. Doch es dauerte lange, bis Frau Annemarie Ruhe fand. So schwer hatte sie es sich nicht vorgestellt. Gewiß, es waren Tropenpflanzen, fremdländische Gewächse, die beiden Mädel. Aber es waren doch die Kinder ihrer Ursel, Fleisch und Blut von ihrem Blute. Sie mußten doch auch Züge ihrer eigenen Wesensart neben allem Fremden in sich tragen.

Frau Annemarie lag und grübelte. Mariettas Zärtlichkeit soeben rührte noch in der Erinnerung warm an ihr Großmutterherz. Das war Ursels Kind, das war ihre Art. Deutsche Innerlichkeit und Empfindungstiefe. Mit Marietta wurde sie fertig trotz des tropischen Prinzessinnentums. Aber Anita? In ihrem ganzen Leben hatte Frau Annemarie noch nicht so verzagt vor einer Aufgabe gestanden. Ja, wenn Ursel, wie es von Anbeginn geplant war, mit herübergekommen wäre! Die Mutter hätte vermittelt, hätte ihre Kinder in deutschem Boden Wurzel schlagen lassen, hätte ausgeglichen, überbrückt, sie mit den Sitten des großelterlichen Hauses vertraut gemacht. Eine große Sehnsucht nach ihrer fernen Tochter überkam Frau Annemarie. „Nicht undankbar sein – du hast ja die Kinder hier", sagte sie zu sich selbst in ihrer resoluten Art.

Frau Annemarie sollte im Laufe der ersten Woche ihr resolutes Wesen und ihre Energie recht notwendig brauchen. Nicht nur den Kindern, sondern auch deren Begleitern gegenüber. Da war zuerst die Engländerin. Dem Geheimrat war sie von Anfang an ein Dorn im Auge. Er ärgerte sich über ihre Länge und über ihre Steifheit. Seiner süddeutschen Gemütlichkeit war ihre zugeknöpfte Art vollständig entgegen. Sie störte ihn, wenn sie mittags so aufrecht und gerade wie ein dunkler Fleck in der Frühlingssonne an seinem Tische saß. Daß sie sich gar keine Mühe gab, deutsch zu sprechen, sondern verlangte, daß man sich in ihrer Landessprache mit ihr verständigte, hielt er für eine Anmaßung. „Ich werd' ihr halt was blasen und mit ihr englisch spucken", knurrte er. „Ich weiß überhaupt nit, was die lange Hopfenstange hier in Deutschland will. Die Kinder sollen hier deutsch sprechen lernen und nimmer englisch. Sie sollen in eine deutsche Schule gehen. Die Ursel hätte die Miß ruhig drüben behalten und in Olivenöl konservieren können. Gelt, Frauli?"

Das war im Grunde auch durchaus Frau Annemaries Ansicht. Sie hatte geglaubt, durch die Engländerin in dem vergrößerten Haushalt etwas entlastet zu werden. Für selbstverständlich hatte sie es gehalten, daß die Erzieherin ihr Zimmer und das ihrer Zöglinge, soweit diese nicht selbst Hand anlegten, aufräumen würde. Aber Miß Smith war durch die farbige Dienerschaft im Tropenlande genau so verwöhnt wie ihre Pflegebefohlenen. Sie dachte nicht daran, sich irgendwie im Haushalt zu betätigen. Und als Frau Annemarie, nicht gewohnt, ein Blatt vor den Mund zu nehmen, ihr deutlich einen diesbezüglichen Vorschlag machte, lehnte die Miß ebenso deutlich ab. „ Oh no, that is not my duty."

„Ja, was ist denn Ihre Pflicht?" entfuhr es der noch heute impulsiven Frau Geheimrat. „Jeder Mensch muß doch eine geregelte Tätigkeit haben. Mit der englischen Literaturstunde, die Sie den Mädeln erteilen und mit der ewigen Filethandarbeit ist doch Ihre Zeit nicht genügend ausgefüllt."

„ Oh, I have to do much. I have to write many letters, every day I must write. Then I must go shopping, I have to take a walk with the girls and to educate them." Die Miß schien von ihrer anstrengenden Tätigkeit überzeugt.

„Briefschreiben ist für uns Feierabendarbeit, Spazierengehen ist eine Erholung. Und die Erziehung meiner Enkelinnen – daß Gott erbarm!" Es war vielleicht ganz gut, daß die Miß nicht alles verstand, was Frau Geheimrat Hartenstein da in ihrem Ärger frei heraus sagte. Jedenfalls änderte diese Aussprache nichts. Die Miß ließ sich „vorn und hinten bedienen", wie Frau Trudchen aufgebracht meinte. Sie saß weiter als dunkler Fleck in der hellen Frühlingssonne und filierte ihre Netzarbeit. Frau Annemarie aber schrieb in ihrem ersten Bericht nach Brasilien höchst energisch, ob es nicht ratsam sei, Miß Smith den Laufpaß zu geben, da ihr Fortgehen weder bei den jungen Mädchen, noch in ihrem Hause irgendeine Lücke hinterlassen würde. Vorausgesetzt, daß der Großvater sie nicht schon früher hinauskomplimentieren würde. Jeden Mittag befürchtete Frau Annemarie dies; halb fürchtete sie es, halb hoffte sie es.

Auch die anderen Gäste aus dem Tropenlande erfreuten sich nicht einwandsfrei der Sympathie der Lichterfelder Hausbewohner. Derselbe geheime Kriegszustand, der zwischen dem Geheimrat und der Engländerin herrschte, bestand zwischen der sonst so gutmütigen Frau Trudchen und dem kleinen

Neger. „Der Mohr“ hatte sich noch immer nicht ihre Zuneigung erworben, trotzdem er anstellig und willig war und ihr die vermehrte Arbeit abnahm. Aber Homer war von einer unglaublichen Naschhaftigkeit. Nichts war sicher vor ihm, vor allem nichts Süßes. Bei Geheimrats war man nicht daran gewöhnt, Speisekammer und Vorratsschränke abzuschließen. Da stand auf den Regalen, wie Soldaten aufmarschiert, das Heer der herrlichsten eingeweckten Früchte. Vor allem die Gartenerdbeeren, die der Geheimrat besonders liebte, waren Frau Trudchens Stolz. Jeden Tag fehlte ein Glas davon. Homer schien diese Vorliebe mit dem Geheimrat zu teilen. Zuerst fiel der Verdacht auf Jimmy. Man verbannte den Affen aus dem Hause und verurteilt ihn zu Einzelhaft in dem Lattenhäuschen, das Kunze für ihn gezimmert hatte. Aber merkwürdig – die Erdbeergläser, die Marmeladentöpfe, die große Blechbüchse, in der man Kuchen zu verwahren pflegte, leerten sich trotzdem. Homer war zu keinem Geständnis zu bringen. Er schüttelte hartnäckig den schwarzen Wollkopf auf alle Fragen. Das einzige, wovor er Furcht hatte, waren Schläge. Und da Donna Anita ihn nicht mehr prügelte, und das auch sonst keiner in Deutschland besorgte, blieb er weiter der stille Teilhaber bei Großvaters Erdbeeren. Bis Frau Annemarie auf den Gedanken kam, ein Glas Erdbeeren zu opfern und es mit scharfem Senf zu mischen. Von da an legte sich Homers Vorliebe für eingekochte Erdbeeren. Nicht aber die für alles Grelle, Bunte und Glänzende. Wo er einen farbigen Fetzen fand, steckte er ihn zu sich. Eines Tages fehlte der schöne bunte Lampenschleier und wollte sich trotz allen Suchens nicht finden lassen. Wieder verdächtigte man den unschuldigen Jimmy. Bis man den Lampenschleier schließlich als Halstuch an Homers schwarzem Halse entdeckte. Auch blanken Teppichnägeln, Messinggriffen an den Schränken, ja, sogar dem spiegelblank geputzten Nickelaschbecher des Geheimrats konnte Homer nicht widerstehen. Eins nach dem andern verschwand. „Der Mohr stiehlt wie 'n schwarzer Rabe. Jeheimrats werden noch ihren Schaden bei Lichte besehen.“ Frau Trudchen hätte Homer lieber heute als morgen nach dem Tropenlande zurückbefördert.

Und noch zwei gab es, die einen stillen Kampf miteinander führten. Das war die Großmama und Jimmy. Anita hatte es in Sao Paulo bei der Mutter durchgesetzt, ihr Äffchen mit nach Europa nehmen zu dürfen. Sie hatte auch in Deutschland den Großvater herumgekriegt, daß Jimmy nicht nach dem Zoologischen Garten wanderte, wie die Großmama verlangte, sondern vorderhand auf Probe in Lichterfelde geduldet wurde. Jimmy war ja so lieb, so brav, ganz zahm war er – oh, die Großmama würde bald gut Freund mit Jimmy sein, hatte Anita versichert. Und als ob das Äffchen wußte, daß es eine Probezeit galt, benahm es sich tatsächlich musterhaft artig. Kunze, der einen Narren an dem possierlichen kleinen Ding gefressen hatte, nahm sich seiner an. Wenn Anita fort war, durfte Jimmy in der Kunzeschen Wohnstube bleiben, denn in seinem Käfig war das an Freiheit gewöhnte Tierchen gar zu traurig. Natürlich blickte Frau Trudchen scheel auf den kleinen Vierhänder. Noch weniger freundlich aber schaute Frau Annemarie auf ihn. Vom ersten Augenblick an im Hamburger Landungshafen hatte sie es gewußt, daß Jimmy, der ungebetene Gast, einen Schatten auf die helle Freude, die sie beim Anblick der jungen Enkelinnen empfand, werfen würde. Und wirklich – dieses erste Gefühl hatte nicht getrogen. Trotzdem sich Jimmy musterhaft benahm, er war da – und das genügte, um ihm Frau Annemaries Abneigung zu erwerben. Was hatte ein Affe in ihrem deutschen Bürgerhause zu suchen? Ebensogut konnte man sich einen Elefanten als Haustier halten. Anita war ja ganz närrisch nach dem kleinen, braunhaarigen Gesellen. Sie spielte mit ihm wie mit einem Kätzchen. Saß man gemütlich auf dem Gartenplatz unter der Linde – Jimmy durfte nicht dabei fehlen. Der saß Anita auf dem Schoß oder gar auf ihrer Schulter. Der erschreckte die Großmama aller Augenblicke mal durch irgendeinen unvorhergesehenen Sprung oder durch einen Übergriff auf Kuchen- oder Obstkorb. Anita lachte dann wie ein Kobold, und auch Marietta stimmte silberhell mit ein. Und was tat die gute Großmama? Sie lachte mit. Nur damit konnte sich die Großmama durchaus nicht einverstanden erklären, daß die Enkelin das Äffchen mit hinauf in ihr Zimmer nahm. Jimmy machte es sich dann mit Vorliebe in den Betten bequem. Und ein Affe in ihrem schönen, gestickten Linnen, nein, dem hielt selbst alle Großmutterliebe nicht stand. Frau Annemarie und Jimmy betrachteten sich gegenseitig mit Mißtrauen und Abneigung. So war es von Anfang an, und so blieb es.

Am wenigsten Unruhe im Hause verursachte das fremde Kind, nach dessen Angehörigen bisher erfolglos Nachforschungen angestellt worden waren. Die Mutter hätte gesagt, im schönen Schlesierland seien sie zu Hause, war alles, was Lottchen zu berichten wußte. Sie selbst hieß Lottchen Müller. Wie aber der Mädchenname ihrer Mutter und gleichzeitig der ihrer deutschen Großeltern gewesen war, das wußte das Kind nicht. Im „Riesengebirgsboten" war schon dreimal eine seltsame Annonce erschienen: „Angehörige der kleinen Charlotte Müller, siebenjährig, aus Ribeirao Preto in Brasilien gesucht. Meldungen bei Geheimrat Dr. Hartenstein, Berlin-Lichterfelde, Berliner Straße 20."

Bisher waren die Annoncen erfolglos geblieben. Keiner meldete sich, der für Lottchen Müller verwandtschaftliches Interesse hatte. So blieb die Kleine vorläufig in Lichterfelde als Pflegekind des Kunzeschen Ehepaares. Frau Annemarie mit ihrem warmen Herzen hatte das verwaiste Kind an ihren eigenen Tisch mit aufnehmen wollen. Aber der besonnene Geheimrat hatte nach reiflicher Überlegung dafür gestimmt, daß man es bei Kunzes einquartierte. Aller Wahrscheinlichkeit nach stammte das Kind aus einfachen Kreisen. Es durfte in ihrem Hause nicht verwöhnt werden, daß es sich, falls die Verwandten gefunden wurden, auch nachher in bescheidenen Verhältnissen wohl fühlte. Kunzes hatten keine Kinder und waren glücklich mit dem Töchterchen. Lottchen war ein liebes, ruhiges Kind, das keine Mühe machte und Frau Trudchen schon manche kleine Handreichung abnahm.

„Unser Lotteken ist die beste von der janzen Tropengesellschaft!" Darin waren sich Kunzes einig.

9. Kapitel. Der erste Spaziergang

Heute wollte die Großmama die Verwandten in Zehlendorf mit den Enkelinnen aufsuchen. Dabei gab es eine Meinungsverschiedenheit. Die Großmama war trotz ihrer Jahre gut zu Fuß und freute sich auf den Spaziergang mit den beiden Enkelinnen. Daß sie die zwei ohne die Miß mal ganz für sich haben konnte. Anita und Marietta waren nicht an Spazierengehen gewöhnt. In Brasilien hatte stets eines der Autos für sie bereitgestanden. Fräulein Anita wünschte ein Auto zu nehmen und zu den Verwandten hinzufahren. Auch Marietta wunderte sich darüber, daß die Großmama zu Fuß gehen wollte. Aber sie achtete die Wünsche der Großmama, während Anita auf ihren Kopf bestand und durchaus fahren wollte.

„Warum nicht nehmen Auto, ist viel mehr schnell, wir sparen Zeit", meinte das praktische Amerikanerkind.

„Wir sparen Zeit, aber nicht Geld. Wenn wir gehen, sparen wir Geld und genießen obendrein noch den schönen Spaziergang, der unserer Gesundheit zuträglich ist. Also zieht euch an, Kinder", sagte die Großmama in ihrer frischen Art.

Anita rührte sich nicht.

„Ich nicht will gehen. In Sao Paulo nur arme Leute gehen; reiche Leute fahren in Auto." Das klang wieder hochmütig, verächtlich.

„Ja, Anita, dann wirst du hier meistens zu Hause bleiben müssen. In Deutschland gehen die Leute zu Fuß, ob reich oder arm, das ist gleich. Dann kannst du uns ja niemals auf unseren Spaziergängen begleiten", sagte die Großmama in bestimmtem Tone.

„Gut – werde ich bleiben zu Hause." Die Sache war für Anita erledigt.

„Und du, Marietta? Wie ist es mit dir? Soll ich allein gehen?"

Das war ein schwerer Entschluß für die junge Enkelin. Das Blut kam und ging in ihrem zarten Gesicht. Sie blickte auf die Großmama und dann wieder auf die Zwillingsschwester. Sie pflegte sich niemals von Anita zu trennen. Auch konnte sie sich das Spazierengehen in der Tat nicht so angenehm vorstellen, wie in einem Auto zu fahren. Aber wiederum die Großmama allein gehen lassen – nein, das war unmöglich.

Frau Annemarie hatte den heimlichen Kampf in dem offenen Gesicht des jungen Mädchens wohl bemerkt. „Nun, Jetta, wenn du keine Lust hast, mit mir zu gehen, dann bleibe nur ruhig bei Anita zu Hause", kam sie ihr zu Hilfe.

„Nein, die liebe Großmama soll nicht gehen allein. Ich werde gehen mit." In einer plötzlichen Aufwallung hing sich Marietta an den Arm der Großmama.

„Schön, mein Herzchen. Ich müßte mich ja auch vor Tante Ruth und Onkel Hans schämen, wenn ich ihnen ihre amerikanischen Nichten vorstellen will, und keine begleitet mich." Das war gleichzeitig für Anita gesagt. Vielleicht änderte sie doch noch ihren Entschluß.

Da aber kannte Frau Geheimrat die junge Amerikanerin noch schlecht. Was die sich einmal in den Kopf gesetzt hatte, dabei blieb sie. Trotzdem Marietta die Schwester bat mitzukommen. Trotzdem sie ihr vorstellte, daß die neuen Verwandten es übelnehmen könnten, wenn sie dieselben nicht besuchte.

Anita zuckte die Achsel. „Sollen sie schicken Auto zu fahren." Sie stellte den Radioapparat ein, um ein Konzert in London zu hören.

Marietta hatte ihren Arm in den der Großmama geschoben und schritt tapfer neben ihr her. Sie trug ein korallenfarbenes Seidenkleid, viel zu elegant für die Straße. Aber die Großmama mochte sie nicht wieder zurückschicken, um ihr die

Lust an dem Spaziergang nicht zu beeinträchtigen. Sie hatte sich vorgenommen, dem Tropenkinde Freude an der deutschen Natur, Freude am Spazierengehen zu erschließen.

Durch die grünen Wiesen, die man vom Balkon aus sah, führte der Weg. Gänseblümchen, Dotterblumen und Himmelsschlüsselchen blühten dort lustig durcheinander. Ein würziger, herber Wind, der die warme Stirn kühlte, kam ihnen vom Walde entgegen. Ach, der tat wohl. Am Himmel tummelten sich muntere Lämmerwölkchen. Schwalben durchschossen in graziösem Bogen zwitschernd die klare Luft.

Marietta hatte daheim im Tropenlande herrlichere Blumen in viel bunterer Üppigkeit gesehen. Und doch bückte sie sich nach den bescheidenen Wiesenblümchen und wand sie zu einem zarten Strauß. Farbenprächtige Vögel kannte sie von Brasilien her, und doch griff ihr das schlichte, blaue Schwälbchen mit seinem hellen Quiwitt ans Herz. Die Luft war kräftig und nach frischem Grün duftend. Nicht weich, nicht berauschend süß wie daheim in den Tropen. Kein wolkenloser, heißer Dunsthimmel – ach, es war schön, herrlich war es in Europa. Marietta mußte ihren Gefühlen Ausdruck geben: „Oh, ich liebe deutsche Land.“ Und sie drückte der Großmama einen Kuß auf die Wange, als sähe sie in ihr die Verkörperung Deutschlands.

Frau Annemarie lächelte still. „Nun, Jetta, ist es gar so arg, mit der Großmama spazierengehen zu müssen? Im Auto genießt man die Natur doch nicht so, nicht wahr?“

Marietta nickte. „Spazierengehen schön, sehr schön. Aber ohne Füße.“

Hell klang das Lachen der Großmama in das Schwalbengezwitscher hinein. „Ja, mein Herzchen, spazierengehen ohne Füße, das ist ein Kunststück, das man weder in Deutschland noch in Brasilien fertigbringt. Ich habe gar nicht gedacht, daß unsere Jetta solch kleiner Faulpelz ist.“

„Nicht faules Pelz. Steine drücken durch Schuhe.“ Marietta verzog ihr Gesicht schmerzhaft.

Einen Blick warf die Großmama auf die zierlichen Füßchen, dann rief sie entsetzt: „Aber Kind, du trägst ja Ballschuhe! Das ist allerdings nicht das richtige Schuhzeug für unsere Feld- und Waldwege. Sieh nur, die Steine haben ja bereits die Seide zerrissen. Habt ihr denn keine derben Lederstiefel?“

Marietta schaute betreten auf ihre korallenfarbenen Seidenschuhchen. „Wir haben Schuhe zu jedes Kleid, aber nicht aus Leder. Leder ist schwer, Leder drückt. Und dann wir haben Sportschuhe für Reiten, für Fußball und für Tennis."

„Was – Fußball spielt ihr, Mädels, auch? Das ist bei uns nur ein Spiel für die Jungen. Aber die Fußballschuhe sind sicher auch zum Spazierengehen geeigneter, als diese dünnen Seidenlappen."

„Ich nicht liebe Fußball – aber Anita liebt. Hat gewonnen viele Preise. Ich mehr liebe reiten – wann wir werden reiten? Wo hat Großmama stehen ihre Reitpferde?"

Ganz bestürzt wandte Marietta den Kopf nach der Großmama. Nein, wie sie lachte, so von innen heraus, als wollte sie sich dabei ausschütten. Was hatte sie denn nur Komisches gesagt, was die Großmama so belustigte?

„Jetta, meine beiden Reitpferde, die sind mir fest an den Körper gewachsen." Die Großmama konnte kaum sprechen. „Hier meine beiden Beine sind meine Pferde, darauf reite ich nun schon über sechzig Jahre." So hell, so ansteckend klang das Lachen der alten Frau, daß die junge Enkelin, ob sie wollte oder nicht, mit einstimmen mußte.

„Die liebe Großmama macht spaßig. Hat sie gar keine richtigen Pferde zu reiten? Auch nicht der Großpapa? Auch nicht Donna Trudchen?"

„Frau Trudchen zu Pferde – das wäre allerdings ein Anblick für Götter! Nein, Kind, wir reiten hier alle nicht."

„Wird gereitet gar nicht in deutsche Land? Bei uns man reitet jeden Tag. Oh, es ist herrlich auf Pferd."

„Auch in Deutschland wird geritten, Marietta. Aber nicht so allgemein wie bei euch in Amerika. Auf dem Lande reitet man viel. Auch reiche Leute, denen es ihre Zeit erlaubt, reiten bei uns im Tiergarten."

„Werden wir reiten auch. Werden wir kaufen Pferde. Anita und mich wird gehen morgen zu kaufen", überlegte Marietta.

„Kindchen, man kauft sich hier nicht so rasch ein Pferd wie ein Paar Handschuhe. Solch ein Kauf will reiflich überlegt sein. Wo sollen wir denn überhaupt die Pferde unterstellen?"

„In Ziegenstall man kann tun sie. Nita hat gesagt, sie muß reiten. Sie nicht kann länger warten." Was Anita sagte, daran war für Marietta nicht zu rühren.

„Ich werd's mit dem Großpapa besprechen." Die brasilianischen Kinder waren von klein auf an reiten gewöhnt. Man durfte ihnen diesen Wunsch nicht rundweg abschlagen. Jeder Sport war der Gesundheit zuträglich – trotz ihrer Jahre war Frau Annemarie eine durchaus zeitgemäß denkende Frau. Aber es ging unmöglich an, die beiden jungen Mädchen hier in der Großstadt allein ausreiten zu lassen. Die Großmama sprach ihre Bedenken aus.

„Oh, ist da Homer, kann reiten sehr gut. Soll haben Pferd auch", beruhigte die Enkelin sie.

„Nein, mein Herzchen, Homer ist mir nicht genügend Schutz für euch. Reitet Miß Smith nicht?"

„Die Miß?" Wie ein Silberglöckchen klang Mariettas Lachen. „Oh, die Miß ist steif, sehr steif, kommt nicht auf Pferd." Der Gedanke kam ihr zu drollig vor.

„Aber die alte Großmama, die soll noch aufs Pferd", stimmte Frau Annemarie in das junge Lachen ein. „Nun, wir haben ja noch Zeit, uns die Sache zu überlegen."

„Nicht legen über. Kaufen Pferde und reiten aus jeden Morgen", schlug Marietta bittend vor.

„Kindchen, habt ihr denn so viel Geld mitgebracht, um Pferde zu kaufen? Großvater und ich, wir sind nicht reich genug dazu."

„Nicht reich – oh, liebe Großmama ist arm? Hat kein Geld?" Marietta empfand tiefes Mitleid mit der armen Großmama. Wer in Amerika nicht reich war, der gehörte nicht zur vornehmen Gesellschaft.

„Nun, mein Mädel, so schlimm ist es ja nicht. Was wir brauchen, haben wir stets noch gehabt", beruhigte sie die Großmama lächelnd.

„Keine Pferde – Großmama hat kein Geld, zu kaufen Pferde. Aber Nita und Jetta hat Geld. Viel Geld. Papa hat gegeben Anweisung für Dollar an deutsche Bank. Können wir kaufen, was wir wollen. Werden wir schenken viel Geld liebe Großmama und alle arme Leute in deutsche Land, daß sie können kaufen Pferde zu reiten."

Frau Annemarie amüsierte sich köstlich. „Jetta, du bist ein liebes Mädel. Aber Pferde brauchen die armen Leute hier in Deutschland nicht. Die brauchen Brot, damit sie nicht hungern."

„Werden wir kaufen Brot; weißes Brot für arme Menschen. Liebe Großmama soll nicht mehr essen schlechtes, schwarzes Brot.“ Schwarzbrot gehörte zu den Dingen in Europa, die den jungen Brasilianerinnen unbekannt waren. In Brasilien aß man nur Weißbrot.

„Laß mir nur mein Schwarzbrot, Jetta. Das geb' ich um das schönste Weißbrot nicht her. So, und nun wollen wir ein wenig im Schatten rasten. Hier ist gerade ein so hübsches einladendes Moosplätzchen.“ Frau Annemarie ließ sich elastisch unter einer breitzweigigen Kiefer, an welcher der Weg vorüberführte, nieder.

„Nicht in Gras legen, nicht in Wald in Gras legen, liebe Großmama!“ rief ihre junge Begleiterin erschreckt. „Kommt Klapperschlange, ist giftig, muß man sterben.“

Das Lachen der Großmama mischte sich mit dem Schmettern des gefiederten kleinen Volkes in den Baumzweigen. „Jetta, du brauchst keine Angst zu haben. In unserem harmlosen Grunewald gibt es keine Klapperschlangen wie im brasilianischen Urwald. Du kannst dich ruhig neben mich setzen.“

Aber Marietta schüttelte das goldbraune Köpfchen und blickte mißtrauisch auf den Moosboden. Sie war nicht dazu zu bewegen, sich ins Gras zu setzen, trotzdem ihre Füße von dem ungewohnten Gehen und dem ungeeigneten Schuhzeug brannten.

„Ist das deutsche Wald?“ Die junge Amerikanerin blickte nicht gerade begeistert in dem Kieferngehölz umher.

„Das ist nur der Anfang – der richtige Wald ist das nicht“, beruhigte sie die Großmama.

Nun war es nicht mehr weit bis zu dem Hause des Onkels. Ein allerliebstes Landhäuschen bewohnte Hans Hartenstein mit seiner Familie. Es lag auf einer kleinen Anhöhe und schaute wie aus einem großen Blumenbeet heraus.

„Hier ist sehr schön“, bewunderte Marietta. „Onkel Juan ist reich. Er hat gewiß Auto und Pferde.“

„Nein, mein Kind, der Onkel Hans besitzt weder Auto noch Pferde. Aber es ist nicht hübsch, daß du immer danach fragst, ob einer reich oder arm ist. Bei uns kommt es nur auf den Menschen selbst an, nicht auf das, was er besitzt.“ Obwohl die Großmama wußte, daß man der jungen Amerikanerin keinen Vorwurf aus den Anschauungen ihrer Heimat machen konnte, hielt sie es für notwendig, denselben entgegenzutreten.

„Mammi sagt auch, es ist gleich, ob man ist reich oder arm, aber das ist nicht richtig.“ Marietta schüttelte den Kopf. „Da ist ein großes Schied unter.“

„Unterschied meinst du wohl, mein Herz.“ Frau Geheimrat Hartenstein lachte noch, als das Hausmädchen mit dem weißen Häubchen bereits die Tür öffnete.

„Die Omama – die liebe Omama!“ Die Treppe kam es heruntergestürmt. Das Lachen der Großmama lockte sie alle herbei.

„Ich – ich bin der erste!“ Edchen stieß mit Männerfäusten die großen Schwestern beiseite.

„Nein ich – ich war eher da.“ Lilli und Evchen hingen bereits der Großmama am Hals.

„Heini war der allererste!“ Der Kleinste versuchte an der Rückseite der Großmama emporzuklimmen.

„Kinder, zerreißt die Omama nicht, laßt sie nur erst ablegen und ins Zimmer kommen“, mischte sich die Mutter ebenfalls lachend hinein. „Guten Tag, Mama – bringst du uns deine Tropenblümchen? Ach, nur eins – willkommen, mein liebes Kind. Du bist gewiß die Anita, nicht wahr?“ In herzgewinnender Freundlichkeit zog Tante Ruth Marietta in die Arme.

Die hatte mit großen Augen den zärtlich begeisterten Empfang, den die Berliner Enkelchen der Großmama bereiteten, mitangesehen. Das war ihr ganz neu. Wenn daheim in Sao Paulo ihre Großmama, Donna Tavares, zu Besuch kam, wurden die Kinder hereingerufen, küßten ihr die Wange und waren eigentlich ganz froh, wenn sie wieder hinaus konnten. Hier gingen die Kleinen der Omama nicht von der Seite. Lilli nahm ihr den Hut ab, Evchen den Umhang. Und die beiden kleinen Buben zogen ihr die Handschuhe aus. Nicht einmal die neue Kusine hatte Interesse für sie. Alles vergaßen sie über die liebe Omama.

„Nun, Kinder, wollt ihr denn eure Kusine Anita aus Amerika nicht begrüßen. Ihr habt euch doch so auf sie gefreut“, vermittelte die Mutter die Bekanntschaft.

Plötzlich standen sie alle vier, eben noch so lebhaft, schüchtern und verlegen um Marietta herum. Lilli biß am Zöpfchen, Evchen verkroch sich hinter die große Schwester, und Edchen meinte geringschätzig: „Die ist ja gar nicht richtig schwarz, die Anita. Die ist überhaupt nicht aus Amerika.“

„Unser Mohr im Struwwelpeter ist viel schöner schwarz!“ erklärte auch der Kleinste. Trotzdem Marietta nichts vom Struwwelpeter wußte, mußte sie lachen.

Und dieses silberne Mädchenlachen überbrückte schnell das Fremdsein. Sie beugte sich herzlich zu den Kleinen hernieder. Ihr war es, als ob sie ihr kleines Brüderchen daheim an das Herz zog. „Ich heiße Marietta, nicht Anita. Ein richtiges, schwarzes Mohr wir haben mitgebracht aus Amerika. Ist zu Hause bei Anita und Donna Trudchen."

„Es heißt Frau Trudchen", verbesserte Lilli.

„Ein richtiger, lebendiger Mohr?" fragte Edchen aufgeregt.

„Beißt er?" erkundigte sich Klein-Heinz vorsichtig.

„Nein, o nein. Homer nicht beißt. Auch nicht Jimmy. Jimmy ist unser Affe."

„Habt ihr auch ein Kamel und ein Känguruhig?" Edchen erwartete den ganzen Zoologischen Garten aus Amerika.

„Nein, nur noch eine Miß."

„Wir haben auch eine süße Mies, die springt immer aufs Dach", berichtete Evchen, zutraulich geworden.

Als man ins Zimmer trat, war Marietta schon gut Freund mit den kleinen Kusinen und Vettern. Jedes der Kleinen wollte neben ihr sitzen.

„So ist's recht", meinte die Großmama erfreut. „Ihr seid Früchte von einem Baum, wenn auch in verschiedenem Boden gewachsen."

„Wo hast du denn deine Schwester, Marietta?" fragte Tante Ruth. „Mochte sie uns nicht auch besuchen?"

Marietta kam diese Frage ein wenig ungelegen. „Nita wird kommen gereitet, wenn wir werden haben gekauft Pferde", zog sie sich schließlich aus der Verlegenheit.

„Gereitet – haaach, gereitet! Es heißt doch geritten. Das große Mädchen kann noch nicht mal richtig sprechen." Die kleinen Kusinen stießen sich lachend an.

Mariettas zartes Gesicht überzog dunkle Röte. Es war ihr peinlich, ausgelacht zu werden.

Die Großmama fühlte es mit ihrem warmen Herzen. „Unsere Jetta spricht schon sehr nett deutsch. Wer weiß, ob sie im Diktat nicht weniger Fehler machen würde als ein gewisses Fräulein Lilli."

Jetzt war die Reihe rot zu werden an der Kleinen.

„Warum will denn Anita durchaus zu uns reiten?" fragte Tante Ruth belustigt. „Der Spaziergang durch den Grunewald ist doch zu Fuß so hübsch."

„Ja, mein Fräulein Enkelin hat noble Passionen, Ruth. Sie wollte durchaus mit dem Auto bei euch vorfahren. Aber da wir dieses bisher noch nicht besitzen, werden es wohl Reitpferde tun müssen", neckte die Großmama.

„Es ist wohl doch nicht so einfach, Mutterchen, Tropengewächse in europäischen Boden zu verpflanzen?" erkundigte sich die Schwiegertochter leise, während Marietta von den Kindern durch Haus und Garten geführt wurde. „Das Mädelchen ist ja ganz entzückend."

„Gut Ding will gut Weile haben. Marietta ist in der Tat ein liebes, anschmiegendes Dingelchen. Nur steht sie ganz unter dem Einfluß der energischeren Schwester. Und dieser ist nicht immer der richtige. Nun, ich habe ja in meinem Leben schon manches zuwege gebracht, ich werde ja doch auch noch mit einem wenn auch noch so resoluten Backfischchen fertig werden." Es sollte möglichst leichthin klingen. Aber Frau Ruth hörte einen kleinen Unterton von Verzagtheit heraus, der sonst ganz und gar nicht Frau Annemaries Art war.

„Mit deinem liebevollen Großmutterherzen kannst du Wunder vollbringen, Mutter. Was keiner von uns bei unseren Kindern zuwege bringt, der Omama gelingt es stets. Du wirst auf die brasilianischen Enkelkinder ebensolchen Einfluß gewinnen", versicherte die Schwiegertochter warm. Ihre Worte taten Frau Annemarie wohl.

Die Kinder kamen zurück, Edchen sehr aufgebracht.

„Omama, die Marietta hat über unsere schöne große Palme gelacht. Sie sagt, in Brasilien seien die Palmen hundertmal so hoch. Die schwindelt doch, nicht wahr, Omama?"

„Dafür kennt sie nicht mal 'nen Apfelbaum", triumphierte Lilli.

„Freilich, Edchen, im Tropenland wachsen die Palmen viel höher als bei uns. Aber habt ihr denn der Marietta schon euer Drehzimmer gezeigt? So was kennt sie sicher noch nicht."

„Unser Drehzimmer – das Drehzimmer, das mußt du sehen. So was habt ihr sicher nicht in Amerika!"

Wirklich – das hatte Marietta noch nicht gesehen, solch ein Drehzimmer. Eben saß man noch in einem Musikzimmer, da – ein Druck auf einen Hebel, und die

Möbel verschwanden, und ein Speisezimmer tauchte auf. Wieder ein Druck, und das Speisezimmer verwandelte sich in einen Herren-Rauch-Bibliotheksraum, während man auf demselben Platz sitzen blieb. Die Möbel, die auf einer Drehscheibe standen, konnten ausgetauscht werden.

War das lustig. Das mußte Anita sehen. Wirklich schade, daß sie nicht mitgekommen war.

„Die Drehzimmer haben sich erst seit einigen Jahren bei uns eingeführt", erklärte Tante Ruth. „Man spart dadurch Platz und Arbeit. Ich nehme an, in dem praktischen Amerika wird man das sicher auch schon kennen, wenn ihr in Sao Paulo auch noch nichts davon gehört habt."

Onkel Hans kam früher aus der Fabrik nach Hause, um seine jungen Nichtchen zu begrüßen.

„Holla – eine junge Dame! Wie lange sind wir denn schon Backfisch, Marietta?"

„Backfisch?" Die junge Brasilianerin konnte sich nichts darunter vorstellen. „Ich nur kenne Fisch aus Santos."

Alles lachte. Die gute Großmama nahm sich wieder Mariettas an. „Ein Backfisch, Jetta, heißt bei uns ein junges Mädchen zwischen vierzehn und siebzehn Jahren."

„Nun, hat denn die Anita gar keine Sehnsucht nach dem Onkel Hansi? Wißt ihr denn noch, wie ihr vor Jahren in Sao Paulo beide auf meinen Schultern geritten seid?"

„Ja." Marietta lachte in der Erinnerung. „Mammi war so froh, als Onkel Juan war bei uns."

„Onkel Hans heiße ich hier in Deutschland. Nun, wie ist's wieder mit einem Schulterritt?" zog der Onkel sein großes Nichtchen auf.

„Nein, ich, Vater – ich!" Die kleinen Buben drängten sich eifersüchtig hinzu. „Die amerikanische Jetta ist überhaupt viel zu groß dazu", erklärte Edchen.

„Jetta reitet lieber auf richtigen Pferden. Sogar mich und Frau Trudchen wollte sie noch aufs Pferd setzen", scherzte die Großmama.

„Ei, Marietta, da biete ich mich dir als Kavalier an. Ich pflege jetzt täglich morgens ein Stündchen auszureiten."

„Oh, dann wir wollen kaufen Pferde sofort und reiten morgen, Onkel Juan.“ Ganz lebhaft wurde Marietta. Ihr Gesichtchen, das sonst die zarte Farbe der Teerose zeigte, ward rosig. Der Onkel konnte sich an ihrem jungen Liebreiz nicht satt sehen.

„Morgen schon? So schnell werdet ihr keine Pferde auftreiben können. Ich werde sie euch aus dem Tattersal leihweise besorgen.“

„Oh, nicht geleiht. Wir wollen reiten auf eigenes Pferd.“ Da zeigte sich auch bei Marietta Standesbewußtsein.

„Ihr wißt ja noch gar nicht, wie sich der Großvater dazu stellt, Jetta. Ob er das Reiten für euch für zuträglich und wünschenswert hält“, wandte die Großmama ein. „Auch reitet Onkel Hansi sicher frühmorgens zu einer Zeit, wo ihr noch den Schlaf des Gerechten schlaft.“

„Werden wir stehen auf früh und reiten mit Onkel Hans. Wann sollen wir sein bereit?“

„Um sechs Uhr reite ich fort, um acht bin ich zum Frühstück zurück.“

„Gut, Reiten sehr gesund. Großpapa wird nicht sagen nein.“

„Und die Schule, Jetta? Du vergißt ganz, daß ihr zum 1. Juni in eine deutsche Schule kommen sollt. Die Schulen beginnen hier um acht“, stellte die Großmama vor.

„Müssen wir gehen später in Schule. Reiten ist mehr wichtig.“

„Nun, das kommt auf die Auffassung an. Bei uns steht die Schule in erster Reihe und ist die Hauptsache. Jedes Vergnügen hat vor der Pflicht zurückzutreten. Aber jetzt ist es Zeit, daß wir an unsere Pflicht heimzugehen denken, mein Mädel. Der Weg ist weit.“

„Oh, nochmal gehen spazieren?“ Betrübt blickte Marietta auf ihre zerrissenen Schuhchen.

„Ruth, hast du nicht ein Paar Schuhe, die du der Jetta leihen kannst? Wir müssen erst geeignetes Schuhwerk anschaffen. Diese Seidenschuhchen sind nur für den Salon, allenfalls für Autofahrten geeignet.“

Die Tante brachte bereitwillig verschiedene Paar Schuhe herbei. Aber trotzdem auch sie einen kleinen Fuß hatte, Mariettas zierlichen Füßchen waren sie noch zu groß. Auch die Kinder schleppten ihre Schuhe herbei, sogar der Kleinste.

„Das reine Aschenbrödelmärchen“, scherzte Onkel Hans.

„Was ist Aschenbrödel?“ fragte Marietta.

„Aschenbrödel – Omama, die Jetta kennt Aschenbrödel nicht? Ist die dumm!“ Die kleinen Mädchen kamen sich der amerikanischen Kusine gegenüber ungeheuer klug vor.

„Aschenbrödel kennt schon Klein-Heinz,“ sagte Edchen geringschätzig.

„Und Rotkäppchen und die Geißlein auch“, frohlockte der Kleine.

„Hat euch die Mutter denn gar keine deutschen Märchen erzählt, mein Herzchen?“ verwunderte sich auch die Großmama.

„Was ist Märchen?“ fragte Marietta verlegen. Wenn doch Anita da gewesen wäre. Die war so leicht nicht in Verlegenheit zu bringen. Die gab auch ihr Sicherheit.

„Arme Kinder, seid ihr etwa in eurem nüchternen Amerika ohne das Schönste im Leben eines Kindes, ohne Märchen aufgewachsen? Hat eure Mutter euch nie Geschichten von guten Feen und lustigen Zwergen erzählt? Ich begreife meine Ursel gar nicht“, wandte sich die Großmama kopfschüttelnd an Sohn und Schwiegertochter.

Einen Vorwurf gegen ihre geliebte Mammi – nein, den durfte Marietta nicht mit anhören. Dunkelrot wurde sie vor Erregung. „Unsere Mammi hat erzählt uns Geschichten, als wir waren klein. Aber ich habe vergessen.“ Lieber sollte man sie für dumm halten, als an ihrer Mammi etwas auszusetzen haben.

„Nun, Marietta, ihr seid ja bei der lieben Großmama. Da seid ihr an der richtigen Quelle. So wie sie kann keiner Märchen erzählen. Nicht wahr, Kinder?“ kam Tante Ruth taktvoll ihrem jungen Gast zu Hilfe.

„Ja, die Omama soll Märchen erzählen – vom ›Katerlieschen‹ – nein, lieber vom ›gestiefelten Kater‹ – ach, von ›Schneeweiß und Rosenrot‹ ist viel schöner – – –.“ Acht kleine Arme umstrickten zärtlich bettelnd die Großmama.

„Nächsten Sonntag, Kinder. Heute wartet der liebe Opapa auf uns.“

Nun war es doch so spät geworden, daß man zurückfahren mußte, wenn auch nicht im Auto, sondern mit der Straßenbahn.

Anita rümpfte das Näschen, als sie hörte, daß Marietta mit vielen anderen Leuten zusammen in einem Wagen gefahren war. Das pflegte eine Tavares nicht zu tun.

Marietta wußte so viel von ihrem ersten Spaziergang mit der Großmama zu berichten, daß Anita es doch bereute, sich ausgeschlossen zu haben. Das schöne Haus des Onkels mit dem Drehzimmer hätte sie auch gern gesehen. Aber daß Marietta nicht gleich für den nächsten Morgen einen Ritt mit dem Onkel fest verabredet hatte, fand sie ungeschickt. Vielleicht konnte man noch telephonisch verabreden.

Dabei aber stieß Anita auf ungeahnten Widerstand beim Großvater. Der Geheimrat fand es durchaus nicht notwendig, daß seine Enkelinnen ritten. War das in Amerika Mode – nun schön, hier war man in Deutschland. Und hier ritten die jungen Mädchen im allgemeinen nicht. „Lernen sollen sie was, das Mariele und das Annele, halt fleißig lernen in der Schule und im Haushalt. Das ist notwendiger fürs Leben, als auf Pferden zu galoppieren."

„Wir sind Amerikanerinnen", trumpfte Anita, durchaus nicht einverstanden, auf. „In Amerika man reitet. Wir werden gehen und kaufen Pferde."

„Ohne Erlaubnis nimmer, mein Kind." Die Ruhe des Großvaters bedeutete Ruhe vor dem Sturm. Die Großmama kannte ihren Mann. Sie warf ihm beschwichtigende Blicke zu.

„Wir sind erlaubt zu reiten, wir haben gereitet jeden Tag in Sao Paulo", rief Anita in ungezogenem Ton.

„ Oh yes, they are allowed", bekräftigte die Miß.

Des Geheimrats Ärger stieg dadurch noch. „Annele, ich erwarte von dir Gehorsam."

„Ich heiße Anita!" Die unbeliebte Anrede nahm dem verwöhnten Mädchen den Rest ihrer Selbstbeherrschung. „Und ich bin eine Tavares, keine Diener, das muß sein gehorsam."

Die Ader auf des Geheimrats Stirn schwoll an. Großmama gewahrte es mit Schrecken. „Wir werden an die Eltern schreiben und anfragen, ob ihr reiten sollt", wandte sie schnell vermittelnd ein.

„Wir können schicken Rundfunktelegramm, geht schneller." Marietta war während der unliebsamen Erörterungen ganz blaß geworden. „Aber wenn der

Großpapa nicht wünscht uns zu reiten, wir nicht werden. Nicht wahr, Nita?" Zärtlich bittend hingen die schwarzen Mädchenaugen an den blauen.

„Ich werde reiten – du kannst sein artig Kind und gehorsam wie Diener", sagte Anita mit verächtlich aufgeworfener Lippe.

„Gehorsam wie jedes Enkelkind seinen Großeltern zu sein hat, Anita, besonders wenn es in deren Hause lebt", sagte jetzt die Großmama in ihrem bestimmten Tone. „Du bist ein recht unreifes Mädchen, daß du uns die gemeinsame Mahlzeit so verdirbst."

„Werde ich nicht mehr verderben, werde ich befehlen, zu servieren dinner in mein Zimmer." Damit war das ungezogene Mädchen zur Tür hinaus. Sie hörte gar nicht mehr der Großmama Worte: „Bei uns wird weder befohlen noch doppelt serviert, mein Kind."

Marietta saß wie auf Kohlen. Sollte sie nicht Anita folgen? Sie war doch ihr Zwilling. Sie pflegten doch alles gemeinsam zu tun, alles miteinander zu teilen. Aber ein Blick auf die Großeltern hielt sie an ihrem Platze. Des Großpapas sonst so freundliches Gesicht zeigte eine gefurchte Stirn. Und die Großmama sah so traurig aus – so traurig – – –. Nein, das konnte Marietta nicht ertragen, der Großmama liebes, lustiges Auge traurig zu sehen.

„Nita nicht es meint so schlimm. Sie ist nur heftig schnell, aber schnell wieder gut", versuchte sie die Schwester in Schutz zu nehmen und gleichzeitig den Kummer der Großeltern zu zerstreuen.

„Anita ist alt genug, um zu wissen, wie sich ein großes Mädchen zu benehmen hat. Der Großpapa braucht nach seiner anstrengenden Berufsarbeit Behaglichkeit und eine angenehme Häuslichkeit. Ich selbst bin nicht mehr jung genug, um das ungebärdige Mädchen zu zügeln. Unser friedliches Leben darf uns keiner stören, und wenn es die eigenen Enkelinnen sind", sagte die Großmama mit Nachdruck. „Dann können wir euch nicht in unserem Hause behalten, wenn ihr euch nicht unsern Wünschen fügt."

„Sollen wir werden geschickt zurück nach Sao Paulo?" Marietta stockte der Atem vor Schreck.

„Nun, es gibt ja auch noch Mädchenpensionate hier in Deutschland, in denen Anita sich vielleicht eher fügen lernt, als bei den Großeltern", überlegte Frau Annemarie allen Ernstes.

„Dann ich muß gehen mit Anita, wir sind Zwillings. Ich liebe zu bleiben viel mehr hier bei der lieben Großmama, als zu gehen in fremde Pensionat. Anita wird sein brav, wird nicht reiten, wenn nicht erlaubt. Wird kommen wieder zu Tisch, wird nicht mehr machen traurig den Großpapa und die liebe Großmama", versprach Marietta eifrig.

„Du bist ein gutes Kind, Jetta. Ich wünschte, Anita wäre wie du."

Die Furchen auf des Großvaters Stirn wollten selbst bei der Abendzigarre nicht weichen. Es war nicht nur der Ärger über das ungehörige Benehmen Anitas daran schuld. Der alte Herr wußte nicht, ob er mit seinem Reitverbot recht gehandelt habe. Dieselbe Ehrlichkeit und Aufrichtigkeit, die er von andern verlangte, übte er auch sich selber gegenüber. Die Kinder waren an das tägliche Reiten gewöhnt – er hätte doch vielleicht den Bogen nicht so straff spannen sollen. „Wenn du wieder an Ursel schreibst, meine gute Alte, kannst ja halt mal anfragen, wie die Eltern darüber denken, ob die Mädels hier als Amazonen einherreiten sollen", lenkte er ein. Frau Annemarie lächelte still vor sich hin; das hatte sie sich schon sowieso vorgenommen.

Auch droben im Mädchenstübchen glätteten sich die Wogen der Erregung. Miß Smith fand, daß Anita sich nicht ladylike benommen habe. Das hätte diese aber unbeeinflußt gelassen. Mariettas Mitteilung, daß die Großmama sie fortschicken wollte in ein fremdes Pensionat, machte um so mehr Eindruck. Ihr Stolz, der Stolz der Tavares, bäumte sich dagegen auf, fortgeschickt zu werden. Auch war da ganz im Innern ihres Herzens ein warmes Gefühl für die deutschen Großeltern. Sie hatte sie bereits liebgewonnen, wenn sie sich auch gegen ihr Gebot auflehnte.

„Aus einem deutschen Pensionat laufe ich davon, Jetta", teilte sie der Schwester auf portugiesisch mit. „Dann gehen wir in eine boarding-school nach Rio di Janeiro." Aber bei all ihrer Selbständigkeit kam es Anita doch wohl zum Bewußtsein, daß solche Überseereise sich nicht so ganz einfach bewerkstelligen lassen würde.

10. Kapitel. Die brasilianischen Kusinen

Bei Gerda Ebert hatte die Ankunft der brasilianischen Kusinen große Aufregung und Erwartung verursacht. Das stille, ruhige Mädel war wie ausgetauscht. Der Mund stand keinen Augenblick still. Bald wollte sie von der Mutter wissen, wie sie aussähen, bald, ob sie im Rechnen und Französisch wohl schon weiter wären als sie. Ob sie größer seien, ob sie Deutsch verstünden, oder ob man mit ihnen „brasilianisch" reden müsse.

„Mädel, du bist doch das reine Fragezeichen heute", lachte sie die Mutter aus. „Es ist nur gut, daß morgen schon Sonntag ist, da wird ja deine Neugierde befriedigt werden." Dabei wünschte Frau Vronli den Sonntag genau so herbei, wie ihr Töchterchen. Sie konnte die Zeit nicht erwarten, wo sie die Kinder ihrer Schwester Ursel zum erstenmal in die Arme schließen sollte.

Gerda hatte noch sehr viel bis dahin zu tun. Die saß über ihren Schulatlas gebeugt und lernte, daß ihr der Kopf rauchte, Geographie von Brasilien. Denn vor den älteren Kusinen mochte sie sich keineswegs blamieren. Sie mußte in deren Heimat gut Bescheid wissen.

Und nun war endlich der ersehnte Sonntag da. So blau, so sonnengolden, wie er nur in die staubigen Berliner Straßen schauen konnte. Zum erstenmal legte Gerda Wert darauf, ein schönes, weißes Kleid anzuziehen. Sonst trug sie lieber praktische Musselinkleider, die nicht schmutzten.

Draußen in Lichterfelde war man weniger erwartungsvoll. Anita und Marietta legten dem Besuch der neuen Verwandten keinen besonderen Wert bei. Sie hatten ja in Brasilien Onkel und Tanten genug. Die europäischen würden auch nicht anders sein. Und daß man Kaffeebesuch erwartete, daß Frau Trudchen einen großen Kuchen gebacken hatte, wie Lottchen strahlend erzählte, machte noch weniger Eindruck auf sie. Daheim in Sao Paulo hatte man täglich Besuche empfangen, war das Tavaressche Haus doch der Mittelpunkt der dortigen Geselligkeit. Die Kinder kannten es gar nicht anders, als daß man Gäste im Hause hatte. Und Kuchen? Den gab's zu allen Tageszeiten dort. Dafür sorgten die Mulattenköchinnen. Nein, das konnte den beiden nicht imponieren.

Und doch, hier war es anders. Ganz anders. Schon am Vormittag unterhielten sich der Großpapa und die Großmama angelegentlich darüber, ob das Wetter wohl beständig sei, ob man es wagen könnte, den Kaffeetisch heute im Garten unter der großen Linde zu decken. Dann schleppte der Großpapa eigenhändig mit Kunze Tische herbei, die zu einer langen Tafel zusammengestellt wurden. Anita rümpfte das Näschen. Das war Bedientenarbeit – warum ließ der Großpapa nicht Homer das machen?

Noch mehr mußte sie sich am Nachmittag wundern. Die Großmama zog sich nicht, wie sonst, gleich nach Tisch zum Ruhestündchen in das Biedermeierzimmer zurück. Sie ging an ihren Wäscheschrank und holte eine lustigbunte Kaffeedecke für die lieben Kinderchen heraus. Die breitete sie eigenhändig über die Gartentafel. Mit großen Augen schauten die beiden Enkelinnen zu. Deckte Frau Trudchen nicht den Kaffeetisch?

„Nun, meine Mädel, wollt ihr eurer alten Großmama nicht ein wenig zur Hand gehen?" fragte die Großmama. Und ohne erst eine Antwort abzuwarten, fuhr sie munter fort: „Stelle die Tassen herum, Jetta. Für fünfzehn Personen wollen wir decken. Lottchen soll heute am Sonntag auch mit uns Kaffee trinken. Die bunten Täßchen mit den Blümchen und Püppchen nach unten, die sind für die Kleinen. Nun Kuchenteller hinter jede Tasse gesetzt. Siehst du, das machst du ganz nett. Nita, lege Teelöffel auf jedes Gedeck und Servietten. Und dann könnt ihr beide den Tisch recht hübsch mit Blumen schmücken, das macht euch doch gewiß Spaß."

Anita sah nicht danach aus, als ob ihr die ihr zugedachte Beschäftigung Spaß bereiten würde. Die lag in der Prallsonne im Liegestuhl und kraute Jimmy, der ebenso faulenzend in die Sonne blinzelte wie seine Herrin. Dabei streifte ihr Blick unmutig die Schwester, die sich bemühte, den Wünschen der Großmama nachzukommen. Jetzt richtete sie sich ein wenig aus ihrem Faulenzerstuhl auf und rief Marietta in verweisendem Tone auf portugiesisch etwas zu. Sofort ließ die Schwester den Gartenstuhl, den sie gerade vor ein Gedeck setzen wollte, stehen, wurde rot und blickte unschlüssig auf die Großmama.

Die tat, als hätte sie das Zwischenspiel nicht bemerkt. „Nun, ist mein Jettachen müde?" fragte sie lächelnd. „Alte Hände leisten doch noch mehr als junge." Damit schickte sie sich an, eigenhändig die Stühle von der Terrasse herabzuholen.

Wie der Wind war Marietta neben ihr. „Nicht die liebe Großmama, ist zu schwer. Nita und Jetta werden tun es."

„Ja, wenn ihr es mir abnehmen wollt, lege ich mich noch ein halbes Stündchen aufs Ohr. Aber Nita scheint ja keine Lust zu haben, ihrer Großmama zu helfen." Sie blickte mit ihren gütigen, klaren Augen fragend auf die Faulenzende.

„Ist Arbeit für Homer. Soll kommen, tun es", gab diese mit unbehaglichem Achselzucken zur Antwort.

„Homer hilft Frau Trudchen das Mittagsgeschirr überseite bringen. Fünfzehn Personen zum Kaffee und Abendbrot, das ist keine Kleinigkeit, Kind. Da muß ein jeder mit Hand anlegen. Die Gute weiß ja sonst gar nicht, daß Sonntag ist."

Anita sah die alte Dame groß an. In Brasilien hatte man nie daran gedacht, irgend etwas selbst zu tun, damit die Dienerschaft auch wisse, daß Sonntag sei. Das war ihr ganz neu.

„Donna Trudchen ist da für arbeiten – – – –."

„Und du zum Faulenzen, was, Anita? Glaubst du wirklich, daß der liebe Gott die einen Menschen zum Arbeiten und die andern zum Nichtstun erschaffen hat? Jeder Mensch hat den Platz auszufüllen, der ihm im Leben angewiesen ist. Jeder hat die Verpflichtung, selbst mitzutun auf der Bühne des Lebens und nicht nur müßig als Zuschauer danebenzusitzen." Dabei trug die alte Frau Stuhl um Stuhl herbei.

Marietta nahm ihr dieselben ab. Sie schämte sich vor der Großmama ihres Nichtstuns und vor Anita der untergeordneten Arbeit, zu der im Tropenlande Farbige verwendet wurden. Es war ein Zwiespalt in der Seele des jungen Mädchens, wie schon öfters hier in Europa. Erst als der letzte Stuhl an der Tafel stand, zog sich die Großmama zurück. „Marietta, nun kannst du dem Prinzeßchen sagen, daß einem kein Stein aus seiner Krone fällt, wenn man auch die Hände regt. Jetzt überlasse ich euch noch den Blumenschmuck. Überrascht mich mal mit eurem guten Geschmack." Die Großmama nickte den beiden freundlich zu, als ob Anita nicht soeben erst wieder aufsässig gewesen wäre. Die kluge Frau hielt es für richtig, derartige Vorkommnisse nach Möglichkeit zu ignorieren.

„Was meinst du, Nita, soll ich Flieder in die Vasen füllen oder Goldlack? Vergißmeinnicht paßt eigentlich noch besser zu der Kaffeedecke?" überlegte Marietta in ihrer Heimatssprache.

„Bunte Anemonen, von dem Beet dort, ganz bunt durcheinander, das ist beinahe so schön wie bei uns in Brasilien." Anita war auch in bezug auf Geschmack ausschlaggebend für die Zwillingsschwester. Sie wußte ganz genau, was jeder von ihnen stand und was nicht.

„Ja, Anemonen – bunte Anemonen sind lustig." Eifrig brachte Marietta Vasen und eine Schere herbei und machte sich daran, die schönsten Exemplare zu schneiden. Ihr zartes Gesichtchen färbte sich vor Eifer.

Anita sah ihr abfällig zu. „Das ist keine Arbeit für uns. Dazu gehören Gärtner, wie bei uns in Sao Paulo."

„Aber es macht Freude, Nita, wirklich! Versuche es nur mal", redete Marietta ihr zu.

„Ich tue keine Bedientenarbeit. Ich denke überall, auch im fremden Lande daran, daß ich eine Tavares bin." Anita warf stolz ihre schwarzen Locken zurück.

Still tat Marietta ihre Arbeit weiter. Sie hatte plötzlich die Freude an der lustigen Beschäftigung verloren. Wie kam es nur, daß sie hier in Europa viel öfter als daheim entgegengesetzter Meinung war als Anita? Daß ihr deren Aussprüche hochmütig und herzlos, ja, oft sogar dumm erschienen? Sie waren doch in Brasilien ein Herz und eine Seele gewesen. Ja, wenn die Mammi dagewesen wäre! Die würde ihr sicher aus dem Zwiespalt der Gefühle, in dem sie sich nicht zurechtfand, den Weg weisen. Sollte sie sich damit an die Großmama wenden? Die Gütige würde helfen. Aber Marietta mochte Anita nicht anklagen.

„Jetta, du machst ja ein Gesicht wie unsere holdselige Miß, wenn sie Migräne hat", lachte Anita plötzlich laut auf. „Jimmy, sieh dir doch mal die Jetta an. Komm, streichle sie!" Mit einem geschickten Schwunge warf sie das Äffchen über ihre Schulter hinweg, Marietta zu. Die schrie laut auf vor Schreck. Sie hatte noch immer keine besonderen Sympathien für den kleinen Vierhänder, wenn sie sich auch an ihn gewöhnt hatte. Die Vase, die sie in den Händen hielt, kippte um. Das Wasser ergoß sich über Großmamas hübsche Kaffeedecke. Marietta, starr vor Schreck, fing an zu weinen, während Jimmy mit flinkem Züngelchen die Überschwemmung aufzulecken begann. Anita hielt sich die Seiten vor Lachen.

„Brav, Jimmy, brav!" rief sie übermütig.

Die beiden hatten in dem Tumult das Knarren der Gartentür vollständig überhört. Erst als Schritte näherkamen, als eine Männerstimme rief: „Da hätten wir ja die beiden Tropenpflänzchen", als eine schlanke Dame die lachende Anita in ihre Arme zog und herzlich küßte, sahen sie, daß der erwartete Besuch bereits da war.

Anita wandte unbehaglich den Kopf zur Seite. „Bitte, nicht küssen die Mund, nur Wangen", sagte sie, denn so war sie es von Brasilien her gewöhnt.

„Nun, mein Mädel, ich bin die Schwester eurer lieben Mutter, Tante Vronli, der werdet ihr schon einen richtigen Kuß gestatten müssen", sagte die Dame und zog jetzt ohne weiteres die weinende Marietta in die Arme. Der wurde es warm ums Herz bei der herzlichen Begrüßung, während Anita den einfachen Anzug der Tante ziemlich geringschätzig musterte. Da sah ihre schöne Mutter doch ganz anders aus. Kaum denkbar, daß die beiden Schwestern waren. Auch der Onkel mit seinem langen, schwarzen Rock und der goldenen Brille sah merkwürdig aus. Die junge Amerikanerin fand ihn durchaus nicht gentlemanlike. Und einen Bart trug er! In Amerika trug kein Herr einen Bart. Seine Haltung war nach vornüber geneigt, sicher trieb er keinen Sport.

Gerda hatte sich während der ersten Begrüßung schüchtern hinter den Vater gehalten. So war sie. Sie hatte die Minuten bis zu dem ersten Zusammensein mit den brasilianischen Kusinen gezählt – und nun, da sie leibhaftig vor ihr standen, hätte sie sich am liebsten in ein Mauseloch verkrochen. Sie waren auch ganz anders, als sie sich dieselben vorgestellt hatte. Die eine so groß, so überlegen, und allebeide so schön und so elegant. Die mit den schwarzen Locken in dem orangefarbenen Seidenkleid schaute aus wie eine Prinzessin. Die andere Goldbraune in mattblauer Seide gefiel Gerda eigentlich noch besser. In stummer Bewunderung stand sie da. Da schob sie ihr Vater einen Schritt vorwärts.

„Na, die Sprache verloren, Gerda? Komm, mach dich mit deinen Kusinen bekannt. Du konntest die Zeit ja gar nicht erwarten."

Gerda wurde rot, weil der Vater dies so unverhohlen mitteilte. Dann trat sie mit schnellem Entschluß auf Marietta zu, denn diese flößte ihr mehr Zutrauen ein. „Guten Tag," sagte sie, „ich bin Gerda Ebert. Wir sind Kusinen", fügte sie noch hinzu, da Marietta sowohl wie Anita stumm blieben.

Frau Vronli sah den Zug der Enttäuschung um Gerdas Mundwinkel. Das Kind, das mit all seinen warmen Gefühlen keinen Widerhall in der Brust der fremden Kusinen zu wecken vermochte, tat ihr leid. Sie kam ihm zu Hilfe. „Nun, Kinder, wie gefällt es euch denn bei uns in Europa?" vermittelte sie die Unterhaltung.

„Gar nicht", hätte Anita am liebsten geantwortet. Aber gesellschaftlich liebenswürdig, wie sie Fremden gegenüber war, neigte sie das Köpfchen und sagte nur: „Oh, danke, ein bißchen gut."

„Nun, das klingt nicht sehr verheißungsvoll, darauf kann Europa nicht stolz sein." Der Oberlehrer lachte dröhnend. Anita fand sein lautes Lachen unfein. „Und du, Marietta?" wandte er sich fragend an Nummer zwei.

„Oh, ich finde Europa gut, sehr gut. Ich liebe deutsche Land und kleines Haus und liebe Großeltern", sagte Marietta warm. Dabei kam es ihr zum Bewußtsein, daß sie schon wieder mit ihrer Ansicht im Gegensatz zu Anita stand. Aber sie hatte nicht Zeit, diesem Gedanken nachzuhängen. Denn Tante Vronli hatte sie noch einmal an ihr Herz gezogen. „Mein Kind, mein liebes – du gleichst doch meiner Ursel!“ sagte sie leise. Und dann fuhr sie in ihrem gewöhnlichen Ton fort, denn derartige weiche Regungen pflegte die tatkräftige Frau nicht oft zu zeigen: „Mir war schon recht bange nach euch, Kinder. Ich wäre gern schon in der Woche mal herausgekommen. Aber ich hatte gerade besonders viel mit meinen Armen zu tun. Wir haben eine neue Küche zur Speisung von notleidenden Kindern eingerichtet.“

„Brav, Marietta, das ist eine gute Vornahme für dein zukünftiges Leben.“ Freundlich strich Tante Vronlis kräftige Hand über das weiche goldbraune Haargelock der jungen Nichte. „Ihr besucht mich in der nächsten Woche, und dann nehme ich euch und Gerda mit zur Kinderspeisung.“

„Aber wir wohnen weit, sehr weit“, fügte Gerda hinzu. „Fennstraße, am Weddingplatz, das ist über eine Stunde Weg.“

„Eine Stunde Weg ist nicht weit – ist sehr nah“, sagte Anita, die an amerikanische Entfernungen gewöhnt war. „Kann man nehmen Auto oder reiten.“

„Auto fahren – reiten?“ Gerda schaute die Kusine an, als ob sie ein Wundertier vor sich sähe. Eines erschien ihr so undenkbar wie das andere. Das an größte Sparsamkeit gewöhnte Kind war niemals in seinem Leben Auto gefahren, und reiten – „hahaha“ –, Gerda lachte plötzlich hell auf. „Anita will zu uns nach dem Weddingplatz reiten – hahaha“, sie konnte sich gar nicht beruhigen.

„Was gibt es da zu lachen?“ fragte Anita stirnrunzelnd. Aber als sie sah, daß auch der Onkel und die Tante lachten, fügte sie bekräftigend hinzu: „Ich werde kommen angereitet bestimmt. Man kann reiten in Weddingplatz ebenso wie in Sao Paulo.“

„Es ist nicht Sitte, Kind, daß junge Mädchen dort zu Pferde sind. Du würdest in unserer Gegend Aufsehen erregen“, erklärte ihr der Onkel, immer noch mit dem Lachen kämpfend.

„Reitet ihr denn überhaupt hier in Deutschland?“ verwunderte sich Tante Vronli.

„Wir werden reiten. Großpapa muß erlauben es. Wir haben telegraphiert nach Sao Paulo an Eltern", sagte Anita mit Bestimmtheit und warf zum Überfluß die schwarzen Locken in den bräunlichen Nacken.

„Ei," dachte die erfahrene Frau, „ei, so ganz einfach scheint ja der Verkehr und noch viel weniger die Erziehung bei diesen exotischen jungen Damen nicht zu sein. Ob die alten Eltern, die an ihr stilles, beschauliches Leben gewöhnt sind, dem überhaupt gewachsen sind?"

Inzwischen hatte sich Gerda an Marietta, die ihr besonders gefiel, gewandt. „Warum hast du vorhin geweint?" fragte sie. „Hattest du Heimweh?"

„Heimweh?" Die junge Brasilianerin wußte augenscheinlich mit diesem Wort nichts anzufangen. „Weh heim?", sie schaute fragend auf Anita.

„Amerikanerinnen haben kein Weh heim", sagte diese kühl. „Amerikaner sind in ganzer Welt daheim. Nicht wahr, Jimmy?" Sie fragte es irgendwo in das Lichtgrün der Linde hinein. Da kam es mit einem Satz daraus hervor, etwas Bräunliches, Haariges, Springendes – auf die Schulter der gerade unter dem Ast stehenden, laut aufkreischenden Gerda setzte es, und von dort mit einem weiteren Schwung auf den Schoß seiner jungen Herrin. Diese nahm den braunhaarigen kleinen Gesellen liebevoll in die Arme und lachte – lachte das arme Kusinchen, das vor Schreck zu weinen begann, übermütig aus. Die Schwester aber schlang mitleidig ihren Arm um die Weinende.

„Der abscheuliche Jimmy – ich nicht liebe ihn auch – er tut dir nichts, weine nicht, arme Gerda – Anita wird tun Jimmy in Gefängnis – ja, Nita?" Bittend wandte sich Marietta an die Schwester.

„Weil deutsche Mädchen ist angst, mein armer Jimmy soll in Gefängnis? Das nicht wir tun, nicht wahr, Jimmy?" lachte Anita sie aus und streichelte Jimmy. Der warf tückische Blicke auf Gerda, als wüßte er, daß sie die unschuldige Ursache zu seiner geplanten Freiheitsberaubung sei.

Gerda faßte Mariettas Hand und drückte sie dankbar. „Du bist gut!" sagte sie leise. In diesen drei Worten lag ein vernichtendes Urteil für die andere Kusine.

Die feinfühlende Marietta empfand das. Und gleichzeitig kam ihr ein beklemmendes Gefühl der Treulosigkeit, daß sie hier Hand in Hand mit der fremden Kusine stand, im Gegensatz zu ihrer Zwillingsschwester. Und doch konnte sie Anitas Verhalten nicht gutheißen. Sie war wieder in dem Zwiespalt, in dem sie sich heute schon einmal befunden.

Helle Kinderstimmen rissen sie aus ihrer Überlegung und kündigten die Zehlendorfer an. Da waren sie auch schon. Allen voran Edchen.

„Wo ist er – wo ist der Affe? Heini will den bendigen Affen sehen. Wo ist der Mohr aus dem Struwwelpeter?“ Edchen und Klein-Heini überschrien sich.

„Da ist Affe.“ Anita machte sich den Spaß, Jimmy von ihrem Schoß auf den Rasen gleiten zu lassen. Aber schreiend nahmen die kleinen Helden Reißaus, ähnlich wie ihre große Kusine Gerda. Die kleinen Mädchen Lilli und Evchen wagten sich überhaupt nicht näher. Die versuchten die Eltern rückwärts zu ziehen.

„Wir wollen heut nicht zu Omama gehen, wir wollen nach Haus, wir wollen lieber kommen, wenn der Affe wieder in Amerika ist.“ Auch sie weinten vor Angst.

„Aber Kinder, seid doch nicht solche Hasenfüße. Das Äffchen tut doch nichts“, versuchten die Eltern sie zu beruhigen.

Keiner hatte in dem Radau bemerkt, daß die Großeltern bereits auf der Terrasse standen.

„Was ist denn hier los? Meine Kinderchen wollen nicht zu ihrer Omama?“ Zum erstenmal stürzten die Enkelchen der Omama nicht entgegen, sondern hielten sich angstvoll zurück.

„Guten Tag, Vater, – Tag, Mutterchen, – euer Zoologischer Garten scheint bei der kleinen Gesellschaft wenig Anklang zu finden“, rief Hans Hartenstein, hinter dessen Hosenbein sein Jüngster sich verkroch, den Eltern belustigt zu.

„Meine armen Kinderchen – Nita, gleich bringst du den Affen fort“, verlangte die Großmama.

Anita lachte und machte keine Anstalten, Jimmy wieder einzufangen.

Da hatte Hans Hartenstein den Ausreißer mit dem Nackengriff, mit dem er seinen Dackel zu fassen pflegte, beim Schlafittchen. „So – da habt ihr ihn, den braunen Herrn aus Brasilien!“ Lachend hielt er Jimmy hoch.

Aber dieser war nicht sanftmütig wie Waldmann, der Dackel. Der war temperamentvoll wie seine junge Herrin. Er bekam den Tropenkoller und schnappte nach dem Arm, der ihn fesselte.

„Bestie!“ Hans Hartenstein ließ das Äffchen fahren. Schreiend entwichen die ihn umdrängenden Kinder. „So ein rabiater Kerl – gebissen hat er.“

„Gebissen – um Gottes willen, zeig' den Arm her, Hansi,“ rief Frau Ruth aufgeregt.

„Ach was, der Arm, das wäre das wenigste. Aber mein neuer Sonntagsanzug! Ein Loch hat er hier in den Ärmel gebissen, der infame Kerl!“

Jimmy hatte inzwischen einen Apfelbaum erwischt. Während alles teilnehmend den gebissenen Hans Hartenstein umdrängte, lugte er mit aller Gemütsruhe auf den Schaden herab, den er angerichtet hatte.

Der alte Geheimrat wandte sich jetzt an die immer noch höchst belustigte Anita.

„Mordsmädel, jetzt wird dein Freund halt in Acht und Bann getan. Ruf den Affen, Annele, und bring' ihn in sein Lattenhäusel. Meinen Sonntagnachmittag soll mir der Vierhänder nimmer verstören.“ Das war bei aller Freundlichkeit doch in so bestimmtem Tone verlangt, daß Anita sich bewogen fühlte, Jimmy von seinem luftigen Sitz herabzurufen. Die Kinder wichen scheu zurück und sahen aus respektvoller Entfernung der Weiterentwicklung der Dinge zu.

Aber so zärtlich Anita auch rief und lockte, so energisch sie auch befahl, Jimmy hatte keine Lust, seinen Höhenaufenthalt aufzugeben. Er war schlau. Ihm schwante nichts Gutes.

Frau Trudchen erschien mit der Kaffeekanne, die an Umfang dem ihrigen nur wenig nachstand. Aber keiner dachte daran, sich an den Tisch zu setzen.

„Jetzt wird uns unser Sonntagskaffee kalt wegen dieses abscheulichen Biestes“, räsonierte die Großmama temperamentvoll. Ihre Abneigung gegen Jimmy wuchs.

„Ich werde rufen Homer“, schlug Marietta vor. „Homer kann klettern wie Affe. Er wird fangen ihn.“

Homer erschien, von lauten Zurufen der Hartensteinschen Sprößlinge begrüßt: „Der Mohr – der Mohr aus dem Struwwelpeter! Wo hat er denn seinen Sonnenschirm? Ist er wirklich ganz bendig?“ Heini glaubte nicht recht an seine Lebendigkeit.

Aber als Homer jetzt die weißen Zähne fletschte und an dem Apfelbaum emporzuklettern begann, klatschten sie begeistert Beifall.

Jimmy dachte nicht daran, sich von Homer greifen zu lassen. Eine wilde Jagd begann von Baum zu Baum, die mit zerrissenen Hosen des Negerjungen und mit kalt gewordenem Kaffee endigte. Jimmy aber saß triumphierend hoch oben im Wipfel der Linde, als sei sie eine Palme seiner Tropenheimat.

„Wir wollen lassen ihn in Ruhe. Er kommt herunter allein, wenn er sieht, wir essen Kuchen," meinte Anita, die ihren braunzotteligen Freund am besten kannte.

Aber keins von den Kindern wollte sich an den Kaffeetisch unter die Linde, auf der Jimmy thronte, setzen. Kunze und Frau Trudchen mußten einen Tisch in ungefährlicher Entfernung aufstellen. Selbst die große Gerda wanderte mit an das Trompetertischchen, trotzdem sie sonst darauf brannte, bei den Großen zu sitzen. Sie hatte ihren Arm zutraulich in den Mariettas geschoben: „Komm, wir sitzen zusammen."

Marietta wußte nicht recht, was sie tun sollte. Anita hatte an der Kaffeetafel neben Miß Smith Platz genommen. Gehört sie nicht zu ihrem Zwilling? Wiederum mochte sie Gerda nicht verletzen.

Da rief Anita ihr einige portugiesische Worte zu. Marietta löste ihren Arm aus dem der Kusine. „Ich muß sitzen mit mein Schwester. Du kannst kommen mit", setzte sie aber gleich begütigend hinzu, als sie wahrnahm, daß sich Gerdas Augen feuchteten.

Gerda schüttelte stumm den Kopf. Sie war stolz und auch empfindlich. Aufdrängen wollte sie sich nicht. Ganz abgesehen davon, daß der Platz unter der Linde Jimmys wegen nicht verlockend war. So griff sie still zur Kakaokanne und machte damit die Runde am Kindertisch, wie Frau Trudchen es mit der Kaffeekanne an der Haupttafel tat. Anita rümpfte das Näschen und flüsterte Marietta etwas zu. Die wurde rot und schaute auf Gerda. Wirklich, Gerda bediente mit bei Tisch, sie reichte jetzt die Kuchenschüssel herum, nein, das fand auch sie nicht vornehm. Dazu war doch die Dienerschaft da.

„Nun, Nita und Jetta, wollt ihr euch von eurer jüngeren Kusine Gerda beschämen lassen?" fragte da die Großmama zu den beiden herüber. „Junge Mädchen müssen sich bei Tisch nützlich machen. Nita, nimm die Kaffeekanne und schenke Onkel Georg die zweite Tasse ein. Jetta, du reichst Milch und Zucker, nicht wahr?"

Blutübergossen erhob sich Marietta. Einem Wunsche der Großmama mußte man nachkommen. Wie peinlich, daß die neuen Verwandten Zeuge davon wurden, daß sie „Dienerarbeit“ tun mußte.

Aber merkwürdig: Die schienen gar nichts dabei zu finden. Im Gegenteil, Onkel Hans meinte galant: „Von solch schöner Hand schmeckt es noch einmal so gut.“

Anita tat, als ob sie die Aufforderung der Großmama gar nicht gehört hätte. Sie rührte sich nicht vom Platze. Onkel Georg hätte lange auf seine zweite Tasse warten können, wenn Tante Vronli sich nicht ihres Mannes erbarmt und selbst nach der Kanne gegriffen hätte. Munter machte die Tante nun weiter die Runde mit derselben.

Die Großmama blickte mißbilligend zu Anita herüber. Ihr war der Sonntag, auf den sie sich die ganze Woche zu freuen pflegte, heute gründlich verdorben. Ihre Kinderchen drängten sich nicht wie sonst um die Omama, sondern konnten ihren Tisch nicht weit genug von dem ihrigen entfernt haben. Daß ihre Gefühle gegen Jimmy dadurch keine freundlicheren wurden, war klar. Und nun ärgerte auch Anita sie noch durch ihre schweigende Auflehnung. Unmöglich konnte sie dieselbe durchgehen lassen.

„Du hast wohl nicht gehört, Anita, was ich von dir wünschte“, sagte sie, die leuchtendblauen Augen auf die Enkelin heftend.

„Ja, ich habe gehört“, gab Anita kühl zurück.

„Willst du Tante Vronli das Einschenken des Kaffees nicht abnehmen?“ Die alte Dame mußte sich Zwang auferlegen, ruhig zu bleiben.

„Nein, ich bediene nicht anderes Leute, das nicht tut eine Tavares.“ Laut und stolz klang es.

Onkel Georg setzte klirrend die Kaffeetasse hin und runzelte die Stirn. Der Schulmann, der gewöhnt war pädagogisch auf die Jugend einzuwirken, biß sich auf die Zunge. Es wurde ihm schwer, das eingebildete junge Ding nicht zurechtzuweisen. Auch seine Frau mußte an sich halten. Himmel – was für törichte Ansichten wohnten da in diesem hübschen Köpfchen. Ihre armen alten Eltern, die mit solch einem selbstbewußten Mädel fertig werden mußten. Gerda stand starr mit entsetzten Augen. Der Großmama, der von allen Enkelkindern so innig geliebten, wagte die brasilianische Kusine so ungezogen zu entgegnen. Gerda hätte sie dafür prügeln mögen. Selbst die Miß schien ungehalten.

„Ich werde schenken ein die Kaffee“, sagte da eine vor Erregung etwas zitternde Stimme in die schwüle Pause hinein, die auf Anitas Worte folgte. Und da hatte Marietta auch schon die Kanne in der Hand und goß den Kaffee in die Tassen. Etwas ungeschickt zwar, hier und da floß ein Tröpfchen daneben auf die Kaffeedecke, aber die Großmama nickte ihr trotzdem liebevoll zu. Auch die übrigen Verwandten fühlten sich wie erlöst, daß wenigstens eins der amerikanischen Mädchen bemüht war, sich den Gepflogenheiten im großväterlichen Hause unterzuordnen. Miß Smith sprach englisch auf Anita ein, sie sah es aus all den Mienen ringsum, daß man mit dem Verhalten ihres Zöglings nicht zufrieden war. Aber Anita schüttelte zu ihren Worten ablehnend den Kopf. Nein, sie war Amerikanerin und richtete sich nicht nach deutschen Sitten. Sie blieb eine Tavares auch im fremden Lande.

Da fühlte sie eine weiche Hand zärtlich ihre Wange streicheln. Leise portugiesische Laute drangen an ihr Ohr. „Nita, tu's der Großmama zuliebe, sie ist so gut zu uns. Und es macht wirklich Spaß, zu helfen.“ Anita schaute auf Marietta, über die sie eben noch sehr ärgerlich gewesen, daß sie hier in Deutschland eigene Wege ging, die sie trennten. Daß sie Dinge tat, die sich für sie nicht schickten. Aber als sie in das liebe bittende Gesicht der Zwillingsschwester blickte, vergaß sie ihren Ärger. Sie wurde schwankend. Sie wandte den Blick von Marietta fort – nein, sie wollte sich nicht beeinflussen lassen. War sie nicht stets die Überlegenere von beiden gewesen?

Da kam ihr bei diesem heimlichen Kampfe Hilfe von einer Seite, an die keiner mehr im Augenblick dachte. Eine braune Affenhand langte aus dem Lindengezweig herunter zu der Kuchenschüssel und verschwand mit dem noch recht beträchtlichen Rest des Napfkuchens wieder im Grünen.

„Jimmy!“ riefen Anita und Marietta erschreckt wie aus einem Munde. Und dann brach Anita in helles Lachen aus über all die entsetzten Gesichter. Und Marietta konnte sich nicht helfen, sie mußte ebenfalls mit einstimmen. Und was tat die Großmama? Sie, die doch allen Grund hatte, auf Anita sowohl wie auf den kleinen, braunen Räuber böse zu sein? Sie lachte mit, lachte von Herzen mit den beiden Mädeln, so, wie nur sie lachen konnte. Und wie einst das Lachen des kleinen Nesthäkchens ansteckend gewirkt hatte, so wirkte noch heute das Lachen der alten Frau. Man wurde mitgerissen, ob man wollte oder nicht. Die Stimmung, die noch eben so schwül gewesen, wurde plötzlich ganz ausgelassen. Und als Jimmy jetzt bei einem zweiten Überfall, den er ins Werk setzen wollte, selbst von Anita gepackt wurde, gab es des Jubels, besonders bei der kleinen Gesellschaft, kein Ende.

„Annele, jetzt tust den Dieb, den kecken, aber ins Verlies. Marsch, fort mit ihm", verlangte der Großpapa.

Diesmal gehorchte Anita. Jimmy wurde unter Begleitung und Zurufen aller Enkelkinder in sein Lattenhaus gebracht. Plötzlich waren sie alle wieder höchst mutig; ja, Edchen reichte ihm sogar Zucker in den Käfig, um ihm seine Gefangenschaft zu versüßen.

Inzwischen hatten sich die Herren zum Sonntagsskat auf die Terrasse zurückgezogen. Die Miß hatte sich mit wichtigen Briefen entschuldigt, was keiner ihr sonderlich übelnahm. Die Damen rückten unter der Linde zusammen.

„Da hast du auf deine alten Tage noch eine ziemlich schwierige pädagogische Aufgabe, mein Mutterchen", begann Frau Vronli das Thema, das alle im Augenblick beschäftigte, anzuschneiden.

„Nun, in einem Tag ist Rom nicht erbaut worden. Anita hat ein gutes Herz, – wie sollte das auch anders sein, sie ist ja das Kind ihrer Eltern und schließlich Blut von unserem Blute." Alles, was Frau Annemarie sich selbst zum Trost zu sagen pflegte, brachte sie jetzt zur Verteidigung des Enkelkindes hervor. „Unser Urselchen war ja auch nicht allzu leicht zu erziehen und ist doch ein vollwertiger Mensch geworden."

„Aber ihre Kinder hätte die Ursel besser erziehen können", meinte die älteste Tochter kopfschüttelnd. „Maßlos verwöhnt scheinen sie zu sein. Ursel war ja auch immer unser Prinzeßchen und ist es drüben in all dem Luxus wohl noch mehr geworden." Frau Vronli hatte ihr Lebtag angestrengt gearbeitet, gespart und gesorgt, nicht nur für sich, sondern für die Armen und Bedrückten. Sie verlangte auch von andern eine ernste Lebensauffassung. „Wenn meine Gerda so wäre – – –."

„Die Kinder sind unter Tropensonne aufgewachsen, Vronli", unterbrach sie ihre Schwägerin Ruth begütigend. „Andere Sonne zeitigt andere Früchte. Du darfst sie nicht mit hiesigem Maß und gar an deiner besonders verständigen und bescheidenen Gerda messen. Ich bin davon überzeugt, in bessere Hände konnte Ursel die Erziehung ihrer Zwillinge nicht legen, als in die unserer Mutter." Die ganze Verehrung der Schwiegertochter kam in diesen Worten zum Ausdruck.

„Dein Vertrauen ehrt mich, Ruth," lächelte die alte Dame, „hoffentlich mache ich es nicht zuschanden. Ich denke, wenn die Mädel erst in einer Schule mit Altersgenossinnen zusammen sein werden, nehmen sie unbewußt von diesen an, was man ihnen sonst soundso oft erst predigen muß. Beispiel erzieht. Und meine letzte Hoffnung setze ich auf Ursel. Miltons Bein heilt gut, nur ist noch eine Steifheit zurückgeblieben, die ihn verstimmt. Vor dem Herbst werden sie nicht ans Reisen denken können. Aber schließlich mal wird die Zeit ja herankommen – ich habe mich von Jahr zu Jahr vertrösten müssen, da heißt es eben noch weiter warten." Frau Annemaries Stimme war unwillkürlich leiser geworden, als spräche sie zu sich selbst.

Die beiden andern Damen warfen mitleidige Blicke auf die Mutter. Sie wußten, wie schwer dieselbe unter der langen Trennung von ihrer Jüngsten litt und wie tapfer sie dagegen ankämpfte.

„Hör' nur, Mutter, die Jugend scheint sich bereits angefreundet zu haben", versuchte Frau Ruth die Schwiegermutter abzulenken. „Das Krocketspiel verbindet Amerika und Europa." Man vernahm vom Hofgarten her helle, lustige Stimmen, bei denen die Anitas und der beiden kleinen Jungen tonangebend schienen. Darin mischte sich das Schlagen der Hammer, das Rollen der Kugeln.

„Wenn meine Kinderchen so vergnügt miteinander sind, muß die alte Omama heute mal zurückstehen", lächelte die alte Dame. „Kommt, Vronli und Ruth, wir wollen ein wenig im Garten promenieren. Inzwischen bereitet uns Frau Trudchen den Abendtisch. Sie wird heute wohl auf Gerdas Hilfe verzichten müssen. Unser Gerdachen ist von den neuen Kusinen ganz in Anspruch genommen."

„Das glaub ich noch gar nicht, Mutter. Gerda schien recht enttäuscht nach all der Vorfreude", wandte die Tochter ein.

Nein, Gerda war zuverlässig. Die vergaß weder über das Spiel, noch über die brasilianischen Kusinen ihre Pflicht. Als Frau Trudchen mit Tellern, Messern und Gabeln zu klappern begann, war sie zur Stelle. Aber noch mehr fleißige Hausgeisterchen meldeten sich. Die drei durch den abendlichen Garten spazierenden Damen trauten ihren Augen nicht. Marietta und Anita – tatsächlich auch Anita – legten mit Hand an. Auch die drei kleinen Mädchen Lilli, Evchen und Lottchen halfen nach Kräften. Eins, zwei, drei erstand ein Tischlein deck' dich.

„So ist es, das Mädel – unberechenbar. Eben noch Auflehnung und Starrsinn, und im nächsten Augenblick liebenswürdig und unbefangen, daß man ihr gar nicht böse sein kann. Und wenn sie ihre Geige zur Hand nimmt, ist sie wie ausgewechselt. Nicht zum Wiedererkennen. Weich und seelenvoll wie ihr Spiel. Sie hat einen wundervollen Strich und ist durch und durch musikalisch."

„Und die andere?" erkundigte sich Frau Vronli. „Hat Marietta auch das musikalische Talent ihrer Eltern geerbt?"

„Marietta hat ein nettes, sympathisches Stimmchen, das sich erst entwickeln muß. Mit Ursels Stimme nicht zu vergleichen."

Kein Wort verlor die kluge Großmama den beiden Enkelinnen gegenüber über deren Hilfe. Sie tat, als ob dieselbe ganz selbstverständlich sei.

Im Vorübergehen fingen die Damen einige Worte der jungen Mädchen auf.

„Na, macht's nicht Spaß, wenn wir alle miteinander helfen?" fragte Gerda die Kusinen.

Marietta bejahte, während Anita die Achsel zuckte. „Nicht mir. Ich nur helfe, daß wir können spielen weiter. Ich werde kaufen Fußball. Können wir machen Wettspiel das nächste Sonntag."

„Fußball spielen keine Mädchen. Das ist ein Spiel für Jungen", erklärte Gerda.

„Nun wollen wir mal sehen," sagte die Großmama scherzend, „ob Gerda eher das Fußballspiel von den brasilianischen Kusinen erlernen wird oder diese von ihr deutsche Weiblichkeit."

11. Kapitel. Deutsche Schule

Lange hatte Frau Annemarie geschwankt, ob sie die Enkelinnen in eine richtige Schule schicken sollte. Für die Klasse, in welche sie ihrem Alter nach paßten, hatten sie sicher nicht die erforderliche Reife. Wenn sie auch in Sprachen, ja, vielleicht auch im Rechnen weiter waren. Aber alles, was mit der deutschen Sprache zusammenhing, Grammatik, Literatur, Geschichte zeigte klaffende Lücken. Die Großmama war dafür, dieselben erst durch Privatunterricht ausfüllen zu lassen, damit die Kinder nicht die Freude an der Schule verlören. Sie hatte an ihren Schwiegersohn Georg Ebert, der ein besonders tüchtiger Lehrer war, dabei gedacht. Aber erstens war die Entfernung vom Wedding nach

Lichterfelde für einen regelmäßigen Unterricht eine zu große, und dann hatte Doktor Ebert sich auf die Seite des alten Geheimrats gestellt. Der fand Schuldisziplin für die beiden Enkelinnen unbedingt notwendig. Je eher, desto besser. Besonders Anita mußte sich fügen lernen, mußte ihre Selbstherrlichkeit verlieren. Es schadete gar nichts, wenn sie sah, daß andere mehr wußten als sie. Auch war es der Wunsch ihrer Mutter, daß die Kinder in eine deutsche Schule gehen sollten. So waren die beiden Enkelinnen in dasselbe Mädchenlyzeum, das einst ihre Mutter mit blondem Backfischzopf besucht hatte, eingeschult worden.

Einen Kampf hatte es gegeben, daß Anita nicht im Seidenkleid und eleganten Schuhchen, wie sie es von Sao Paulo her gewöhnt war, die Schule besuchte. Die Großmama hatte nette, blauweiß gepunktete Musselinkleider für den Schulbesuch und haltbares Schuhzeug besorgt. Aber Anita war nicht zu bewegen, es anzuziehen. „Sieht aus wie armes Leute – Tavaressche Töchter nicht gehen so!“ Dabei blieb sie. Auch Marietta, die gewöhnt war, in ihrer Tropenheimat nur helle Farben zu tragen, war durch das dunkle Kleid in ihrem Schönheitssinn verletzt. Der Großmama zu Gefallen legte sie es an, rief aber sofort, halb entsetzt, halb lachend: „O nein, so wir nicht können gehen.“

„Aber Kind, ich weiß nicht, was du willst. Nett und ordentlich siehst du aus, wie es sich für den Schulbesuch gehört“, ereiferte sich die Großmama. „Eilt euch, daß ihr pünktlich vor Beginn da seid.“

Marietta begann zu weinen, denn sie fand sich in dem blauweißen Kleid gräßlich, wagte aber keine direkte Widersetzlichkeit.

Anita wischte der Schwester energisch die Tränen fort. „Weinen wegen dumme Kleider – dann wir nicht gehen in Schule. Ist mir recht.“

Diesmal brachte Miß Smith einen Ausgleich zustande. „Die girls haben einfache, weiße Batistkleider für Sportzwecke. Dieselben wären auch für die Schule geeignet,“ schlug sie vor.

„Nun, so sehr geeignet kann ich weiße Kleider nicht finden“, meinte die Großmama. „Aber meinetwegen.“

Als dann die Enkelinnen in den weißen Kleidern an der Seite von Miß Smith Grüße über das Gartengitter zu der auf der Blumenterrasse Sitzenden zurücksandten, kam sich die alte Dame recht inkonsequent vor. „Ich tauge nicht mehr dazu, Kinder zu erziehen“, sagte sie seufzend. „Aber die Hauptsache ist doch, daß sie die Schule nicht versäumen.“

Nein, sie waren pünktlich. Gleich an der nächsten Straßenecke hatte Anita ein Auto genommen. Sie war nicht gewöhnt, zu Fuß in die Schule zu gehen und hatte nicht die Absicht, daran in Deutschland etwas zu ändern. Miß Smith war durchaus einverstanden, trotzdem die Entfernung mit dem Auto nur wenige Minuten betrug. Sie zog Fahren entschieden dem Gehen vor. Ja, als Anita beim Aussteigen mit der Sicherheit, die ihrem Wesen den Stempel aufdrückte, sagte: „Miß Smith, Sie können fahren zurück," war das durchaus nach ihrem Geschmack. Weder Anita noch Marietta dachten daran, das Auto zu bezahlen. Sie waren ja gewöhnt, stets ihr Privatauto zur Verfügung zu haben. Miß Smith würde das schon in Ordnung bringen.

Die Miß aber hatte zufällig kein Geld bei sich. Und die alte Frau Geheimrat machte große Augen, als vor ihrer Gartenpforte ein Auto hielt, dem die lange Gestalt der Miß entstieg. Aber als sie das Auto, das ihre Enkelinnen sich großspurig genommen, dann auch noch bezahlen sollte, hielt sie mit ihrer Meinung nicht zurück.

Auch im Mädchenlyzeum hatte das Vorfahren des Autos Aufsehen erregt. Die Kinder, die durch das große Tor in die Schule wanderten, blieben erstaunt stehen, drehten die Köpfe und reckten die Hälse. Nanu? Was waren denn das für Märchenprinzessinnen, die da in weißen Kleidern dem Auto entstiegen? Das fremdländische Aussehen der beiden erhöhte die Neugier. Und als sich Anita an eine der Schülerinnen wandte: „Bitte, wo ist II. Klasse O?" fühlten sich sämtliche Kinder bewogen, den beiden das Geleit zur zweiten Klasse zu geben. Mit einem stattlichen Kinderschwanz hielten sie ihren Einzug in die deutsche Schule.

Auch in der zweiten Klasse erregte das Erscheinen der Brasilianerinnen, auf das man allerdings schon vorbereitet war, große Aufregung. Man staunte die fremdländische Schönheit der beiden Schwestern an, man tuschelte, ja, man kicherte auch hier und dort, und machte seine Glossen über den eleganten Aufzug der beiden. Marietta hätte sich am liebsten in ein Mauseloch verkrochen. Die vielen Mädchenaugen, die sie durchbohrten, taten ihr weh. Anita erwiderte die Blicke kühl und von oben herab. Die Schwester, die sich bescheiden auf eine der hintersten Bänke setzen wollte, mit sich nach vorn ziehend, sagte sie in bestimmtem Tone: „Wir gehören in die erste Reihe." Da diese Worte in portugiesischer Sprache gesprochen waren, schienen sie eine Mauer um die beiden Neuen zu türmen. Sie waren Fremde, die nicht zu den übrigen Schülerinnen gehörten. Mariettas Feingefühl empfand dieses Ausgeschlossensein, während Anita unbekümmert Klasse und Insassen musterte. Das Ergebnis schien nicht besonders. Die Klasse war schmucklos und unschön. Gelbgrau getünchte Wände, deren Einförmigkeit nur durch die große Landkarte und die schwarze Tafel unterbrochen wurde. Das an Farbenreichtum gewöhnte Auge des Tropenkindes empfand diese Nüchternheit des Klassenraumes als Armseligkeit. In dem französischen Collège zu Sao Paulo waren die Wände bunt bemalt, Bilder hatten sie geschmückt. Statt der häßlichen, braunen Holzbänke hatte man dort bequeme kleine Rohrsessel. Und die Schülerinnen, fast alle aus reichem Hause, wetteiferten mit farbenprächtigen Kleidern. O Gott, wie geschmacklos kleideten sich hier die Mädchen. Die meisten waren in dunklen Röcken und hellen Waschblusen, ab und zu eine in einem netteren Sommerkleid. Auch die bewußten blauweiß gepunkteten Musselinkleider, ähnlich wie die von der Großmama gekauften, waren vertreten. Und die Mädchen selber! Nein, wie spießbürgerlich sahen sie aus. In Amerika trug keines einen Zopf. Alle hatten sie dort kurzgeschnittenes Haar. Hier sah man das nur zum Teil. Die blonden und braunen Zöpfe hingen vielen Mädeln den Rücken entlang. „Wie Pferdeschwänze!" meinte Anita spöttisch zur Schwester.

Da traten zwei der Mädchen zu ihnen heran. „Ach bitte, das sind unsere Plätze", sagte die eine in bescheidenem Tone.

Marietta erhob sich sofort, während Anita tat, als ob sie taub sei. Die Schülerin in dem Glauben, daß sie vielleicht die deutsche Sprache nicht verstünde, versuchte Anita zur Seite zu schieben: „Mein Platz ist das – –."

„Hier sitze ich," sagte die Fremde höchst energisch und nahm sofort Boxerstellung ein. So leicht sollte ihr keiner den Platz streitig machen. Wer zuerst da war, dem kam der Platz zu – das war amerikanische Anschauung.

„Sie nicht wagt es, mit mir zu boxen", sagte Anita verächtlich, als die andere keine Miene machte, sich auf einen handgreiflichen Austrag der Angelegenheit weiter einzulassen.

„Wir können sitzen auf anderem Platz", redete Marietta, der die Sache höchst peinlich war, der Schwester zu.

„Wir werden boxen um Platz!" das war mehr nach Anitas Sinn.

„Sie wollen boxen – boxen will die Amerikanerin mit Erna Heinke", von Mund zu Mund, durch die ganze Klasse flog es. Daran war man im Mädchenlyzeum nicht gewöhnt.

Der Eintritt der Lehrerin wurde bei der begreiflichen Aufregung überhört. Erst als Fräulein Dr. Langheinrich auf dem Katheder stand, erhob man sich pflichtschuldigst von den Plätzen.

„Ja, was hat denn das zu bedeuten, was ist denn hier los?“ verwunderte sich die Lehrerin und sah kopfschüttelnd auf die noch immer kampfbereite Neue.

„Das Brasilienmädchen will boxen; mit Erna Heinke will sie um den Platz boxen!“ An vierzig Mädchen riefen es durcheinander.

Fräulein Dr. Langheinrich hielt sich die Ohren zu.

„Die Erste, nur die Erste hat zu sprechen“, verlangte sie. Aber Anita Tavares war gewöhnt, selbst für sich einzustehen. Sie warf den schwarzlockigen Kopf zurück und rief: „Dies ist mein Platz – ich habe gesetzt zuerst da.“

„Aha – die beiden Neuen. Wie war doch der Name?“

Anita und Marietta nannten ihre Namen.

„Schön, Anita, du kannst dich hierher in die dritte Bank setzen und Marietta dort drüben in die nächste.“ Die Lehrerin hielt es für ersprießlich, die Schwestern zu trennen und neben deutsche Schülerinnen zu setzen.

Aber Anita war gewöhnt, ihrem Willen zu folgen. „Ich bleibe sitzen hier, und Marietta wird sitzen bei mir. Wir sind Zwillings“, sagte sie laut.

Die Klasse saß starr. Das war noch nicht passiert, daß eine sich einer Anweisung der Lehrerin widersetzte. Auch Fräulein Dr. Langheinrich war dieser Fall in ihrer langjährigen Praxis noch nicht vorgekommen. Sie fuhr sich nervös durch ihr graues Haar.

„Anita, es ist bei uns Sitte, daß den Anordnungen des Lehrers unbedingt Folge geleistet wird. Hast du mich verstanden?“

Anita schüttelte den Kopf. „Ich bin Amerikanerin.“ Das klang so stolz, als sei sie die Kaiserin von China.

„Hier bist du nichts weiter als eine Schülerin des Lyzeums.“ Nein, solch ein Exemplar war Fräulein Langheinrich doch noch nicht in die Finger gekommen. Das war ja Aufsässigkeit, offenbare Aufsässigkeit! Das mußte ja vergiftend auf die übrigen wirken. Ein Tadel war das mindeste für solch ungebührliches Benehmen. Aber ob er auf die Ausländerin irgendeinen Eindruck machen würde, schien fraglich. Auch mochte man eine Neue, noch dazu eine Nichteuropäerin, die mit den Landessitten nicht vertraut war, nicht gleich am ersten Tage unter Tadel schreiben. Wirklich ein schwieriger Fall.

Die Lehrerin mochte wohl ein ziemlich hilfloses Gesicht gemacht haben, denn plötzlich erwachte in Anita ein gewisses Mitleid mit der kleinen, schon ziemlich betagten Dame. Und da sie sich von jeder Gefühlsregung hinreißen ließ, sagte sie großmütig: „Nun gut, ich werde gehen in das dritte Bank. Aber mein Schwester muß kommen mit mir."

Marietta hatte bereits den ihr von der Lehrerin zugewiesenen Platz eingenommen. Sie schämte sich für Anita, denn sie sah den entsetzten Augen der Mitschülerinnen an, wie diese über das Benehmen der Amerikanerin dachten. Sie schüttelte den Kopf und blieb auf ihrem Platz, trotzdem es ihre Befangenheit erhöhte, daß sie nicht neben Anita sitzen durfte.

Die Literaturstunde begann. Man sprach den Wallenstein durch. Das nächste Aufsatzthema sollte daraus entnommen werden. Die Schülerinnen wußten recht gut Bescheid, denn Fräulein Dr. Langheinrich war eine vorzügliche Lehrerin.

„Wann spielt der Wallenstein, Marietta Tavares?" wandte sich Fräulein Langheinrich jetzt an die junge Ausländerin, um festzustellen, wieviel man bei den Neuen voraussetzen durfte.

Marietta schwieg. Ihr zartes Gesicht wurde bald blaß, bald rot vor innerer Erregung.

„Stehe auf, wenn ich mit dir spreche", verlangte Fräulein Langheinrich.

Marietta erhob sich sofort. In Sao Paulo war man bei Beantworten der Fragen sitzengeblieben.

„Hast du meine Frage verstanden? Nun also, wann spielt er?"

„Ich nicht weiß. Bei uns in Sao Paulo er nie gespielt hat", antwortete sie, alle Befangenheit zurückdrängend.

Ein nicht endenwollendes Gelächter erhob sich, das der armen Marietta die Tränen in die Augen trieb. Was hatte sie denn Dummes gesagt?

Da rief es plötzlich von der dritten Bank mit flammenden Augen und geballten Händen: „Ich nicht erlaube, daß mein Schwester wird verlacht. Sie nicht kann wissen, wann Herr Wallerstein wird spielen."

„Ruhig, Anita, ruhig! Die Mädel meinen es nicht so arg.“ Die Lehrerin hatte selbst Mühe, den nötigen Ernst aufzubringen. „Habt ihr beide denn noch nie etwas von Wallenstein gehört?“

Die Goldbraune schüttelte stumm den Kopf. Grenzenlos dumm kam sie sich vor. Die Schwarze aber rief immer noch empört: „In unser Haus in Sao Paulo viele Künstler haben gespielt. Pianist und Violinist. Man kann nicht kennen alle.“

Aufs neue wieherndes Mädchenlachen. Die Stimme der Lehrerin schaffte sich mühsam Bahn. „Nun – nun – eine Verwechselung – ein kleiner Irrtum, den man den Fremden zugute halten muß. Kinder, jetzt habt ihr genug gelacht. Also Wallenstein ist kein Künstler, wie ihr annahmt, sondern ein berühmter Feldherr aus dem Dreißigjährigen Kriege. Davon müßt ihr doch schon etwas gehört haben.“

„War das Krieg mit Amerika?“ examinierte Anita die Lehrerin.

„Nein, es war ein deutscher Krieg.“

„Dann wir nicht werden lernen es. Wir nur lernen Krieg in Amerika.“

„Ja, Anita, wenn ihr eine deutsche Schule besucht, müßt ihr auch in der deutschen Geschichte Bescheid wissen. Aber darauf kommt es uns jetzt in der Literaturstunde nicht an. Wir haben es hier nur mit der Dichtung unseres großen Dichters zu tun. Schiller kennt man sicher auch in einer brasilianischen Schule. Nun, habt ihr in der Schule nichts von Schiller gelernt?“

„Nein“, sagte Anita, immer noch ärgerlich, daß deutsche Mädchen es gewagt hatten, eine Tavares auszulachen. Marietta nahm all ihren Mut zusammen. „Wir haben gehört schon von Dichter Schiller. Aber nicht in Schule. Schule in Sao Paulo ist französisch. Unsere Mammi uns hat erzählt. Und hier bei der lieben Großmama ich habe gelesen Gedichte von Herrn Schiller.“

Unterdrücktes Lachen ließ sich schon wieder vernehmen. Die übermütigen Mädel lachten über „Mammi“, über die „liebe Großmama“ und über „Herrn Schiller“. Trotzdem fanden sie die Amerikanerin mit dem goldbraunen Haargelock und den großen ängstlichen Schwarzaugen reizend.

„Eure Großmutter wohnt hier in Berlin? Ist sie eine Deutsche?“ erkundigte sich die Lehrerin, um sich erst das Vertrauen der neuen Schülerinnen zu erwerben.

„Ja, liebe Großeltern sind Deutsche. Und unsere Mammi ist auch deutsch." Merkwürdig, daß hier Marietta die Sprecherin war, während sie das sonst stets Anita überließ. „Sie ist gegangen auch zu dies Schule, viele Jahre vorher."

„Der Tausend – eure Mutter hat unsere Schule besucht? Nun mußt du mir auch ihren Namen verraten, mein Kind. Ich unterrichte schon siebenundzwanzig Jahre hier an unserem Lyzeum. Da werde ich sie sicher kennen. Wie war der Mädchenname eurer Mutter?"

„Ursel Hartenstein."

„Was – die Ursel Hartenstein? Freilich kenne ich die!" Etwas Goldlockiges, Elfenartiges mit übermütigen Strahlenaugen tauchte vor dem inneren Blicke der Lehrerin auf. Die kecke Ursel, die hatte ihnen genug zu schaffen gemacht, um dann stets wieder durch ihren Liebreiz zu versöhnen. Und da saßen nun nach Jahren ihre beiden Töchter auf denselben Bänken vor ihr – exotische, fremdartige Blüten. Die eine, die zarte, erinnerte bis auf die großen schwarzen Augen an die Mutter, nur deren Keckheit schien ihr zu fehlen. Dafür hatte die andere wohl um so mehr davon mitbekommen – das war Vollblut, nicht leicht zu zügeln.

Die Klasse merkte, daß die Lehrerin mit ihren Gedanken woanders war, sie wurde unruhig. Fräulein Langheinrich wandte sich noch einmal an die Tavaresschen Schwestern. „Laßt euch von eurer Großmutter den Wallenstein geben und holt das Fehlende durch Lesen desselben nach. Wenn euch etwas unklar bleibt, könnt ihr mich danach fragen. Ich gebe euch gern die notwendigen Erklärungen. Und wenn ihr an eure Mutter schreibt, dann grüßt sie von ihrer alten Lehrerin Fräulein Langheinrich." Das war herzlich und gütig gesprochen. Ihre Worte gewannen ihr sofort das Herz der jungen Marietta. Die Stunde nahm ihren Fortgang. Die Neuen wurden nicht mehr gefragt, da sie ja doch keine Antwort zu geben wußten. Nie gehörte Namen wie Illo, Isolani, Terzky, Piccolomini schwirrten an ihrem Ohr vorüber. Die Nachbarin hatte Marietta gefällig ihren Schiller zum Einsehen hingeschoben. Der Schwester hatte die Lehrerin ihr eigenes Buch hingereicht. Aber Anita machte keinen Gebrauch davon. Sie langweilte sich – langweilte sich entsetzlich.

„In der nächsten Literaturstunde werdet ihr besser teilnehmen können, wenn ihr den Wallenstein inzwischen gelesen habt", meinte Fräulein Langheinrich, in der richtigen Annahme, daß die beiden Unbeteiligten sich langweilten.

„In der nächsten Stunde wir nicht werden sein hier“, erklärte Anita zu noch größerer Verwunderung der Lehrerin.

„Warum nicht?“

„Wir werden reiten auf Pferd.“

„In der deutschen Literaturstunde?“ Fräulein Langheinrich glaubte ihren Ohren nicht zu trauen.

Die Klasse brach in unbändiges Gelächter aus.

„Deutsche Literatur ist sehr langweilig. Wir nicht werden kommen mehr. Reiten ist viel mehr interessant.“

Verächtlich blickte Anita auf die lachenden Mitschülerinnen. Nein, waren die deutschen Mädchen albern.

„Das ist ja gerade kein gutes Zeugnis, das du mir da ausstellst, Anita. Ich hoffe aber, die Literaturstunde wird dir später so viel Freude machen, daß ich dir dann ein umso besseres Zeugnis ausstellen kann.“

„Ich nicht werde kommen mehr in deutsche Schule!“ Es war Anita vollständig ernst mit ihren Worten.

„Da werden die Großeltern ja wohl auch noch ein Wort mitzusprechen haben. Und du, Marietta? Willst du auch nicht mehr zur Schule kommen?“

„Ich werde kommen. Ich will lernen. Viel lernen. Alles lernen. Damit die Mädchen nicht mehr können lachen“, sagte die andere leise.

„Brav, Marietta, dann werden wir sicher bald gute Freunde werden.“ Das Zeichen für den Schluß der Stunde klang schrill durch das Lyzeum. Anita und Marietta waren von der langweiligen Literaturstunde erlöst.

Die anderen Mädel hatten noch nie eine vergnüglichere Stunde verlebt. In Gruppen standen sie hier und dort, tuschelten, kicherten und tauschten ihre Meinung über die jungen Ausländerinnen aus.

Die nächste Stunde war Geographie. Ein alter, gemütlich aussehender Herr fuchtelte mit seinem Stock auf der Landkarte herum.

„Also zwei brasilianische Vögel sind uns zugeflogen“, meinte er lustig. „Nun wollen wir mal sehen, ob sie auch in ihrer Heimat Bescheid wissen.“

In Südamerika war das Resultat einigermaßen befriedigend. Aber sobald der Zeigestock nördlich sich den Vereinigten Staaten näherte, zeigte es sich, daß die Europäerinnen besser in Amerika zu Hause waren als die Kinder jenes Erdteils.

„Nun, das sind alles nur Namen, die lassen sich erlernen, meinte der freundliche, alte Herr tröstlich. „Anschauung ist besser als theoretische Kenntnisse. Erzählt uns mal etwas von Brasilien. Jetzt werden wir bei euch Geographiestunde nehmen."

Anita begann sogleich unverfroren: „Brasilien ist schönstes Land auf Erde. Palmen wachsen bis in Himmel. Himmel ist blau, oh, herrlich blau. Und Sonne ist heiß, so heiß, muß man nicht frieren wie in Europa."

„Was, ihr friert heute bei dreiundzwanzig Grad Celsius?" unterbrach sie der Lehrer belustigt.

„Ist nicht heiß hier, ist kalt. Brasilien ist mehr heiß, viel schöner als Europa. Man kann reiten, man kann fahren Auto, braucht gar nicht zu gehen. Man trägt nur Kleider von Seide, nicht häßliche wie hier die Mädchen – – –."

„Nun, nun, das ist doch wohl nicht das Charakteristische von Brasilien", unterbrach sie der Lehrer. „Vielleicht kann die Schwester uns noch Wichtigeres berichten."

Mariettas Gesicht, noch eben blaß und zart wie eine Teerose, überflog Purpurröte. Aber tapfer begann sie, ihre Schüchternheit beherrschend: „In Brasilien es gibt der Urwald. Da kann man nicht gehen spazieren, wie in deutsches Wald. Alte Bäume sind hoch, oh, so hoch, und Zweige so dicht, daß nicht liebe Sonne kann kommen zu scheinen. Farren und Schlingpflanzen sind größer als Mensch, sind wie grünes Mauer, lassen keinen herein. Böse Tiere es gibt dort, Giftschlange und wildes Affe. Aber Vögel so schön, so bunt wie Blumen."

„Da gefällt es euch wohl gar nicht bei uns in Europa, wenn es dort jenseits des Wassers so schön ist?" unterbrach der Lehrer sie scherzend.

„Ich nicht gefalle Europa", rief Anita eifrig beistimmend, während die Schwester den Kopf schüttelte.

„Deutsche Land ich liebe mehr. Wenn es gibt auch nicht Kaffee- und Zuckerplantagen. Keine Kokospalmen, keine Bananen- und Orangenbäume. Ich mehr liebe Kastanie, Linde und Apfelbaum hier." Anita sah erstaunt auf die sonst so ruhige Schwester. Ganz lebhaft war sie geworden.

„Also unser Grunewald gefällt Ihnen besser als der brasilianische Urwald. Und wie steht's denn mit den Vierhändern? Kennt ihr die Affen auch nur aus dem Zoologischen Garten?"

„O nein, Affen wir sehen oft in Sao Paulo, kommen auf Palme, wie hier Eichkatz."

„Ich habe mitgereist nach Europa mein klein Affe. Werde ich bringen morgen mit in Schule", versprach Anita.

„Was – einen lebendigen Affen?" Der alte Herr lachte dröhnend. „Den würde ich an Ihrer Stelle doch lieber zu Hause lassen. Unsere Schule ist dafür nicht der richtige Ort. Ich fürchte, Sie würden wenig Verständnis hier dafür finden."

„Das Brasilienmädchen will einen lebendigen Affen mit in die Schule bringen – hu, dann bleib' ich nicht in der Klasse –." Lachen und Tumult erhob sich wieder.

Mit einem kräftigen Schlag des Zeigestocks beendete der Lehrer denselben. „Ruhe – so, nun haben wir genug von Brasilien gehört. Jetzt reisen wir weiter nach der Westküste von Südamerika. Welche Städte könnt ihr mir dort nennen?"

Die Disziplin war wieder hergestellt. Aber die Aufmerksamkeit ließ noch viel zu wünschen übrig. Der Affe der Brasilienmädchen spukte noch in den jungen Köpfen.

Auch in den darauffolgenden Stunden ging es bewegter in der zweiten Klasse zu, als dies sonst der Fall war. In der Gesangstunde wurden die beiden Neuen geprüft. Anita hatte eine recht hübsche Stimme, Mittellage; vor allem war sie durch und durch musikalisch. Sie sang keck drauflos und kam als Stütze in den Alt. Um so befangener war Marietta. Es war ihr entsetzlich peinlich, vor all den fremden Mädchen singen zu müssen. Ihre Stimme klang klein und gepreßt, trotzdem sie sonst ein allerliebstes, wenn auch noch zartes Stimmchen hatte. „Hm, das Erbteil Ihrer Mutter scheint nicht auf Sie übergegangen zu sein. Ursula Hartenstein war der Stolz unserer Gesangsklasse", sagte der Musiklehrer, der auch schon zwei Jahrzehnte am Lyzeum tätig war. Es hatte sich im Lehrerkollegium bereits herumgesprochen, daß die beiden Brasilianerinnen die Töchter einer ehemaligen Schülerin waren. Marietta war froh, in der letzten Reihe des Soprans untertauchen zu können.

Aber Anita war mit dieser Trennung nicht einverstanden.

„Meine Schwester darf nicht sitzen in letzte Reihe. Marietta singt gut, so gut wie ich, muß sitzen bei mir." Ohne Umstände holte sie die sich Sträubende nach vorn in den Alt.

„Na, das ist doch aber – – –." Der Lehrer strich sich unschlüssig den Bart. Solche Übergriffe konnte er unmöglich zulassen. Wo blieb da die Disziplin? Wiederum war man in Amerika wohl an mehr Freiheit gewöhnt. Die Ausländerinnen mußten sich erst in den deutschen Schulzwang hineinfinden. So griff er zu seiner Geige und gab die ersten Töne zu „Hebe deine Augen auf" an.

Anita und Marietta kannten das Lied von ihrer Mutter her. Herr Paukert horchte plötzlich auf. Silberhell und glockenrein klang es aus dem Alt, süß wie eine Engelstimme. Hatte Marietta am Ende doch die Stimme ihrer Mutter geerbt?

„Schlecht", sagte es da plötzlich laut in das Lied hinein. „Ist falsch, ist schlecht, muß heißen anders." Und ehe der verdutzte Herr Paukert wußte, wie ihm geschah, hatte die schwarzlockige Amerikanerin die Geige in der Hand und übernahm selbst die Begleitung.

Nun ja, er war nicht ganz bei der Sache gewesen, er hatte wohl einen unreinen Ton gegriffen. Aber das war noch nicht vorgekommen, daß eine Schülerin gewagt hätte, sein Spiel zu kritisieren, daß sie selbst die Begleitung übernahm. Freilich der Lehrer war musikalisch und ehrlich genug, sich einzugestehen, daß sein Geigenspiel nicht im entferntesten an das der Brasilianerin heranreichte. Er kannte seine eigene Geige kaum wieder. Sie sang und jubelte unter den schlanken, bräunlichen Mädchenfingern, als sei sie ein ganz anderes Instrument. Sie riß den Chor mit sich fort.

„So es war gut", sagte Anita, als der letzte Ton verklungen, und ihre Wangen brannten in künstlerischer Begeisterung.

„Das Spiel war gut, Anita Tavares. Aber Ihr Benehmen war nichts weniger als zufriedenstellend", sagte Herr Paukert ernst.

Noch merkwürdiger gestaltete sich die letzte, die Handarbeitsstunde, in welcher die Schülerinnen der zweiten Klasse feine weiße Strickdeckchen fabrizierten.

Die Lehrerin, Fräulein Honigmann, hatte den beiden Neuen freundlicherweise Nadel und Garn zur Verfügung gestellt. Sie legte ihnen die Maschen auf und gab ihnen die notwendige Anweisung. Aber Anita schüttelte den schwarzen Kopf. Ja, sie schüttelte sich selbst förmlich.

„Wir sollen stricken wie alte Frauen? Niemals wir werden stricken."

„Der Handarbeitsunterricht gehört in den Schulstundenplan. Habt ihr denn in Amerika niemals Handarbeiten gemacht?"

„Ich nicht liebe langweilige Handarbeit. Aber Marietta liebt. Sie hat gearbeitet Filetspitzen."

„Ei, dann bist du ja ein ganz geschicktes Mädchen, Marietta, und wirst sicher auch mit diesen Strickdeckchen fertig werden. Versuche es nur einmal."

Marietta nahm die Stricknadeln. Aber ungestüm riß die Schwester ihr dieselben fort. „Eine Tavares nicht strickt. Alte, armer Frauen stricken."

„Du hast ja merkwürdig falsche Ansichten, mein Kind", meinte die Lehrerin kopfschüttelnd. Marietta hatte still das zu Boden gefallene Strickzeug aufgehoben und versuchte den Anweisungen der Lehrerin zu folgen. Wie oft hatte sie sich heute in der Schule schon für ihre Zwillingsschwester schämen müssen.

„Wenn du dich nicht am Handarbeitsunterricht beteiligst, kannst du die Tafel abwaschen und das Papier, das dort im Gange liegt, in den Papierkorb sammeln, Anita Tavares", wandte sich Fräulein Honigmann an die Müßigdasitzende.

Anita rührte sich nicht.

„Kannst du mich nicht verstehen?" fragte die Lehrerin, die annehmen mußte, daß mangelnde Sprachkenntnisse die Ausländerin veranlaßte, ihren Worten nicht Folge zu leisten.

„Ich habe versteht gut." Trotzdem machte die junge Brasilianerin keine Anstalten, sich zu erheben.

Fräulein Honigmann war eine energische Dame.

„Bitte, erkläre mir, was das heißen soll."

„Das soll heißen, daß ich nicht mache Dienerarbeit. Soll kommen Diener von Schule, tun es", rief Anita, empört über die Zumutung.

„Bei uns pflegen die Schülerinnen selbst für Ordnung in ihrer Klasse zu sorgen. Wenn du meine Anordnung nicht befolgst, kannst du die Klasse verlassen."

Anita saß starr. Was – man wies sie, eine Tavares, hinaus? Das wagte man hier in Deutschland? Sie sprang jäh empor, griff nach ihrem Hut und wandte sich mit flammenden Augen zu Marietta.

„Komm, wir werden gehen. Wir nicht mehr werden kommen hier in Schule. Nie mehr!“ Damit lief das erregte Mädchen zornig aus der Klasse, in der sicheren Annahme, daß die Schwester ihr folgen würde.

Aber Marietta blieb. So peinlich es auch für sie war. So gern sie auch hinterhergelaufen wäre. Es war schlimm genug, daß die Schwester sich so ungebührlich benahm. Sie mußte versuchen, das durch doppelte Anstrengungen wiedergutzumachen. Was sollten die deutschen Mädchen, die Lehrer sonst von den Amerikanerinnen denken? So saß die junge Brasilianerin denn und quälte sich mit ihrem Strickzeug herum. Ach, die liebe Großmama mußte helfen. Die mußte ihr das Stricken beibringen. Die würde mit ihr den Wallenstein lesen und all die Lücken ausfüllen helfen. Die würde auch Anita zur Vernunft bringen. Der Gedanke an die gütige Großmama gab ihr Ruhe. Denn es tat Marietta im Herzen weh, daß sie sich hier in Deutschland innerlich und äußerlich von ihrer Zwillingsschwester löste, daß jede jetzt für sich ihren Weg ging.

12. Kapitel. Bange Tage

Ja, die Großmama half. Für alle Nöte wußte sie Rat und Abhilfe. Sie las mit den Enkelinnen die Werke der großen deutschen Dichter. Sie besuchte die Museen und Kunststätten mit ihnen. Ja, sie brachte es zuwege, daß Anita weiter in die Schule ging und sich allmählich der Disziplin fügen lernte, wenn sie sich auch oft genug noch dagegen aufzulehnen versuchte.

Der erste Juli hatte verschiedene Veränderungen im Gefolge. Die Miß saß nicht mehr steil und gerade als dunkle Linie in der Sonne. Sie war in ihre Heimat zurückgekehrt. Zur allgemeinen Freude. Selbst Marietta vermochte kein Gefühl des Bedauerns über ihr Scheiden aufzubringen.

Noch einer hatte seinen Abschied nehmen müssen: Jimmy wurde dem Zoologischen Garten übergeben. Eines Tages hatte die entsetzte Großmama die von zwei Generationen herstammende Glasservante in ihrem Biedermeierzimmer zertrümmert und die gehüteten Goldtäßchen in Scherben vorgefunden. Er selbst, der braunhaarige Missetäter, aber lag warm zugedeckt auf Großmamas grünem Ripssofa. Da war sein Schicksal besiegelt. Alle Bitten und Schmeicheleien Anitas, mit denen diese den Großpapa umzustimmen suchte, fruchteten diesmal nichts. Jimmy wanderte in den Zoo.

Auch Lottchen war auf einige Zeit davongezogen. Der Geheimrat hatte das blasse Kind einer Ferienkolonie zum Landaufenthalt angegliedert.

Noch eine Veränderung hatte der erste Juli mit sich gebracht. Die Zwillinge waren fünfzehn Jahre alt geworden. Über und über hatte sich die große Linde im Garten mit lichten Blüten den Geburtstagskindern zu Ehren behängt. Die Vöglein hatten ihnen den musikalischen Geburtstagsgruß jubilierend schon in aller Herrgottsfrühe dargebracht. Drunten stand die Großmama und baute den beiden Enkelkindern den über und über mit Rosen geschmückten Gabentisch frohen Auges auf. Droben im Mädchenstübchen aber hatte es Tränen gesetzt. Tränen des Zorns und der Enttäuschung. Die brasilianischen Kinder waren gewöhnt, am Geburtstagsmorgen ihre Geschenke beim Erwachen auf den Betten ausgebreitet zu finden. Alle beide waren sie noch unreif genug, über das vermeintliche Ausbleiben derselben Tränen zu vergießen. Sie sollten bald erkennen lernen, wie nichtig ihre Tränen waren, daß es andere Veranlassung dazu gab.

Die Sommerferien standen vor der Tür. Wie alljährlich wollten Geheimrats nach Kissingen zur Kur gehen. Diesmal sollten die Enkelinnen sie begleiten. Wie freute sich Marietta, den Bayrischen Wald kennen zu lernen, während Anita das elegante Badeleben bei weitem mehr lockte. Zur Nachkur pflegte die Großmama dann an die Waterkant nach Lüttgenheide zu fahren, dem Gute ihres Bruders Klaus. Dem einzigen, den sie jetzt noch besaß. Ihr älterer Bruder Hans, der Amtsgerichtsrat, war bald nach dem Tode ihrer Mutter ebenfalls dahingegangen. So bröckelte die Familie nach und nach ab. Um so fester mußten sich die noch Bleibenden zusammenschließen.

Die Koffer waren gepackt. Die Großmama hatte die Morgenstunde, in der die Kinder ihren Frühritt mit dem Onkel Hansi unternahmen, dazu benutzt, um ganz ungestört ihre Reisevorbereitungen zu treffen. Natürlich hatte Anita es durchgesetzt, reiten zu dürfen. Und wenn der Geheimrat auch tat, als ob er darüber brummte, das Herz lachte ihm doch im Leibe, wenn er die beiden schlanken Amazonen dahingaloppieren sah.

Der Morgenritt wurde heute etwas länger ausgedehnt als gewöhnlich, denn der Onkel hielt darauf, daß die beiden Mädel die Schulstunde nicht versäumten.

Heute war der erste Ferientag, der mußte ausgenützt werden. Nur schwer war Anita zum Umkehren zu bewegen. Um so erstaunter waren sie, die Großeltern bei ihrer Heimkunft nicht wie sonst auf der Terrasse beim Frühstück anzutreffen. War Großpapa schon in der Praxis?

Laut und geräuschvoll, wie das Anitas Art war, betrat sie das Haus und klingelte nach dem Frühstück. Frau Trudchen erschien mit verstörtem Gesicht.

„Schscht, Fräuleinchen, man bloß nich so laut! Was unser Jroßpapachen is" – – – die Stimme brach der Treuen. Vergeblich versuchte sie die Tränen mit der Schürze zu dämmen.

„Was ist – was ist geschehen?" Anitas sorgloses Gesicht wurde ernst.

„Was unser Herr Jeheimrat is" – – – Frau Trudchen konnte nicht weitersprechen.

Marietta, die im Garten sich an einer neuerblühten Rose erfreut hatte, kam nichtsahnend, eine Melodie vor sich hersummend, näher.

„Hat der Großpapa gesterbt?" hörte sie die Schwester mit angstvollen Augen gerade fragen.

Marietta mußte sich an den Treppenpfosten klammern. Es wogte ihr vor den Augen. Wie durch einen Schleier sah sie Frau Trudchen den Kopf schütteln.

„Noch lebt er – aber ob er's übersteht – – einen dollen Herzkrampf hat er janz plötzlich jekriegt – ach, und unsere arme Frau Jeheimrat, was fängt die bloß ohne ihren Mann an!"

„Er lebt ja, warum weinen heute schon?" Anitas sorglosem Temperament waren Tränen, Krankheit und Aufregung recht zuwider. Dabei hatte sie ein noch nie empfundenes Gefühl der Beklemmung, des Schmerzes – sie empfand plötzlich, daß sie ihn lieb hatte, den alten Herrn, der öfters mal ein wenig polterte und es doch so herzensgut mit ihnen meinte.

Aber mit der resoluten Art der Amerikanerin wollte sie dieses Gefühl nicht aufkommen lassen. „Komm, Jetta, wir wollen nehmen das Frühstück. Bringen Sie das Kakao, Donna Trudchen."

„Ich kann nicht essen, Nita. Ich will zur Großmama gehen." Mariettas Stimme klang tonlos. Sie wandte sich dem Schlafzimmer der Großeltern zu. Aber Frau Trudchen vertrat ihr den Weg.

„Frau Jeheimrat will nicht gestört werden, der Doktor is drin. Ach Jotte doch, wer hätte das jedacht." Damit lief sie in die Küche, das Frühstück zu bereiten.

Anita schlang den Arm um die Schwester. „Wie blaß du bist, Jetta. Du darfst nicht werden auch krank. Nun wir nicht werden fahren morgen nach Kissingen."

Marietta sah die Schwester groß an. „Wie kannst du nur jetzt daran denken, Nita", sagte sie vorwurfsvoll. Sie fühlte sich nicht mehr eins mit der Schwester. Alle ihre eigenen Gedanken drehten sich um den kranken Großpapa, die angstvoll sorgende Großmama – und Anita konnte von der Reise sprechen.

Mit Mühe zwang sie einige Bissen des Frühstücks herunter. Da ging eine Tür. Gedämpfte Stimmen – die Großmama gab dem Arzt das Geleit.

„Er hat ja eine Kernnatur, die überwindet die Attacke. Kopf hoch, Frau Geheimrat, und Ruhe – Ruhe – – – wir werden es schon zwingen."

„Das gebe der Himmel!" War das die helle Stimme der Großmama, die da so mutlos klang?

Frau Annemarie stand und schaute dem davoneilenden Arzt mit leerem Blick nach. Ihr war, als nähme er alle Hoffnungsfreudigkeit mit sich. Sie griff sich an die Stirn, als könne sie es nicht fassen, was die letzte Stunde Furchtbares gebracht hatte. „O mein Gott – mein Gott!" stöhnte sie. Es war ja undenkbar, unmöglich, daß er, der so vielen beigestanden, sie verlassen sollte.

Da fühlte sie eine kleine, kalte Hand in der ihren, eine tränenfeuchte Wange sich zärtlich gegen ihr Gesicht schmiegen. „Der liebe Großpapa wird werden gesund!" Voll felsenfester Zuversicht klang es.

„Mein Herzenskind – das gebe Gott!" Fest klammerte sich die Verzagte an die junge Enkelin, als müsse die Hoffnungsfreudigkeit der Jugend auf sie überströmen.

Dann löste sie sich jäh aus Mariettas Arm. In ihr sonst so helles Auge trat wieder der verstört angstvolle Zug.

„Ich muß hinein, Kind, zu ihm – wer weiß, wie lange ich ihn noch habe – –." Das war mehr zu sich selbst als zu der Enkelin gesagt.

„Nimm mich mit, ich will bei der lieben Großmama bleiben. Ich will helfen gesund pflegen den Großpapa." Mehr noch als Mariettas Mund baten ihre schwarzen Augen.

Aber die Großmama schüttelte den Kopf. „Du meinst es gut, Seelchen, aber es geht nicht. Der Großpapa braucht Ruhe – – –."

Damit schlich sie auch schon behutsam in das Krankenzimmer zurück.

Marietta ließ sich in einen Korbsessel auf der Diele sinken. Sie heftete ihre Augen auf die geschlossene Schlafstubentür. Dabei sah sie ein ganz anderes Bild. Die Sterbende, die Mutter Lottchens, damals auf ihrem Blätterlager im Tropenlande. Hatte der unerbittliche Gast auch bereits diese Schwelle hier überschritten?

Portugiesische Laute entrissen sie dieser Vorstellung. Anita sprach hell und ungedämpft. „Willst du hier sitzen und warten, Jetta, bis der Großpapa gesund wird? Krankheit ist traurig und langweilig. Komm, wir wollen überlegen, was wir unternehmen können. Wollen wir voranfahren nach Kissingen?" Der amerikanische Unternehmungsgeist meldete sich.

Marietta starrte die Schwester an, als spräche sie eine ihr fremde Sprache. „Fort willst du jetzt, Nita, wo wir in bangster Sorge um den Großpapa sind? Da kannst du an eine Vergnügungsreise denken?" Nie hatte Marietta bisher so vorwurfsvoll zu der Schwester gesprochen.

Dieser Ton ärgerte Anita. „Wenn du hier sitzt und traurig bist, davon wird der Großpapa auch nicht eher gesund. Du bist schon von deutscher Sentimentalität angesteckt, Jetta."

„Wenn herzlos und amerikanisch dasselbe ist, verzichte ich darauf, Amerikanerin zu sein." Es klang in der Erregung schärfer, als Marietta sonst zu sprechen pflegte.

„Du bist heute ungenießbar, Jetta. Ich werde mir andere Gesellschaft suchen. Schade, daß Jimmy fort ist. Das beste ist, ich nehme mir ein Auto und fahre zum Onkel Juan nach Zehlendorf. Da ist es lustiger als hier. Kommst du mit?"

Marietta schüttelte stumm den Kopf. Das Herz tat ihr weh. Wie war es nur möglich, daß die Zwillingsschwester so ganz anders empfand als sie?

So saß Marietta an diesem hellen Sonnentage allein in der dämmerigen Diele – stundenlang. Mit ihren Gedanken, ihrem Hoffen, ihren Gebeten jenseits der trennenden Tür im Krankenzimmer. Sobald sich dieselbe öffnete und die Großmama sichtbar wurde, die Umschläge zu erneuern oder irgend etwas für den Kranken zu holen, war sie neben ihr, um ihr jeden Schritt abzunehmen.

Glücklich war sie, wenn sie irgendeine Handreichung für den Großpapa tun konnte.

„Er ist ruhiger geworden – er schläft. Er scheint keine Schmerzen mehr zu haben.“ Marietta las der Großmama die Worte von den Lippen. „Wenn nur nicht wieder solch ein Anfall wie heute morgen einsetzt. Ich kann es nicht ertragen, ihn so leiden zu sehen.“ Die leuchtendblauen Augen der alten Frau trübte ein Tränenschleier. Gleich darauf aber dachte sie an die junge Enkelin. „Du hättest mit Anita mitgehen sollen, mein Herz. Das ist hier heute ein trauriger Aufenthalt für ein junges Menschenkind.“

„Ich gehöre zu euch“, erwiderte Marietta mit schlichter Selbstverständlichkeit.

„Ja, du gehörst zu uns – so komm, mein Seelchen.“ Die Großmama zog die herzklopfende Marietta mit sich an das Krankenlager des Großpapas.

Und nun saßen sie beide Hand in Hand, die Großmama und die ihr noch vor kurzem fremde Enkelin. Sie fühlten und sorgten dasselbe, und sie schöpften Kraft aus dem Gefühl ihrer festen Zusammengehörigkeit.

Ernste Stunden mit schwerem, beklemmendem Flügelschlag rauschten an den beiden vorüber. Hatte sich noch eben zage Hoffnung hervorgewagt, so verkroch sich dieselbe im nächsten Augenblick schon wieder vor dem verfallenen, graubleichen Aussehen des Schwerkranken, vor seinen ruhelos auf der Decke tastenden Händen.

Hans Hartenstein kam, um zu hören, wie es mit dem Vater stände. Gegen Abend erschien Tante Vronli. Ihre Ruhe, ihr stilles Wesen tat der Mutter wohl. Sie wollte eines der Mädel mit sich nehmen. Aber Anita hatte man in Zehlendorf nicht wieder fortgelassen, und Marietta war nicht dazu zu bewegen, die Großmutter zu verlassen. Auch Frau Annemarie meinte: „Laß mir das Kind da, Vronli, es ist mir ein Halt und ein Trost.“ Diese Worte erfüllten Marietta trotz des Druckes, der ihr auf der Brust lag, mit freudiger Genugtuung. Vronlis Anerbieten, die Nacht bei dem Vater zu wachen, damit die Mutter sich niederlegen könne, wies Frau Annemarie zurück. Sie rührte sich nicht fort von dem Krankenlager ihres Mannes.

„Sorge für die Großmama, Marietta,“ hatte Tante Vronli beim Abschied gesagt, „daß sie uns gesund bleibt.“

Es hätte nicht erst dieser Aufforderung bedurft. Marietta umgab die Großmama mit einer rührenden Zartheit und Fürsorge. Dem Kinde zuliebe nahm die Großmama einige Schnittchen zum Abendbrot. Auf Mariettas Bitten legte sie sich ein Stündchen, da der Großvater ruhiger atmete, auf die Chaiselongue, während Marietta sich an sein Lager setzte.

Was war das für eine Nacht. So heiß, so gewitterschwül und bedrückend. Marietta kannte die Tropennächte mit ihrer Siedetemperatur. Niemals waren ihr diese so atembeklemmend, so unheilschwer erschienen. Sie faltete die Hände und blickte in das unbewegliche Dunkel hinaus. Kein Stern glitzerte da oben, der einem tröstliche Antwort auf sein stummes Gebet gab. Da – ein Windstoß, Blätterrauschen, Blitz und Donner zugleich. Marietta fuhr erschreckt zusammen. Wie durfte die Natur draußen toben, wo der Großpapa Ruhe haben mußte.

Der Kranke hatte die Augen geöffnet. Sein Blick traf die junge Enkelin. „Ursele", sagte er kaum hörbar. Aber Marietta hatte verstanden. Sie verstand, daß der erfahrene Arzt sich seines bedenklichen Zustandes bewußt war, daß die Sehnsucht nach seinem fernen Kinde ihn quälte. „Die Mammi kommt – sie ist bald hier", flüsterte sie beruhigend zurück, die äderige Hand des Großpapas streichelnd.

Auch die Großmama hatte das sich entfesselnde Unwetter draußen aus der schweren Abspannung, die der starken Aufregung gefolgt war, emporgeschreckt. Marietta war bange vor dem Gewitter. Aber sie mochte ihre kindische Furcht nicht zeigen. Anita hatte sie deshalb oft genug ausgelacht. Allen Mut nahm sie zusammen, als sie zur Küche ging, etwas Milch für den Kranken zu wärmen.

Frau Trudchen hatte die halbe Nacht aufgesessen, um zur Hand zu sein. Nun hatte auch sie sich niedergelegt. Marietta war auf sich selbst angewiesen. Sie dachte an jenen Tag in den Tropen, da sie vergeblich versucht hatte, für Lottchens Mutter ein Feuer zu entzünden. Nun, hier mit dem Gasherd war die Sache einfacher. Aber merkwürdig – das Gas wollte nicht brennen, trotz Gasanzünders, trotzdem Marietta mehr als ein Dutzend Streichhölzer daran verschwendete. O Gott, wie ungeschickt und unbrauchbar sie war; nicht einmal etwas Milch konnte sie wärmen.

Draußen tobte das Wetter. Blitz auf Blitz. Schlag auf Schlag. Prasselnd ging der Regen hernieder. Drinnen weinte Marietta mit dem Himmel um die Wette, teils aus Angst vor dem Leuchten, Flammen und Knattern da draußen, teils über ihre eigene Unzulänglichkeit.

So fand sie die Großmama. Wie stets brachte sie Hilfe. Das Gas brannte jetzt, denn Marietta hatte nicht daran gedacht, den Haupthahn zu öffnen. Die Tränen trocknete ihr gütiger Zuspruch. Ja, selbst das Unwetter schien sich bei ihrem Kommen zu besänftigen.

„Du brauchst Ruhe, Kind, du bist übermüdet, von der Sorge und Aufregung überreizt." Wie wohlig empfand das junge Mädchen ihre Fürsorge, als die Großmama sie nun liebevoll auf die Chaiselongue legte. Fest hatte sie sich vorgenommen, die Nacht durchzuwachen, aber kaum lag sie, da schlief sie auch schon. Die Jugend forderte ihr Recht.

Am nächsten Morgen, als Marietta erwachte, strahlte wieder Sonne am Himmel. Sonne strahlte ihr aus den Augen der neben ihrem Lager stehenden Großmama entgegen. „Es geht besser, mein Herz. Er selbst hat es mir gesagt. Und er versteht mehr als alle anderen Ärzte. Die große Mattigkeit ist ja nach dem schweren Anfall verständlich. Wir wollen uns den Großpapa schon wieder gesund pflegen, nicht, mein Seelchen?"

Wortlos zog Marietta die Hände der Großmama an die Lippen. Sie vermochte nicht zu sprechen in dem Überschwang des Gefühls.

Freilich, als Marietta den Großpapa dann später so bleich, mit vor Schwäche geschlossenen Augen in den Kissen ruhen sah, erschien ihr die Freude verfrüht. Das sah doch noch gar nicht nach Genesung aus. War es nicht ihre Pflicht, die Mutter von der Erkrankung des Großvaters in Kenntnis zu setzen? Der Großpapa sehnte sich nach seinem fernen Kinde. Und sie selbst, die Mammi, wenn sie zu spät käme, wenn sie ihren Vater nie mehr wiedersah? Ein schweres Verantwortlichkeitsgefühl legte sich auf die Seele der jungen Marietta. Mit der Großmama durfte sie die ihr am Herzen liegende Frage nicht überlegen, um ihre Hoffnungsfreudigkeit nicht wieder herabzustimmen. Ach, wenn Anita doch nur dagewesen wäre. Die war praktisch, die würde sicher ein Telegramm nach Sao Paulo senden. Aber was hinderte sie denn dasselbe zu tun? Nicht einen Tag durfte sie damit warten. Jede Stunde Verzögerung konnte das Wiedersehen gefährden.

Während drin im Krankenzimmer der Geheimrat seiner Frau mit schwachem Lächeln die Hand hinstreckte: „Meine gute Alte, solch arge Sorge hab' ich dir halt gemacht. Aber bis zum Herbst muß das widerspenstige Herz parieren. Ehe ich mein Ursele nit wiedergesehen hab', mach' ich nimmer Schluß!" –

Währenddessen ging bereits ein Kabeltelegramm über das große Wasser, das die ferne Tochter an das Krankenlager des Vaters rief.

Hans Hartenstein hatte die Ferienreise mit seiner Familie um eine Woche verschoben, bis der Vater außer Gefahr war. Nun wollte er Anita und Marietta, da aus der geplanten Kissinger Reise vorläufig nichts werden konnte, in das Ostseebad Warnemünde mitnehmen. Anita kam strahlend, um der Schwester diese wichtige Mitteilung zu machen. Wenn die Großmama einverstanden wäre, sollten sie gleich ihre Koffer packen.

Die Großmama war durchaus einverstanden mit dieser Lösung der Ferienfrage. Ja, es war ihr ein Stein vom Herzen, die Kinder so gut versorgt zu wissen. Für die blasse Marietta war der Aufenthalt am Meer nach den schweren Tagen besonders wünschenswert. Überdies sollten sie einen Abstecher nach dem Gut ihres Bruders in Lüttgenheide machen. Vielleicht konnte man sich sogar später, wenn sich ihr Mann erst wieder erholt hatte, dort treffen. So war nun das Menschenherz. Wie eine Blume, die ein Unwetter eben noch zu entwurzeln drohte: beim ersten Sonnenstrahl hebt sie wieder das Haupt empor.

Die Großmama hatte die Rechnung ohne den Wirt oder vielmehr ohne ihre Enkelin gemacht. Marietta war nicht dazu zu bewegen, mitzufahren. Allem Bitten und Drängen Anitas entgegen. Zum erstenmal zeigte sie selbständigen, festen Willen.

„Ich habe nicht Lust, zu reisen. Ich habe jetzt gar nicht Ruhe, zu sein an anderes Ort. Die liebe Großmama und der Großpapa haben mich hier notwendig."

„Der Großpapa wird werden gesund ohne dir. Du bist Egoist, Jetta, du denkst nur an dich selber, nicht an deine Schwester. Es macht mir kein Vergnügen, zu gehen auf Reise ohne dir." Anita sprach laut und heftig. Sie war empört, daß die sonst so fügsame Schwester eigene Wünsche äußerte.

„Pst, Kinder, Ruhe – der Großpapa schläft!" Beschwichtigend steckte die Großmama in die lebhafte Debatte der beiden den Kopf zur Tür hinein.

„Siehst du, es ist viel mehr gut für den Großpapa, wenn wir sind fort; dann hat er Ruhe", versuchte Anita die Schwester aufs neue zu überreden.

„Man muß auch leise und rücksichtsvoll sein, wenn man hier ist, Nita. Was hat dich denn so in Harnisch gebracht, Kind?"

„Jetta will nicht gehen mit nach Warnemünde. Sie will bleiben hier, zu pflegen gesund den Großpapa. Aber du bist ja dafür da, Großmama, und Frau Trudchen und Homer. Jetta hat zu kommen mit mir. Wir sind Zwillings, wir gehören beisammen.“ Es klang in befehlendem Tone.

Marietta, deren Denken bei Anitas Wort „Egoist“ haften geblieben war, die sich inzwischen Rechenschaft darüber abzulegen versuchte, auf welcher Seite ihre Pflicht lag, ob sie wirklich der Schwester gegenüber egoistisch handele, wandte sich jetzt bittend an die Großmama: „Ich will bleiben hier. Ich will sorgen, daß die liebe Großmama nicht wird krank auch. Es macht mir nicht Freude, zu gehen jetzt fort für Vergnügen, wenn du bist in Sorge, Großmama.“

„Du gehst nicht zum Vergnügen, sondern zu deiner Erholung fort, mein Liebling“, stellte die Großmama ihr vor.

„Siehst du, die Großmama will gar nicht haben dich hier“, triumphierte Anita. „Komm schnell, Homer soll packen die Koffer.“

„Ist es wahr? Will die liebe Großmama nicht haben mich?“ Bang hingen die tiefschwarzen Mädchenaugen an den strahlendblauen der Großmama.

„Seelchen, es wird mir schwer genug, dich fortzulassen. Nur deiner Erholung wegen – – –.“

„Dann ich bleibe hier!“ Nie zuvor hatte Marietta der Schwester gegenüber so energisch ihre Selbständigkeit vertreten.

Freilich, als es dann am nächsten Tage zum Abschied kam, fühlte Marietta doch ein leises Weh im Herzen, daß sie sich zum ersten Male im Leben von der Zwillingsschwester auf längere Zeit trennte.

„Wenn du hast Sehnsucht, du fährst mit Eisenbahn hinterher“, hatte Anita ihr noch lachend aus dem Abteilfenster zugerufen.

O ja, manchmal hatte Marietta Sehnsucht nach der schönen, übermütigen Schwester. Manchmal fehlte ihr die lustige Genossin. Denn es war jetzt recht still in dem Lichterfelder Rosenhaus geworden. Nur schwer erholte sich der Großpapa. Zwei Schritte ging es vorwärts und drei zurück, wie er niedergedrückt zu sagen pflegte. Aber wenn Marietta zu ihm trat und ihm mit scheuer Zärtlichkeit über die Hand strich, klärte sich seine mißmutige Miene auf. „Das Annele ist strahlend wie Sonnenschein, aber's Mariele hat dafür die Wärme der lieben Sonne. Die tut einem wohl“, äußerte er sich gegen Frau Annemarie.

Diese Sommertage der langsamen, von Hoffnung und Zagen unterbrochenen Genesung schmiedeten ein festes Band um Großeltern und Enkelin. Marietta wuchs mit ihrem selbstlos an andere denkenden Herzen hinein in einen neuen Pflichtenkreis. Das verwöhnte Kind der Tropen nahm der Großmama bald eine Obliegenheit nach der andern aus den Händen. Ihr Wunsch zu helfen, gab ihr auch die Geschicklichkeit dazu. Sie versuchte dem Patienten die Erfrischungen ebenso nett und zierlich darzureichen, wie das die Großmama tat. Sie las ihm die Zeitung vor und brachte ihn durch ihr noch nicht fehlerfreies Deutsch gar oft zur Heiterkeit. Sie sang ihm ihre Lieder, deutsch, italienisch und portugiesisch, französische Chansons und amerikanische Nigger-songs, bunt durcheinander. Alle Scheu, alle Schüchternheit fiel von ihr ab, da es galt, den Genesenden zu zerstreuen.

„Ich bin abgesetzt“, sagte die Großmama manchmal mit ihrem gütigen Lächeln. Aber sie ließ sich diese Absetzung nur zu gern gefallen. Ja, die Fürsorge, welche die junge Enkelin ihr persönlich angedeihen ließ, sei es durch eine Fußbank oder durch ein Tuch bei Abendkühle, tat ihrem Herzen wohler als ihrem Körper. Seitdem Frau Annemarie das kleine, verwöhnte Nesthäkchen im Elternhause gewesen war – o Gott, wie lange, lange Jahre lagen dazwischen! – seitdem hatte sie als Gattin und Mutter stets für andere da sein müssen. Nun empfand sie die liebevolle Sorgsamkeit der jungen Enkelin doppelt wohltuend.

„Unser Kind“, nannten sie die beiden. Es kam ihnen nicht zum Bewußtsein, daß die Zwillingsschwester, die blühendschöne Anita, die trotz ihrer Jugend in dem Ostseebade in einer Schönheitskonkurrenz bereits den ersten Preis davongetragen, ihnen ebenso nahestand. Marietta war ihr Kind, die Erfüllung ihres Lebens.

An den linden Juliabenden saßen sie unter der blühenden Linde beisammen und machten „ihr Kind“ mit den Werken der großen deutschen Meister bekannt. Da glühten Mariettas bleiche Wangen vor Begeisterung. Da vergaß der Großpapa das leise Ziehen in der Brust, das sich noch immer nicht ganz beruhigen wollte, die Großmama ihre bangen sich um den teuren Lebensgefährten drehenden Gedanken. Von früher erzählte die Großmama der lauschenden Enkelin, von dem gemütlichen Doktorhaus in Charlottenburg, in dem sie als kleines Nesthäkchen mit den Brüdern herumgetobt. Von dem eigenen Nest mit den munteren Küken. Nein, das konnte sich Marietta gar nicht vorstellen, daß der Onkel Hans, und vor allem die respekteinflößende Tante Vronli solche ausgelassenen Wildfänge gewesen waren. Von ihrer eigenen

Mammi vermochte sie sich das noch am ersten zu denken, war diese doch stets die heitere, lachende Kameradin ihrer Kinder. Großmama erzählte ... Rosen und Linde dufteten. Ja, das war Deutschland, nach dem sie sich in den Tropen gesehnt.

Aber auch Marietta mußte erzählen. Von der Mammi mußte sie berichten. Immer wieder dasselbe. Nicht oft genug konnten die Großeltern es hören. Und dann pflegte die Großmama wohl mit unterdrücktem Seufzer zu sagen: „Man soll sich keine Zeit fort wünschen. Aber ich wollte doch, es wäre erst Herbst."

Oft hatte Marietta es auf der Zunge, zu sagen, daß sie ein Telegramm nach Brasilien geschickt habe. Ganz schlecht kam sie sich vor, daß sie es vor den Großeltern verheimlichte. Aber sie wollte nicht eine Hoffnung entzünden, die sich vielleicht nicht verwirklichte. War das Telegramm doch ohne Antwort geblieben.

Die Großmama sorgte dafür, daß Marietta auch mit Altersgenossinnen zusammenkam, trotzdem die Enkelin ihr immer wieder versicherte, am schönsten sei es bei der lieben Großmama. Nein, ein junges Mädchen mußte herauskommen, das durfte nicht Tag für Tag bei alten Leuten sitzen. Noch dazu in den Ferien. Anita schrieb von der Waterkant, wo sie jetzt in Lüttgenheide beim Großonkel Klaus war, drollige Briefe über das Gutsleben. Im Mittelpunkt derselben stand Vetter Horst, zu dem sie eigentlich „Onkel" sagen sollte. Aber das fiel ihr gar nicht ein. Er war erst zwanzig Jahre alt, der jüngste von Onkel Klaus' vier Söhnen. Mit Vetter Horst, der seinen Urlaub gerade daheim verbrachte, ritt und segelte sie, spielte sie Tennis und Golf. Auch die Enkelkinder des Großonkels, die Kinder seines Sohnes Peter, der das Gut jetzt bewirtschaftete, nahmen daran teil. Ebenso die auf Grotgenheide aufwachsende jüngere Generation. Es war ein lustiges Leben an der Waterkant, nur Marietta fehlte Anita. Ob sie denn noch immer nicht Lust hätte, nachzukommen.

Auch die Großmama stellte diese Frage öfters. O ja, Lust hatte Marietta schon. Große Lust. Aber sie fühlte, wie froh ihre Gesellschaft die Großmama machte, daß der Großpapa viel weniger Grillen fing wegen seiner Krankheit, und daß er seine Praxis nicht ausüben konnte, wenn sie neben ihm saß. Nein, sie wurde nicht fahnenflüchtig. Sie blieb bei den Großeltern.

Mit Eberts, die in diesem Sommer nicht gereist waren, machte sie häufig Wanderungen in die märkischen Wälder mit ihren schwermütigen Seen. Da lernte Marietta den deutschen Wald in seiner geheimnisvollen Schönheit kennen und lieben. Onkel Georg war ein trefflicher Führer, der seine Begleiterinnen als begeisterter Wanderer auf alle Wunder der Natur aufmerksam machte. Mit Gerda verband sie bald eine warme Freundschaft. Gerda, das stille, zurückhaltende Kind, liebte die brasilianische Kusine, ohne daß sie davon viel Worte machen konnte. Während sie vor Anita eine geheime Scheu nicht überwinden konnte, da deren Schönheit und Eleganz, ihr selbstbewußtes Wesen sie stets bedrückte. Auch an Regentagen saß Marietta öfters in dem gemütlichen, aber einfachen Lehrerheim am Wedding. Drei Zimmer bewohnten die Verwandten nur, aber sie waren voller Behagen, sie trugen den Stempel ihrer vollwertigen Bewohner. Freilich, Anita hatte die Nase gerümpft über die Einfachheit bei Tante Vronli, daß sie sich nicht mal ein Mädchen hielten. Aber Marietta fand es dort urgemütlich. Besonders die großen, weißen Kachelöfen, die sie noch nie in ihrem Leben gesehen hatte, denn bei den Großeltern hatte man im Winter Zentralheizung. Es machte ihr Spaß, mit Gerda gemeinsam beim Onkel das ihr fehlende Schulwissen zu ergänzen, noch mehr, der Tante Vronli in der Wirtschaft zu helfen. Marietta, das verwöhnte Prinzeßchen aus dem Tropenlande, lernte bei der praktischen Tante spielend im Verein mit der Kusine den deutschen Haushalt und das Abc der Küche. Denn bei den Großeltern in Lichterfelde kam Marietta nicht recht zur Betätigung im Haushalt. Allenfalls half sie der Großmama Obst und Gemüse ernten und vorrichten. Sobald sie Frau Trudchen zur Hand gehen wollte, kam sicher Homer dazwischen und beteuerte, er werde das machen, Donna Marietta dürfe die zarten, weißen Hände nicht zur Arbeit gebrauchen.

Aber noch mehr lernte Marietta von Tante Vronli. Diese nahm sie mit in ihre Kleinkinderkrippen, in die Kinderhorte und Volksküchen. All die Wohltätigkeitseinrichtungen, in denen Tante Vronli unermüdlich wirkte, lernte die junge Brasilianerin kennen, und mehr als je regte sich in ihr der Wunsch, sich später einmal auf sozialem Boden zu betätigen, ihren Mitmenschen zum Segen zu werden.

13. Kapitel. Unerwartet

An einem Augusttage war es. Einer von den klaren, blauen, die den nahenden Herbst künden, aber doch noch alle Schönheit, allen Sonnenglanz des Sommers in sich tragen. Reseda und Levkoien dufteten.

Geheimrats saßen beim Nachmittagstee unter der Linde. Frau Annemarie hielt eine weiße Strickarbeit zwischen den Fingern. Aber ihr Blick wanderte immer wieder zu ihrem Manne hin. Hatte die erste Sprechstunde ihn auch nicht angestrengt?

„Was schaust denn, Weible? S'ist halt nit mehr viel an dem alten morschen Kerl zu sehen.“ Der Geheimrat war aufmerksam geworden.

„Mir gefällt er noch immer und heute ganz besonders. Wirklich, Rudi, du siehst heute viel frischer aus als die Tage zuvor.“

„Gelt?“ triumphierte der alte Herr, „das macht nur die Praxis. Laßt mich in meine Klinik, da werd' ich schneller gesund als in solcher Zwangsanstalt von Sanatorium, in das ihr mich stecken wollt. Aber ich werd' dem Kollegen was husten. Ich denk' gar nit daran. Meine Freiheit laß ich mir von zehn Kollegen nit rauben.“

„Aber von deiner Frau, nicht wahr, mein guter Mann? Wenn ich dich bitte, bist du vernünftig. Schon meinethalben. Meine Nerven streiken auch nach der bösen Zeit.“ Sie blickte ihn mit ihren leuchtendblauen Augen bittend an.

„Nun schau einer diese Evastochter an. Jetzt soll wohl gar ich noch zu deiner Begleitung und Gesellschaft mit ins Sanatorium? Na, wir werden halt sehen.“

Frau Annemarie war mit dieser Antwort zufrieden. Er polterte und er schmunzelte wieder – nun ging es aufwärts. Zum erstenmal fühlte sie den Alp, der ihr die ganzen schweren Wochen aus der Brust gelegen, weichen. War das ein schöner Tag heute! So golden, so von Daseinsfreude durchtränkt. Neu geschenkt empfand sie das Leben. Bedeutete sein Leben doch für sie das eigene.

Die Enkelinnen waren mit Lottchen, das rotbäckig heimgekehrt, und Homer in den Zoologischen Garten gezogen, Jimmy zu besuchen. Der kleine Neger hatte tatsächlich Sehnsucht nach dem munteren braunen Heimatsgenossen. Und Anita ging es nicht besser. Ihr erster Weg nach ihrer Heimkehr von der Waterkant mußte zu Jimmy sein.

Der Geheimrat hatte sich in seine Zeitung vertieft, Frau Annemarie in ihr Strickmuster. Still und friedlich lag der Garten in der Sonne. Irgendwo schlug eine Amsel. Die Levkoien dufteten.

Unweit an der nächsten Straßenecke hielt ein Auto. Eine schlanke goldblonde Dame, ein kleiner ebenso goldhaariger Knabe entstiegen ihm. Der Chauffeur wurde abgelohnt. Die Dame nahm den Kleinen an die Hand. Langsam schritt sie mit ihm die Straße herauf.

Jedes Haus kannte sie hier, jeden Baum. Alles gute alte Bekannte und doch – fremd geworden. Die stattliche Blautanne dort drüben auf dem Rasenrondell war ein winziges Bäumchen gewesen. Hier dieses Landhaus hatte einen neuen Anstrich bekommen. Verändert so manches und doch heimatlich vertraut. Die Dame stand still. Sie preßte die Hände gegen das klopfende Herz. Ihre Lippen tranken den aus allen Gärten sie grüßenden Duft. Heimatsluft – Heimatssonne. Die Arme hätte sie weit ausbreiten mögen, das liebe Fleckchen Erde an ihr Herz zu ziehen. Aber da war etwas, was keine Freude, kein Glücksgefühl aufkommen ließ. Etwas Bedrückendes, Beklemmendes; etwas, was sich wie Zentnergewichte an ihre Füße hängte, ihren Schritt hemmte. Wie würde sie ihn finden, den Vater? Würde sie ihn überhaupt noch finden?

„Weiter, Mammi, wir wollen zur Omama." Kinderhände zogen die Zagende vorwärts.

Und nun stand sie an dem väterlichen Garten. Die wilden Rosenranken, die das weiße Gartenstaket umkletterten, waren hoch und dicht geworden. Sie wehrten den Durchblick. Zarte Frauenhände bogen sie auseinander, achteten der schmerzenden Dornen nicht.

Da lag es, das Rosenhaus – ihr Vaterhaus. Still und friedlich in Rosen gebettet, als sei die Zeit spurlos an ihm vorübergeschritten. Das suchende Auge der spähenden Frau überflog die Terrasse. Leer. Dort die alte Linde, und darunter – da saßen sie, die zwei, zu denen jeder sehnsüchtige Gedanke in all den langen Jahren gezogen: Der Vater – er lebte! Und daneben die Mutter, ihre Muzi – – – die Späherin sah nichts mehr. Ein Schleier, aus Glückstränen gewoben, trübte ihr den Blick.

Ahnte das Mutterherz denn gar nicht, daß die nächste Minute ihr die Erfüllung jahrelangen Sehnens bringen sollte? Frau Annemarie saß unter der Linde und zählte die Maschen. Die Blätter der Linde rauschten geheimnisvoll. Frau Annemarie achtete dessen nicht. Ein munterer kleiner Fink lugte fürwitzig aus dem Gezweig, jubelnd meldete er die Botschaft. Umsonst. Rosen, Levkoien und Reseden strömten ihre süßen Willkommensgrüße aus – der ganze heimatliche Garten stand in Erwartung.

Nur sie, deren Gedanken, wie stets bei der Arbeit, in die Ferne flogen über das große Wasser, sie fühlte es nicht, daß ihr Kind ihr so nahe war.

Da – ein Stimmchen, süß wie Vogellaut und Blumenduft: „Omama!“ Fremdländischen Klang hatte das so vertraute Wort – das waren nicht die Zehlendorfer Enkel!

Jäh hob Frau Annemarie den Kopf – ihr Herzschlag setzt sekundenlang aus. Da stand ein kleiner Blondkopf mitten im Garten, mitten im Sonnengold – sonst nichts. Aber es bedurfte auch nichts weiter.

„Ursel – – –!“ Das war ein Laut, wie ihn nur eine Mutter ausstoßen kann. Alles Leid, alles Sehnen, alles Glück einer Mutter schwang darin mit. Die alte Linde erzitterte bis in ihre Wurzeln. Der Geheimrat fuhr erschreckt empor. Da sah er seine Frau bereits den Garten durchjagen, vorbei an einem kleinen, goldhaarigen Knaben, dem Gartentor zu. Und da – der alte Geheimrat zog mit einer ihm ganz fremden Hast seine schärfste Brille hervor – ach, was brauchte es die Brille! – „Muzi, mein Muzichen!“ diese jubelnde Stimme gehörte nur einer. Sie war da – sein Ursele war da!

Was dachte der Geheimrat daran, daß ihm jede Aufregung streng untersagt war, daß er nur am Arm seiner Frau bisher die Gartenwege langsam durchschritten hatte. Schon schwang er mit alten Kräften den kleinen, verdutzten Blondkopf durch die Luft: „Jungeli, Hansel – kennst den Großvater nimmer, gelt?“ Schon wanderte Ursel aus dem Arm ihrer Muzi in den des Vaters.

„Mein Vaterchen! – Gottlob, daß ich dich so frisch wiedersehe!“

„Viel länger Zeit hättst dir auch nit lassen dürfen, Ursele. Unser Herrgott hatte bereits zum Abmarsch geblasen. Eine Schand' ist's, daß dich all die Jahre nimmer um deine alten Eltern gekümmert hast – – –“, so polterte der alte Herr, um seine Rührung zu verbergen.

Kein Wort vermochte Frau Annemarie, die lebhafte, zu sprechen. Still, ganz still hielt sie ihr heißentbehrtes Kind am Herzen. Ursel küßte ihr die Tränen von den Augen.

„Mein Vaterle, – kleine Muzi –“, die eine Hand bekam der Vater, die andere die Mutter. „Bin ich denn wirklich wieder daheim? Deutsche Sonne – deutsche Rosen – Junge, Hansel, wir sind daheim in Deutschland!“

Das Kind hatte mit großen Augen das Wiedersehensglück mitangeschaut. Zutraulich schmiegte es sich an die fremde Omama, die all die versäumte Zärtlichkeit an dem kleinen Kerl nachholen zu wollen schien.

„Wo sind Nita und Jetta, wo sind Homer und Jimmy?“ fragte er in portugiesischer Sprache.

„Sie müssen bald kommen – was werden die Kinder nur zu der unerwarteten Einquartierung sagen! Urselchen, Kind, warum hast du nicht telegraphiert oder aus Hamburg telephonisch angerufen? Dann hättet ihr alles empfangsbereit vorgefunden.“ Die Hausfrau erwachte jetzt trotz des kaum faßbaren Glücksgefühls in Frau Annemarie.

„Um euch nicht wieder enttäuschen zu müssen. Als mir Jettas Telegramm Vaters Erkrankung meldete“ – – –

„Was, der Tausend! Das Mädel hat ein Telegramm nach Brasilien gesandt?“ unterbrach sie der Geheimrat.

„Da entschloß ich mich sofort, mit dem nächsten Schiff hinüberzugehen. Milton hat mir in selbstloser Weise alle Wege geebnet. ›Aber gedrahtet wird nicht; du fährst und bist da‹, empfahl er mir. Ach, was war das für eine Fahrt in die Ungewißheit hinein. Selbst in Hamburg konnte ich den Mut nicht aufbringen, anzurufen. Eure Ursel ist feige geworden. Wenn ich geahnt hätte, daß unser Vater mir so entgegenkommen würde – – –.“ Eine neue Auflage liebevoller Zärtlichkeit erfolgte.

Ja, das war die Ursel, stürmisch und zärtlich, ganz wie einst.

Die Mutter konnte sich nicht satt sehen an der zu voller Frauenschönheit Erblühten. Es war, als ob die jähe Freude der impulsiven Frau Annemarie den Mund schlösse. „Mein Urselchen!“ sagte sie nur hin und wieder und hielt die Hand der Heimgekehrten. Als müsse sie sich auch körperlich davon überzeugen, daß nicht ein Trugbild ihrer Sinne sie narre, daß ihr Kind leibhaftig neben ihr saß. „Jahrelang habe ich mir unser Wiedersehen ausgemalt, nun hat es mich doch überrumpelt.“

„Arg überrumpelt. Nicht einmal eine Tasse Kaffee bekommt unsere Kaffeekönigin nach einer Reise von Brasilien her vorgesetzt. Annemie, Fraule, was sollen die Tropenleut' von deutscher Gastfreundschaft denken.“ Der alte Herr war wie ausgewechselt.

„Himmel! Vor lauter Freude laß ich mein Urselchen und unsern kleinen Hansel verhungern. Frau Trudchen soll sogleich – – –“, aber Ursel war schneller als die Mutter. Sie drückte sie wieder in ihren Korbsessel zurück. „Laß, Muzichen, ich bestelle mir selbst meinen Kaffee und sage Frau Trudchen gleich dabei ›Guten Tag‹. Ihr sollt nicht denken, die faule Ursel von früher sei wieder da.“ Da eilte sie auch schon, Juan mit sich ziehend, leichtfüßig dem Hause zu.

Gleich darauf hörte man Frau Trudchen in lautes: „I du meine Jüte!“ ausbrechen. „Nein, so 'ne Überraschung! Was wird unsere Frau Jeheimrat man bloß jesagt haben! Kunze, – Jott, wo steckt der Mann denn nu wieder – unsere jnädige Frau Urselchen aus Brasilien is anjereist jekommen!“ Rührend war die Freude der Treuen.

Unter der Linde streckte der Geheimrat seiner Frau die Hand über den Tisch hinüber: „Daß ich diesen Tag erlebt hab', das dank' ich, nächst dem da droben, dir und deiner aufopfernden Pflege, meine gute Alte.“

„Ich bin heute eine schlechte Pflegerin, Rudi. Mit keinem Gedanken habe ich daran gedacht, daß die Aufregung, wenn auch noch so freudiger Art, dir schaden könnte. Nur eins vermochte ich zu denken: Urselchen ist da!“

„Gottlob, daß sie da ist! Nun lohnt sich's doch, gesund zu werden. Ja, wo steckt's denn, das Ursele? Scheint halt noch derselbe Irrwisch zu sein, wie ehedem.“

„Hier steckt sie!“ rief eine lachende Stimme irgendwo aus der Höhe herab. Auf dem kleinen Tausendschönchenbalkon ihres ehemaligen Mädchenstübchens stand die Ursel und hielt von ihrem ureigensten Reiche aus Umschau. Diese engen Wände hatten ihre fröhliche Kindheit, ihre sorglosen Mädchenjahre beschirmt, bis sie aus ihrer Obhut hinausgezogen war in die Weite, in die Fremde. Nein, sie brauchte es nicht zu bereuen – ein liebevolles Gedenken zog zu ihrem fernen Manne. Aber was war das für ein warmes, wohliges Gefühl, wieder daheim zu sein. Sich wieder Kind zu fühlen im Elternhause. Ist man auch noch so alt inzwischen geworden, dieses Sichgeborgenwissen findet man sonst nirgends in der Welt.

Der kleine Juan hatte sich bereits auf Omamas Schoß etabliert. Er ließ sich gern verhätscheln, der kleine Nachkömmling. Verstand er auch noch nicht viel deutsch, die Sprache, die Großmutterliebe redete, begriff er.

„Nicht einmal Kuchen hatte die Omama zum Empfang backen können“, beklagte sich Frau Annemarie, als man nun gemütlich beim Kaffee saß.

„Keinen Kuchen, Muzi. Eine Berliner Butterschrippe, das ist jetzt die größte Delikatesse für mich. Oder noch lieber eine Butterstulle, die habe ich die ganze Zeit drüben entbehrt.“ Frau Ursel ließ es sich schmecken. Dabei wanderte ihr

Blick glücklich von den lieben Zügen der Mutter zum Vater hin und wieder zu ihrer Muzi zurück. Älter waren sie geworden, die lieben zwei. Dem Vater sah man die überstandene Krankheit noch an. Sein Haar war gebleicht, das Auge matt. Und auch die Mutter, ihre kleine Muzi, zeigte Silberfäden in dem immer noch vollen Goldhaar.

„Wo hast du denn dein Gepäck abgestellt, Ursele? Soll Kunze es vom Bahnhof holen?" unterbrach der Geheimrat sachlich Ursels Beobachtungen. „Ich nehme nit an, daß Donna Tavares mit dieser kleinen Handtasche von Brasilien herübergekommen ist."

„Bringst du etwa ebenso viele Koffer mit wie deine beiden Mädel, Urselchen? Dann kündige ich dir das Logis", scherzte die Mutter mit glücklichen Augen.

„Das brauchst du gar nicht erst, Mutterchen. Ich bin im Hotel abgestiegen. Juans alte Rosita, die Mulattenkinderfrau, ist bei den Sachen zurückgeblieben. Milton meinte, wir könnten euch unmöglich doch auch noch ins Haus fallen und – – –."

„Bestell' deinem Mann einen schönen Gruß von seinem Schwiegervater, und vielleicht wär' das in Brasilien Mode, daß ein Kind ins Hotel geht, wenn es zu seinen Eltern heimkommt. Bei uns in Deutschland nimmer, verstehst?" Nein, wie sich der sonst so ruhige Vater aufregte. Daran erkannte man, daß er noch Patient war.

„Milton hat es sicher gut gemeint", begütigte Frau Annemarie. „Aber sag', Kind, hast du wirklich im Ernst geglaubt, daß wir dich nach jahrelangem Entbehren weiter entbehren werden? Daß wir nicht jede Minute, jede Sekunde des Zusammenseins ausnützen könnten, um uns zu entschädigen, und auch auf Abschlag für kommende Zeit?"

„Ich hab's Milton gleich gesagt, daß ihr es nicht zulaßt. Und wenn ich im Ziegenstall logieren muß, ich gehöre ins Rosenhaus nach Lichterfelde. Nur mit Sack und Pack wollte ich nicht gleich hier vorgefahren kommen. Meiner kleinen Muzi sollte nicht himmelangst werden bei der Überrumpelung."

„Da kennst du deine Mutter schlecht, Urselchen. Seit sechzehn Jahren ist alles für deinen Empfang geordnet. Sicher richtet Frau Trudchen schon das Biedermeierzimmer für dich her. Unser kleiner Hansel wohnt mit seiner Kinderfrau oben, neben den Schwestern. Also du siehst, Donna Tavares braucht nicht ›standesgemäß‹ im Ziegenstall zu logieren."

„Ja, so geht's,“ meinte Frau Ursel lachend, „die Jungen verdrängen die Alten. Meine beiden Mädel haben mich aus meinem Stübchen, dem Paradies meiner Kinderzeit, vertrieben, und ich verdränge meine kleine Muzi aus ihrem Heiligtume, dem Biedermeierzimmer. Mir ist schon recht bange nach meinen beiden – – –.“

„Und es sind doch noch keine sechzehn Jahre, knapp so viele Wochen, daß du sie nicht gesehen hast“, meinte die Mutter mit leisem Lächeln. „Du glaubst gar nicht, Ursel, wie uns unser Jettachen in den schweren Tagen der Krankheit ans Herz gewachsen ist. Das Kind hat ein goldenes Gemüt. Es denkt immer nur an andere.“

„Ja, Marietta ist darin ganz unamerikanisch. Das taugt nicht für drüben. Da muß jeder zusehen, wo er bleibt.“

„So laßt sie uns halt ganz da, 's Mariele, wenn ihr wieder zurückgeht.“

„Aber Mann, Rudi, die Ursel ist doch eben erst gekommen, und da kannst du schon wieder an Trennung denken!“ Ordentlich aufgebracht war Frau Annemarie.

„Der Vater hat eben schon genug von mir,“ lachte Ursel, “und mir scheint, die Großeltern auch bereits von meiner Anita, weil du die Jetta so gegen sie herausstreichst, Muzi. Anita hat dir wohl manch Kopfzerbrechen gemacht. Hoffentlich habt ihr nicht allzu arg auf meine Erziehung geschimpft.“

„Von Erziehung haben wir gar nimmer etwas beim Annele gemerkt“, neckte der Geheimrat.

„Anita ist ein echt amerikanisches Mädchen aus reichem Hause, mit all seinen Vorzügen und Schwächen. Es war nicht immer leicht mit ihr. Gar manches Mal hab' ich gemeint, meine Ursel hätte strenger sein müssen“, gab Frau Annemarie mit der ihr eigenen Ehrlichkeit zu. „Aber sie ist doch ein Prachtmädel, die Anita, es steckt ein guter Kern in ihr. Sie hat schon manches hier gelernt. Sie ist lange nicht mehr so rücksichtslos und herrschsüchtig, auch Marietta gegenüber. Und was die Hauptsache ist, sie hat uns liebgewonnen. Ein deutsches Gretchen wird und soll sie ja niemals werden. Sag', Hanselchen, auf wen freust denn du dich am meisten? Auf die Nita oder auf die Jetta?“ wandte sie sich an den kleinen, inzwischen auf Hühner und Spatzen Jagd machenden Enkel. Der sah fragend auf die Mutter. Diese übersetzte ihm die Worte der Großmama.

„Ich freue mich am meisten auf Jimmy und die Omama", war die prompte Antwort des Kleinen, die Frau Ursel vor Lachen kaum dolmetschen konnte. „Omama, du kommst erst nach Jimmy."

Während die Omama noch belustigt gegen diese Gemeinschaft protestierte, fuhr ein Auto vor. Homer sprang vom Chauffeursitz, öffnete den Schlag und half beim Aussteigen. Natürlich – Anita war die Straßenbahn wieder einmal nicht gut genug. So weit war der europäische Einfluß des großväterlichen Hauses doch noch nicht gediehen. Wie der Wind war Frau Ursel, den kleinen Juan mit sich ziehend, hinter dem dicken Stamm der alten Linde. Sie legte den Finger auf den Mund – Juan verstand. Er verhielt sich mäuschenstill, um die Schwestern zu überraschen.

Lebhaft plaudernd kamen die jungen Mädchen näher. Sie waren glücklich, jetzt wieder beisammen zu sein.

„Guten Tag!" rief Anita schon von weitem, „ein schönes Gruß von Jimmy. Er hat Sehnsucht, der arme Tierchen."

„Wir aber nicht nach ihm", meinte die Großmama. „Na, Lottchen, war's schön im Zoo?"

„Ja, das schönste am Zoo war das Autofahren", lautete Lottchens begeisterte Antwort.

„Unser Großpapa sieht jetzt viel mehr frisch und vergnügt aus als heute morgen", stellte Marietta mit dem kundigen Blick der Pflegerin erfreut fest.

„Das macht, wir haben lieben Besuch gehabt." Die Großmama machte ein merkwürdig verschmitztes Gesicht dabei. „Wir sollen euch auch einen Gruß bestellen – von Jimmys Landsleuten."

„Landsleuten von Jimmy? Das sind auch unsere Landsleuten." Anita war ganz aufgeregt. „Wer kann es sein gewesen? Einer von den Janqueiro? Oder die Orlandos? Die haben zu arbeiten mit Europa."

„Bitte, sage es uns, liebe Großmama. Haben sie gebracht Grüße von unsern Eltern?" Auch Marietta brannte vor Neugier.

„Freilich", lachte die Großmama. „Ganz frische, warme Grüße."

„Wollen halt mal schauen, wer das Rätsel erraten wird, 's Annele oder 's Mariele", schmunzelte der Großpapa.

„Ist es Mann oder Frau?“ begann Anita das Examen.

„Beides“, lachte die Großmama. „Aber der Mann ist nur klein, viel kleiner als die Frau.“

„Jetta, ein kleines Mann und ein großes Frau. Wer kann sein das in Sao Paulo?“ Die beiden Mädel waren so aufgeregt, daß sie nicht darauf acht hatten, daß es hinter der Linde nicht weniger aufgeregt zuging. So breit sich die Linde auch machte, so sehr Frau Ursel auch zu beschwichtigen versuchte, Klein-Juan war kaum noch zurückzuhalten, seitdem er die Stimmen der Schwestern hörte.

„Kuckuck“ – klang es plötzlich hinter der Linde hervor, mitten hinein in das Kopfzerbrechen und Raten. Das deutsche Kleinkinderspiel war auch Juan geläufig. Und im selben Augenblick ein unzivilisiertes Freudengeheul Homers: „Donna Tavares – oh, Don Juan!“ Da trabte der Negerjunge, den goldlockigen kleinen Reiter auf seinen Schultern, auch schon durch die Gartenpfade, als wäre es unter den Palmen seiner Tropenheimat. Anita und Marietta aber hingen am Halse der Mutter: „Mammi, unsere Mammi, oh, ist das schön, daß ihr seid gekommen!“

Fest hielt Frau Ursel ihre Zwillinge in den Armen.

Dann kam Juan an die Reihe. Oh, wie hatte der kleine Kerl den großen Schwestern gefehlt. Deutsche und portugiesische Laute durchschwirrten die Luft.

„Papi? Wo ist der Papi?“ Anita suchte hinter der Linde, als müsse sie noch mehr Überraschungen bergen.

„Der Vater konnte sich nicht so schnell freimachen. Als ich dein Telegramm erhielt, Jetta – ich danke dir noch ganz besonders dafür, mein Mädel –, da trieb es mich so rasch wie möglich nach Deutschland hinüber. Unser Vater kommt uns nach, sobald er alles Geschäftliche geordnet hat“, berichtete die Mutter.

„Und dann er nimmt uns mit zurück in die Tropen, wenn es wird kalt in deutsches Land“, rief Anita.

„Meinst du, Nita, ich habe sechzehn Jahre darauf gewartet, nach Deutschland heimzukommen, um so schnell wieder Reißaus zu nehmen? Ich sehne mich nach deutschem Winter.“

„Nein, nicht zurück!“ rief auch Marietta. Erschreckt faßte sie die Hand der Großmama.

„Seelchen, ich laß dich nicht so bald fort. Du hast mir heute die größte Freude meines Lebens bereitet. Wenn ich dir auch eigentlich böse sein müßte, daß du ein Geheimnis vor deiner alten Großmama gehabt hast."

Frau Ursel lachte ihr helles Lachen. „Wenn es nicht meine eigenen wären, ich glaubte es den beiden nicht, daß sie Zwillinge sind. Gibt es denn überhaupt etwas, worin ihr euch gleicht?"

„O ja!" Sie riefen es wie aus einem Munde. „Wir haben lieb unsere Mammi beide gleich."

Lottchen stand mit großen, stillen Augen daneben. „Ich wollte, meine Mutti käme auch wieder", sagte sie leise. Es war das erstemal, daß das Kind Sehnsuchtsgefühle nach der in fremder Erde ruhenden Mutter äußerte. Die Wiedersehensfreude der andern Kinder hatte dieses natürliche Gefühl hervorgerufen.

Frau Annemarie mit ihrem warmen Herzen zog die kleine Waise zu sich heran. „Unser Lottchen macht uns allen Freude. Was finge Mutter Trudchen und Vater Kunze denn nur ohne ihr Lottchen an!"

„Und die Omama Geheimrat auch!" So nannte das Kind Frau Annemarie. Ganz besonders hing die Kleine an der gütigen alten Dame. Aber als Mutter Trudchen jetzt erschien und rief: „Na, is mein Lotteken denn wieder da?" da flog das Kind der freundlichen Frau in die weit geöffneten Arme, und alles Leid war vergessen.

„Unsere unvermutete Einquartierung macht Frau Trudchen heute viel Mühe. Ihr könnt ihr ein bißchen zur Hand gehen, meine Mädel", wandte sich Frau Ursel an ihre Zwillinge.

„Wir?" Anita glaubte ihren Ohren nicht zu trauen. Das hatte die Mutter niemals von ihnen im Tropenlande verlangt. Atmete sie mit deutscher Luft auch deutsche Anschauungen ein? „Homer und Herr Kunze werden gehen mit zur Hand."

„I wo, jnädige Frau Urselchen, das is ja man halb so schlimm. Ich werd' auch ohne die Fräuleinchen fertig", beteuerte Frau Trudchen, während Ursel und ihre Mutter einen Blick des Einverständnisses tauschten. Nein, allzuweit war es mit Anitas wirtschaftlicher Betätigung noch nicht her.

Dafür zeigte Anita amerikanische Geschäftstüchtigkeit. Sie litt es nicht, daß die Mutter ins Hotel zurückfuhr, die alte Rosita und die Koffer nach Lichterfelde zu transportieren. Das besorgte sie mit Homer. Marietta half inzwischen das

Biedermeierzimmer für die Mutter herrichten. Keine Vase, kein Glas, keine Schale ließ sie ohne Blumen. Seine schönsten Blüten mußte der Garten heute hergeben.

Das Telephon hatte es nach Zehlendorf und nach dem Norden verkündet, daß Geheimrats Jüngste aus Brasilien ins Elternhaus heimgekehrt.

Der warme Augustabend vereinigte die ganze Familie auf der Rosenterrasse. Alle waren sie gekommen, die endlich Heimgekehrte freudigst zu begrüßen. Manche Veränderung hatte das Familienleben seit Ursels Fortgehen erfahren. Manche Lücke klaffte in der festgegliederten Kette. Aber neue Jugend füllte dieselben aus, es gingen und kamen die Generationen.

Pfirsichbowle perlte in geschliffenen Gläsern, hell klangen sie in den duftschweren Sommerabend hinaus. Dann aber zogen andere Töne, voll und süß wie Blütenhauch, durch die Augustnacht. Ursel sang dem Vater seine Lieblingslieder, die Schubertlieder.

Frau Annemarie hielt die Hand ihres Mannes. Ihr Blick umfaßte dankbar ihr reiches Familienglück. Da – eine Sternschnuppe! In silbernem Bogen glitt sie lautlos zur schwarzen Tiefe. Der Kinderglaube aus längst vergangenen Tagen, daß man sich bei jeder Sternschnuppe etwas wünschen dürfe, ward plötzlich in der alten Frau lebendig und formte sich zu dem einen Gedanken: „Ach, wenn es doch immer so bliebe!“

14. Kapitel. Wenn die Flocken fallen

Die Sommerblumen waren verblüht. Buntes Herbstlaub, wie es die Tropenkinder noch niemals gesehen, hatte kalter Wind durch den großväterlichen Garten gejagt. Die Linde fror. Zitternd und kahl hüllte sie sich in graue Regentücher. Drinnen machten es die Kinder einer anderen Zone nicht besser. Sie drängten sich frierend um Frau Trudchens warmes Herdfeuer. Die alte Rosita und Homer hatten dort ihren Stammplatz. Frau Trudchen war gutmütig genug, um den frierenden Schwarzen ein warmes Plätzchen an ihrem Herd zu gönnen. Mit der „Mohrenfrau“ hatte sie sich angefreundet. Dieselbe war gefällig und fleißig und nahm „Donna Trudchen“ am liebsten alle Arbeit ab. Aber noch einen Gast lockte das warme Feuer, einen, der sonst stets den Aufenthalt in der Küche nicht für standesgemäß hielt. Das war Anita. Nein, was fror das

Mädel. Auch darin zeigte es sich als echtes Tropenkind. Der graue deutsche Regenherbst erschien ihrem sonnengewöhnten Dasein traurig und häßlich. Sie wäre lieber heute als morgen nach Brasilien heimgekehrt. Dort war jetzt schöner, heißer Sommer. Anita verstand ihre Eltern, sie verstand vor allem ihre Zwillingsschwester nicht, die ganz traurig wurde, wenn sie zur Rückkehr in die Tropen drängte.

Der Vater, der seit kurzem seiner Familie gefolgt war, fand den deutschen Winter auch ungemütlich. Aber seiner Frau zuliebe brachte er das Opfer. Ursel sollte für die langen Jahre der Trennung von der Heimat entschädigt werden. Bis zum Frühling beabsichtigte Milton Tavares in Deutschland zu bleiben. Das hatte neben dem Vorteil, daß er wichtige europäische Handelsverbindungen anknüpfte, auch für ihn und seine Frau die Freude, wieder gute Musik zu hören. Auch konnten die Töchter ihr deutsches Schuljahr, wie geplant, vollenden. Letzteres erachtete Anita durchaus nicht für notwendig. Sie hatte der Schule im Laufe der Zeit ganz und gar nicht mehr Geschmack abgewonnen und war nach wie vor eine schwierige Schülerin. Marietta dagegen lernte mit Eifer und war mit strebsamem Fleiß bemüht, die Lücken in ihrem Wissen auszufüllen. Anita war ehrgeizig. Sie war es gewöhnt, Marietta überall in den Schatten zu stellen. Sie mochte nicht hinter der Schwester zurückbleiben. Da sie eine gute Auffassungsgabe hatte und Marietta ihr getreulich half, kam sie einigermaßen mit. Mariettas bescheidenes, freundliches Wesen hatte sich bald die Zuneigung der Lehrer und Mitschülerinnen erworben. Anita war weniger beliebt. Auch die Schulkameradinnen, denen sie zuerst durch ihre Schönheit, ihre Eleganz und ihr sicheres Wesen imponiert hatte, fühlten sich bald von ihrer Herrschsucht abgestoßen. So kam es, daß Marietta in Deutschland viel mehr Anklang fand als Anita, im Gegensatz zu dem heimatlichen Tropenlande.

Milton Tavares hatte eine Dreizimmerwohnung in einer der gegenüberliegenden Villen in Lichterfelde mit seiner Frau bezogen. Er war zu sehr an Luxus und jede Bequemlichkeit gewöhnt, um mit einem bescheidenen Plätzchen im Hause seiner Schwiegereltern fürlieb zu nehmen. Seinem Geschmack und seiner Gewohnheit nach wäre er in dem erstklassigen Hotel, in dem er abgestiegen, wohnen geblieben. Aber mehr als seine Bequemlichkeit und sein Behagen liebte er seine goldhaarige Frau. Ursel wurde es schwer genug, aus dem gemütlichen Biedermeierzimmer in die Nachbarsvilla überzusiedeln. Aber Frau Annemarie zeigte mal wieder ihre uneigennützige Güte und ihre Klugheit. Sie selbst war es, die der Tochter riet, eine Wohnung in der Nähe zu nehmen.

Bei einem monatelangen Aufenthalt durfte Milton nicht allzuviel entbehren. Er mußte als Gast im Hause der Schwiegereltern Rücksichten nehmen. Das ging für kurze Zeit, aber nicht für einen Zeitraum von Monaten. Die kluge Mutter fühlte es, daß sie ihr Kind länger behielt, wenn sie es nicht ganz für sich behielt. Auch durfte der Vater in seinen mit der Zeit ein wenig pedantisch gewordenen Gewohnheiten in keiner Weise beeinträchtigt werden. Wenn er auch wieder ganz genesen war, er blieb doch in diesem Winter mehr daheim als früher. Auf Frau Annemaries Bitten hatte er noch einen Assistenten in der Klinik zu seiner Entlastung eingestellt. Eigentlich aber war es die tropische Einquartierung, welche den Geheimrat mehr zu Hause fesselte. Er wollte das Beisammensein mit Kind und Enkeln voll genießen.

Die Enkel waren im großväterlichen Hause geblieben. Die gab die Großmama nicht her. Klein-Juan, oder vielmehr Klein-Hansel, wie die Großeltern ihn nannten, war der Verzug des Hauses geworden. Er war ein drolliges, sonniges Kerlchen, das bald recht nett deutsch sprechen lernte. Am liebsten saß er auf dem Kinderstühlchen, das wieder vom Boden heruntergeholt worden war, neben der Omama und ließ sich von ihr Märchen erzählen. Aber auch die großen Schwestern stellten sich dazu ein. Der Zauber des deutschen Märchens hielt die Tropenkinder umfangen. Da vergaßen sie es, daß draußen kalter, häßlicher Herbstwind an den Fenstern rüttelte.

Aber eines Morgens, als die drei die Augen aufschlugen, da war Großmamas Märchen von Frau Holle Wirklichkeit geworden. Mit schlohweißem Samtkleide wie eine Prinzessin hatte sich der Garten geschmückt. Die alte Linde trug Hermelinpelz. Weiß, weiß alles, wohin man auch blickte. Und immer neue Silbersternchen jagten, wirbelten und tanzten durch die Lust.

„Schnee – der erste Schnee!" Andächtig, mit gefalteten Händen stand Marietta vor diesem Wunder, das sie noch nie geschaut. Auch Anita fand das Wintermärchen recht lustig. Klein-Juan aber rief entzückt: „Zucker – oh, so viel Zucker!" Dem kleinen Tropenbewohner war der Begriff des nordischen Schnees noch nicht aufgegangen.

„Ei, leck' einmal den Zucker, Hansel", neckte der Großpapa.

Und wirklich, der Kleine versuchte zum Gaudium der anderen den „Zucker", schüttelte sich aber gleich darauf und rief: „Nicht gut – heiß!" Kalt und heiß war auch etwas, was er noch nicht auseinanderhalten konnte.

Frau Ursel wurde wieder Kind mit ihren Kindern. Was gab das für ein Lachen, für ein Jauchzen und Kreischen um die alte, verschlafene Linde herum. Da flogen die Schneebälle, da baute man dem kleinen Juan einen großen Schneemann mit einer stattlichen Mohrrübennase und blanken, schwarzen Kohlenaugen. Da zog Homer den kleinen Brasilianer im Schlitten durch die verschneiten Gartenwege und sah selbst wie ein drolliger kleiner Schneemann mit kohlrabenschwarzem Gesicht aus. Ja, selbst die Großmama wurde wieder jung und verließ ihr Erkerplätzchen. Wenn sie sich auch nicht mehr an der Schneeballschlacht beteiligte, sie ließ es sich nicht nehmen, den Schneemann mit einem alten Zylinderhut ihres Mannes und einem Reisigbesen eigenhändig zu schmücken.

„Klinglingling" – durch die verschneite Villenstraße fuhren die schellenbehangenen Schlitten. Von den Fenstern der Nachbarvillen blickte man ihnen nach. Aha, die Brasilianer! Man kannte Geheimrats reizende Enkelkinder hier draußen, man freute sich mit den alten Leutchen des überseeischen Besuches.

Das Weihnachtsfest kam heran mit seinen Geheimnissen, seinen Überraschungen, mit seinen verschlossenen Türen und der Neugier der Kinder. Deutsche Weihnacht. Sie wob ihren Zauberkreis auch um die Tropenbewohner. Keine glühende Sonne wie daheim am Weihnachtsfeste – Schnee – Silberschnee, soweit das Auge reichte. Und drinnen im Wohnzimmer der Großeltern die lichterbeglänzte Weihnachtstanne von der Erde bis hinauf zur Zimmerdecke. Jubelnde Enkelkinder darunter. Alle hatte die Großmama unter dem Weihnachtsbaum versammelt, Kinder und Enkel, keins durfte fehlen. Alle hatten für ihre Omama die Hände geregt zu Weihnachten, bis hinunter zum kleinsten mit seinem geflochtenen Lesezeichen. Selbst Anita hatte ein Filetdeckchen zustande gebracht. Wieder wie in früheren Jahren sang Ursel den Eltern das Weihnachtslied.

Marietta aber gab das deutsche Weihnachtsfest noch mehr. Sie hatte Tante Vronli eine Armkinderbescherung vorbereiten helfen. Der Vater hatte reiche Mittel dazu zur Verfügung gestellt. Was war die eigene Freude über die schönen Gaben gegen die, welche ihr aus strahlenden, dankbaren Kinderaugen erwuchs?

Einen Weihnachtsgast hatte der Heiligabend von der Waterkant gebracht. Vetter Horst war in Knecht-Ruprecht-Verkleidung ins Haus geschneit und hatte mit lustigem „Julklapp" Weihnachtspäckchen für groß und klein ins Zimmer geworfen. War das ulkig! Und der Vetter selbst, wie der Siegfried aus den

Nibelungen, die sie inzwischen in der Schule und in der Oper kennengelernt hatte, erschien er Marietta mit seinem hellen Haar und den leuchtendblauen Sonnenaugen. Ein junger Recke aus der nordischen Sage. Zum erstenmal beneidete sie Anita um ihr gewandtes, schlagfertiges Wesen. Wie übermütig diese jeden Scherz des Vetters, mit dem sie von der Waterkant her schon gut Freund war, parierte. Nie war sich Marietta neben der Zwillingsschwester so klein und unbedeutend erschienen wie heute.

Von jedem einzelnen an der Waterkant mußte der Vetter Ursel Bericht erstatten. Von Onkel Klaus und Tante Ilse, seinen Eltern, bei denen sie als Kind fröhliche Ferien verlebt. Nun ja, Vating war alt und auch ziemlich knorrig geworden. Seitdem er mit der Gicht zu tun hatte, überließ er das Außenwerk seinem ältesten Sohn Peter und beschränkte seine Tätigkeit auf die innere Gutswirtschaft. Und Mutting? Die war noch so rührig wie einst, trotz ihres behäbigen Umfanges. Die arbeitete die junge Schwiegertochter noch heute in den Sack.

„Und die beiden anderen Brüder, wie geht's dem Herrn Professor in Rostock und dem Herrn Schiffsbaumeister, Horst?“

„Der eine bereits ein Ehekrüppel, der andere auf dem besten Wege es zu werden. Nur ich bin noch zu haben. Wie ist's, Donna Tavares, willst du mich zum Schwiegersohn?“ Es war ein harmloser Scherz, aber das Auge des jungen Mannes flog dabei zu Anita hin.

„Hör auf,“ rief Frau Ursel, sich lachend die Ohren zuhaltend, „der Junge macht einen vor der Zeit alt. Erzähle lieber, wie's im Dreimäderlhaus auf Grotgenheide ausschaut.“

„Nun,“ das Gesicht des jungen Mannes wurde ernst, „Grotgenheide hat schwere Jahre gesehen. Nach dem plötzlichen Tode von Onkel Peter haben die Verwalter mehr in die eigene Tasche gearbeitet, als in die von Tante Marlene. Wenn auch Vating öfters mal mit einem Donnerwetter dazwischenfuhr, es ging bergab. Die Mädels haben fortgeheiratet. Vera, die Jüngste, versucht redlich mit ihrem Manne das Gut wieder schuldenfrei zu machen.“

„Und du selbst, Horst? Wie sind deine Zukunftspläne?“

„Ich habe zum Januar einen Posten in einem Hamburger Exportgeschäft angenommen. Aber ob ich's dort lange aushalte? Du bist nicht die einzige, Ursel, welche die neue Welt hinüberzieht. Schon als Schuljunge, wenn die großen brasilianischen Familienkisten ankamen, hat es mich über das große Wasser getrieben. Aber Vating ist bodenständig; er hat bisher noch immer einen Riegel vorgeschoben. Seine Kinder wären nicht für Amerika, behauptet er. Lächerlich. Nun, es ist noch nicht aller Tage Abend. Vielleicht schneie ich euch – ach, nein, das ist ja in den Tropen nicht gut möglich – aber vielleicht falle ich euch eines Tages in euer Palmenhaus."

„Das wäre herrlich, Horst. Lieber europäischer Besuch ist die beste Verbindung mit der Heimat", rief die Kusine lebhaft. „Aber ob ich dir raten soll, deine Zelte hier in Deutschland ganz abzubrechen, das steht auf einem anderen Blatt. Wenn ich meinen Mann, meine Kinder nicht drüben gehabt hätte, ich würde es kaum in den Tropen ausgehalten haben." Frau Ursel sprach mit merkwürdigem Ernst.

Aber der junge Vetter wollte den Ernst nicht heraushören. „Nun, vielleicht finde auch ich in Amerika etwas, was mich fesselt und hält", lachte er sorglos. „Was meinst du, Anita? Soll ich zu euch nach Brasilien kommen?"

„Ja, o ja! Dann wir werden wieder reiten zusammen und spielen Tennis und Golf. Wann wirst du kommen zu uns, Horst?"

„Vorläufig bist du ja selber noch hier, mein Mädel", unterbrach die Großmama Anitas lebhaftes Pläneschmieden. Sie mochte heute abend nichts vom Tropenlande hören. Kein Gedanke an später sollte die Harmonie des Augenblicks trüben.

Milton Tavares, der mit dem Schwiegervater und seinem Schwager bei den Weihnachtskarpfen ein volkswirtschaftliches Gespräch geführt hatte, war aufmerksam geworden. „Wenn du hast den Wunsch, zu gehen nach Amerika, du wirst finden zu jeder Zeit einen Platz im Hause Tavares. Für junge Arbeitskraft wir haben immer Beschäftigung." Er reichte dem jungen Vetter die Hand über den Tisch.

Der schlug erfreut ein. „In einigen Monaten bin ich mündig, dann brauche ich Vatings Erlaubnis nicht mehr."

„Du hast ja nette Vornahmen, mein Sohn", ließ sich da der alte Geheimrat ärgerlich vernehmen. „Lieber in Deutschland trocken Brot essen, als im fremden Lande auf beiden Seiten geschmiert. Milton, es genügt, daß du uns unser Ursele fortgeschnappt hast. Die übrige Familie verteidige ich vor dem Ungeheuer Amerika, das uns unsere Kinder verschlingt."

„Verschlingt ihr lieber euren Weihnachtsmohn! – Jetta, mein Liebling, reich' dem Großpapa noch einmal die Schüssel." Die Großmama wußte derartig gefährlichen Gesprächen stets klug die Spitze abzubrechen.

Marietta machte mit der beliebten Mohnspeise die Runde. Sie bot sie dem fremden Vetter dar. „Bitte, wollen Sie nehmen?" fragte sie schüchtern.

„Sie? – Dirn, bist du denn ganz und gar nicht gescheit, mich so höflich zu titulieren? Ursel, deine Tochter nennt mich ›Sie‹. Komm her, Marietta, da hast 'nen Kuß vom Vetter Horst." Ehe Marietta wußte, wie ihr geschah, hatte der Vetter ihr, mir nichts dir nichts, einen Kuß versetzt.

Marietta erglühte wie eine Purpurrose. Tränen der Beschämung traten ihr in die schwarzen Augen. „Das – das ist nicht gentlemanlike. Nicht in Europa und nicht in Amerika", rief sie mit zuckender Lippe und lief hinaus aus dem Zimmer, sich die Schmach abzuwaschen. Hinter ihr erklang das Lachen der anderen und Großmamas begütigende Stimme: „Seelchen, es war ja nur ein harmloser Scherz, – wer wird denn gleich so empfindlich sein!"

Die Weihnachtslichter waren niedergebrannt. Vetter Horst war nach Hamburg in seinen neuen Wirkungskreis übergesiedelt. Wieder einmal, wie öfters jetzt in Deutschland, waren die Zwillingsschwestern entgegengesetzter Meinung. Diesmal über den Vetter Horst. Während Anita, wie bereits im Sommer, sehr begeistert von seinem frischfröhlichen Wesen war und schon alle möglichen Sportvergnügen für seinen noch recht unwahrscheinlichen Aufenthalt in Brasilien vorschlug, verhielt sich Marietta, ihrer sonstigen menschenfreundlichen Art entgegen, in ihrem Urteil über ihn ablehnend. Der Vetter hatte ihre backfischmäßige Empfindlichkeit zu sehr verletzt.

Zaghaft trat das junge Jahr über die Zeitenschwelle, als wisse es, daß es für Frau Annemarie nur ein Nehmen, kein Geben bringe. „Nicht undankbar sein", schalt sie sich selbst. Und sie zwang sich, den Kindern zuzureden, einige Tage zum Wintersport ins Gebirge zu gehen. Wußte sie doch, wie brennend Ursel es sich wünschte, daß sie nur mit Rücksicht auf die Eltern darauf verzichten wollte. Weniger einverstanden aber war die Großmama damit, daß man die Kinder mitnehmen und die Schule versäumen lassen wollte. Pflichttreue über alles.

Ursel aber lachte ihre Bedenken fort. „Meine beiden Mädel sollen den Wintersport mal kennenlernen hier in Deutschland. Dazu werden sie vielleicht nie wieder Gelegenheit drüben haben. Schulweisheit können sie nachholen." Ja, so war die Ursel. Noch heute als Mutter nahm sie es mit der Schule nicht allzu heiß. Und Milton legte nun schon ganz gewiß nicht zu großen Wert auf Gelehrsamkeit seiner Töchter. Drüben in Brasilien lernten die Frauen nicht so viel wie in Europa.

So wurde es still in der verschneiten Geheimratsvilla. So still nach all dem Trubel, den die exotische Einquartierung gemacht, daß Frau Annemarie manchmal den Sekundenschlag zu hören vermeinte. Ach, eine jede nahm ihr etwas von ihrem Kinde. Der Schwiegersohn war lieb und gut, es herrschte das beste Einvernehmen zwischen ihm und Geheimrats. Und doch, Frau Annemarie hatte bei seinem Erscheinen halb scherzhaft, halb wehmütig geäußert: „Jetzt kommt der Schwan aus Lohengrin, jetzt holt er uns unser Liebstes wieder zurück."

Der Geheimrat empfand die Ruhe nach all dem Weihnachtstrubel ganz wohltuend. Die Zeitung lag wieder auf dem bestimmten Platz und mußte nicht erst gesucht werden. Die Mahlzeiten wurden auf die Minute innegehalten, was vorher nicht immer der Fall war. Und seine Frau war jetzt nur für ihn da. Alles hat sein Gutes.

Frau Annemarie entbehrte um so mehr. Und wenn sie sich die Frage vorlegte, was sie eigentlich entbehrte, so war es nicht einmal die Ursel, sondern Marietta, das Kind, das ihr am meisten fehlte. Ursel war viel mit ihrem Manne unterwegs gewesen. Das Bewußtsein schon beglückte die Mutter, daß sie da war. Aber Marietta, ihr Seelchen, war ein Teil ihres Lebens geworden, war in all ihre Lebensgewohnheiten hineingewachsen. Überall, bei jeder Gelegenheit empfand sie die Lücke. O Gott, wie sollte das erst werden, wenn die Kinder wieder für immer davonzogen.

Begeisterte Karten kamen aus den Winterbergen. Die Tropenkinder lernten Skilaufen. Milton streikte. Das exotische Blut machte Front gegen das kalte Schneevergnügen. Weder zum Rodeln noch zum Skilaufen war er von seinen Damen herumzukriegen. Er saß lieber im warmen Café. Marietta schwelgte in der erhabenen Schönheit des schweigenden, weißen Winterwaldes. Anita, wenn sie sich überhaupt zu einem Gruß aufschwang, berichtete nur von den Freuden des unbekannten Sportes. Am meisten Furore aber machte dort in der weißen Schneewelt Rosita, Juans schwarze Kinderfrau.

Und eines Tages waren sie alle wieder da, erfüllt von den Reizen des deutschen Winterlebens. Nein, es war doch nicht so arg, einen Winter in Europa zu verbringen. Die blanken Schlittschuhe, welche die Kinder zu Weihnachten bekommen hatten, die merkwürdigen, fremdartigen Dinger, traten jetzt in ihre Rechte. Auf der spiegelblanken Eisfläche der Tiergartenbahnen erregte Frau Ursels graziöse Erscheinung noch heute Aufsehen. Sie hatte die Kunst des Eissportes in den Tropen nicht verlernt. Ihre Mädel erlernten den ihnen fremden Sport in fabelhaft kurzer Zeit. Besonders Anita erreichte bald eine Meisterschaft darin. Milton zog es vor, mit seiner Schwiegermutter und dem Kleinen vom Ufer aus sich an den kühnen Bogen seiner Frau und Töchter zu erfreuen.

Der Zeitenzeiger rückte unaufhaltsam weiter, so gern Frau Annemarie ihn auch angehalten hätte. Das Eis auf dem Neuen See bekam Risse. Frühlingssonne wagte sich schüchtern hervor. Jetzt begann das große Einkaufen. Es war ja alles spottbillig in Europa, im Vergleich zu Brasilien.

„Kind, Urselchen, du kaufst ja zum zweitenmal eine ganze Ausstattung zusammen“, verwunderte sich die Mutter. „Soll die schon für unsere Mädel sein?“

„Nein, so eilig habe ich es damit nicht, Muzi. Aber drüben kennt man das Erhalten der Sachen nicht, wie bei uns die deutsche Hausfrau. Ist etwas schadhaft, wird es ersetzt.“

„Das wäre nichts für mich“, meinte Frau Annemarie, auf ihren traditionellen Ausbesserkorb weisend. „Dann wundert es mich nicht, daß ich Anita nie dazu bekommen habe, eine Nähnadel in die Hand zu nehmen, um sich einen Knopf anzunähen oder einen Strumpf zu stopfen. Selbst unsere Jetta war schwer dazu zu haben, wenn sie ihre heimatlichen Gewohnheiten auch mir zuliebe überwand.“

„Muzichen, hast du denn früher mit mir mehr Glück gehabt? Ich war doch stets ein arger Faulpelz und drückte mich schon damals nur zu gern von Fingerhut und Nadel, ohne etwas von den tropischen Gepflogenheiten zu ahnen. Warum sollen es meine Töchter besser machen? Du wirst ganz froh sein, wenn du die faule Gesellschaft los bist.“ Es klang scherzhaft, aber Ursel schaute doch ein wenig besorgt auf die Mutter.

Die schwieg. Sie durfte ihrer Ursel den baldigen Abschied nicht erschweren.

„Muzichen, Milton hat mir fest versprochen, daß wir von nun an alle zwei Jahre nach Europa herüberkommen. Kleine Kinder haben wir ja jetzt nicht mehr und – – –.“

„Die Eltern haben auch nicht mehr Zeit, noch einmal sechzehn Jahre zu warten.“ Wider ihren Willen war es Frau Annemarie entschlüpft.

Ganz betreten schaute Ursel drein. Still streichelte sie der Mutter Hand.

„Kind, wenn ich weiß, daß du gern wieder zurückgehst in das ferne Land, müssen alle anderen Gefühle schweigen.“ Frau Annemarie gab sich einen Ruck. „Damals, als du als junges, unerfahrenes Ding deinem Manne übers Meer folgtest, wußtest du kaum, was du tatest. Heute kennst du die Verhältnisse drüben, heute hat sich der jugendliche Überschwang eurer Liebe in gemäßigte, reife Zuneigung gewandelt. Urselchen, sag', gehst du heute ebenso freudig wie damals aus deiner Heimat in die Fremde hinaus?“ Die alten Augen suchten in denen der Tochter zu lesen.

„Die Fremde ist mir zur Heimat geworden, Muzi. Damals hoffte ich das Glück dort zu finden. Heute weiß ich, daß ich es an der Seite meines Mannes gefunden habe.“ In schlichter Selbstverständlichkeit kam die bangerwartete Antwort.

„Dann darf ich nicht klagen. Mehr verlangt eine Mutter nicht als das Glück ihres Kindes. Nun will ich von unserem schönen Beisammensein zehren und auf das nächste hoffen.“ Frau Annemarie schlug wieder den ihr eigenen munteren Ton an.

Trotzdem, allen festen Vorsätzen entgegen, je grüner die Fliederbüsche draußen im Garten wurden, je jubelnder die Vögel die Wiederkehr des Frühlings begrüßten, um so schwerer ward es Frau Annemarie zumute. Nicht einmal vor siebzehn Jahren, als sie ihr junges Kind in die unbekannte Ferne hinausließ, hatte sie so gelitten. Ja, damals war sie selbst noch jung und hoffnungsfreudig gewesen. Jetzt war man alt und flügellahm, jetzt empfand man nur das Weh der Trennung. Selbst ihr Mann verstand sie hierin nicht. Ihn hatte das Alter ruhiger, resignierter gemacht. „Das Ursele gehört nun mal in den brasilianischen Urwald – damit haben wir uns halt schon vor Jahren abfinden müssen.“

Es war gut, daß Frau Ursel jetzt durch Abschiedsbesuche vielfach in Anspruch genommen war. War sie daheim, vermochte die Mutter stets ihr ein frohes Gesicht zu zeigen. Eine aber gab es im Hause, die ließ sich von der scheinbaren Heiterkeit der Großmama nicht täuschen. Marietta litt mit ihr. Jede schmerzliche Regung fühlte sie ihr nach. Ach, ging es ihr selbst doch ganz ähnlich. Sie fürchtete sich vor dem ersten Mai, dem Abschiedstage. Anita lebte heute schon wieder mehr mit ihren Gedanken im Palmenland als in Europa.

Marietta erschien ihr früheres Leben dort ganz unwirklich, wie ein Traum, aus dem sie erst in Deutschland erwacht. Sie konnte es sich nicht vorstellen, daß sie wieder dasselbe Luxusleben unter der Tropensonne führen sollte wie ehedem. Sie hatte inzwischen anderes, Wertvolleres kennengelernt, was ihrer innersten Natur entsprach. Wenn sie daran dachte, Deutschland, das Rosenhaus und vor allem die liebe Großmama in wenigen Wochen verlassen zu müssen, dann empfand Marietta ein Weh, dem nichts in ihrem jungen Leben gleichkam. Und doch, es ging ja nicht anders. Sie gehörte zu ihren Eltern, sie war fest mit Anita, ihrer Zwillingsschwester, verknüpft. So rang die junge Marietta mit Wollen und Müssen.

Ein Frühlingstag war es voll Sonnengold und Kirschblüte, als wisse auch draußen die Natur, daß es galt, der Großmama den Geburtstag zu verschönen. Großmamas Geburtstag im April war immer ein besonderes Fest für alle Enkel. Diesmal doppelt, da sie zum erstenmal ihn mit allen Kindern und Enkeln vereint beging. Was Kindesliebe ersinnen konnte, hatte Ursel herbeigetragen, um ihre Muzi zu erfreuen. Jedes Enkelkind hatte ein Gedicht, ein Lied oder ein Musikstück für die Omama bereit. So vieler Liebe gegenüber durfte sich kein trauriger Gedanke hervorwagen.

Abends spät, als alles heimgegangen, als auch Anita und Marietta schon ihr Stübchen aufgesucht, trat Frau Annemarie noch einmal auf die frühlingsatmende Terrasse hinaus. Ein schwerer Seufzer, der so gar nicht zu dem frohen Tage stimmen wollte, entrang sich ihrer Brust. Bald war's soweit.

Droben auf dem Tausendschönchenbalkon stand die junge Enkelin, von ähnlichen Empfindungen durchpulst wie die alte Frau unten. Hauchgleich traf der Seufzer ihr Ohr. Marietta fühlte ihn mehr, als sie ihn vernahm. Und da huschte es auch schon die Treppe hinunter, da schmiegte sich eine kleine Hand in die der Großmama, junge Lippen küßten ihr den feuchten Schleier von den Augen. „Großmama, liebe Großmama, nicht traurig sein. Ich will nicht mitgehen zurück in die Tropen. Ich will bei dir bleiben – ich will in Deutschland bleiben – immer."

„Seelchen, das wolltest du? Dich von den Eltern und Geschwistern trennen? Ich bin alt, ich kann dir nicht mehr viel sein."

„Wenn die liebe Großmama ist alt, ich muß sorgen für sie. Ich will bei dir sein, daß du bist nicht allein, wenn der Großpapa geht in Klinik. Ich will machen dich wieder froh, wenn du bist bange nach unserer Mammi."

„Und du selbst, Seelchen? Denkst du gar nicht an dich? Wird es dir nicht auch bange werden?“

„Ich bin ja bei der lieben Großmama.“ Fest hielten sich Großmutter und Enkelkind umfangen.

∴

Leicht wurde es Marietta nicht gemacht, die Zustimmung der Eltern für ihren Wunsch, in Deutschland bleiben zu dürfen, zu erlangen. Der Vater mochte keins seiner Kinder missen. Und die Mutter? Nur Frau Annemarie ahnte, wie schwer es Ursel wurde, ihren Mann umzustimmen, sich von ihrem Kinde zu trennen. Für ihre Muzi mußte sie das Opfer auf sich nehmen. Das Weh, das sie ihr zufügen mußte, sollte ihre Tochter lindern. Am meisten aber erschwerte Anita der Schwester den Entschluß. Die ganze Heftigkeit ihres Wesens, die das Jahr in Europa gezügelt, kam wieder zum Ausbruch, daß die Schwester sich von ihr trennen wollte. Marietta blieb unbeeinflußbar Anitas Bitten, Tränen und Empörung gegenüber. Fest hatte sie in deutschem Boden Wurzel geschlagen.

Wieder stand Frau Annemarie mit ihrem Manne im Hamburger Hafen. Wieder löste sich ein Schiff vom heimatlichen Gestade, ein Kind vom Herzen der Eltern. Aber zwischen den beiden Altgewordenen erblühte heute die Jugend, das junge Reis stützte die Entblätternden.

Hoffnungsfreudig wehten die Tücher: „Auf Wiedersehen!“